CLÁSSICOS
BOITEMPO

**Jack London
(1876-1916)**

O TACÃO DE FERRO

CLÁSSICOS BOITEMPO

A ESTRADA
Jack London
Tradução, prefácio e notas de Luiz Bernardo Pericás

AURORA
Arthur Schnitzler
Tradução, apresentação e notas de Marcelo Backes

BAUDELAIRE
Théophile Gautier
Tradução de Mário Laranjeira
Apresentação e notas de Gloria Carneiro do Amaral

DAS MEMÓRIAS DO SENHOR DE SCHNABELEWOPSKI
Heinrich Heine
Tradução, apresentação e notas de Marcelo Backes

EU VI UM NOVO MUNDO NASCER
John Reed
Tradução e apresentação de Luiz Bernardo Pericás

MÉXICO INSURGENTE
John Reed
Tradução de Luiz Bernardo Pericás e Mary Amazonas Leite de Barros
Prefácio de Luiz Bernardo Pericás
Orelha de Francisco Alambert
Quarta capa de Werner Altman

NAPOLEÃO
Stendhal
Tradução de Eduardo Brandão e Kátia Rossini
Apresentação de Renato Janine Ribeiro

OS DEUSES TÊM SEDE
Anatole France
Tradução de Daniela Jinkings e Cristina Murachco
Prefácio de Marcelo Coelho

O TACÃO DE FERRO
Jack London
Tradução de Afonso Teixeira Filho
Prefácio de Anatole France

TEMPOS DIFÍCEIS
Charles Dickens
Tradução de José Baltazar Pereira Júnior
Orelha de Daniel Puglia
Ilustrações de Harry French

JACK LONDON

O TACÃO DE FERRO

Tradução
Afonso Teixeira Filho

Copyright © da tradução brasileira
Boitempo Editorial, 2002

Título original: *The Iron Heel*

Coordenação editorial:	Ivana Jinkings
Editora assistente:	Sandra Brazil
Tradução:	Afonso Teixeira Filho
Preparação:	Shirley Gomes
Revisão:	Afonso Teixeira Filho e Leticia Braun
Coordenação de produção	Juliana Brandt
Assistência de produção	Livia Viganó
Capa:	Ivana Jinkings e Antonio Kehl sobre detalhe de *La danse de mort de l'an neuf*, óleo sobre tela de Albin Egger-Lienz, 1906-8 Galeria Österreichische, Viena
Diagramação:	Shirley Souza

CIP-BRASIL. CATALOGAÇÃO-NA-FONTE
SINDICATO NACIONAL DOS EDITORES DE LIVROS, RJ

L838t

London, Jack, 1876-1916
 O tacão de ferro / Jack London ; tradução Afonso Teixeira Filho ; [prefácio, Anatole France ; posfácio, Leon Trotski]. - São Paulo : Boitempo, 2011.
 (Clássicos Boitempo)

Tradução de: The iron heel
Contém cronologia
ISBN 978-85-7559-004-1

1. Oligarquia - Ficção. 2. Revolucionários - Ficção. 3. Romance americano. I. Teixeira Filho, Afonso. II. Título. III. Série.

11-4133.   CDD: 813
                                                                                        CDU: 821.111(73)-3

É vedada a reprodução de qualquer parte deste livro sem a expressa autorização da editora.

1ª edição: fevereiro de 2003; 4ª reimpressão: outubro de 2024

BOITEMPO
Jinkings Editores Associados Ltda.
Rua Pereira Leite, 373
05442-000 São Paulo SP
Tel.: (11) 3875-7250 / 3875-7285
editor@boitempoeditorial.com.br
boitempoeditorial.com.br | blogdaboitempo.com.br
facebook.com/boitempo | twitter.com/editoraboitempo
youtube.com/tvboitempo | instagram.com/boitempo

SUMÁRIO

Prefácio, *Anatole France* 9
Preâmbulo 13
I. Minha águia 17
II. Desafios 31
III. O braço de Jackson 45
IV. Os escravos das máquinas 55
V. Os filomáticos 63
VI. Prenúncios 83
VII. A visão do bispo 91
VIII. Os destruidores de máquinas 97
IX. A matemática de um sonho 111
X. O sorvedouro.. 127
XI. A grande aventura 137
XII. O bispo 145
XIII. A greve geral 155
XIV. O começo do fim 165
XV. Os últimos dias 173
XVI. O fim 179
XVII. A túnica escarlate 189
XVIII. À sombra de Sonoma 197
XIX. Transformação 207
XX. Um oligarca perdido 215
XXI. O rugido da fera do abismo 223
XXII. A comuna de Chicago 229
XXIII. O povo do abismo 241
XXIV. Pesadelo 253
XXV. Os terroristas 259
Posfácio, *Leon Trotski* 261
Cronologia 265

•

Esta terra é um palco triste e desgraçado,
Cujas primeiras cenas te deixam nauseado.
Paciência, pois o autor, por volta do quinto ato,
Dirá o que significa esse drama insensato.

•

["At first, this Earth, a stage so gloomed with woe
You almost sicken at the shifting of the scenes.
And yet be patient. Our Playwright may show
In some fifth act what this Wild Drama means."]

•

PREFÁCIO

Anatole France

"Tacão de Ferro" é a expressão enérgica usada por Jack London para designar a oligarquia. O livro que leva esse título foi publicado em 1907. Expõe a luta que algum dia ocorrerá entre a oligarquia e o povo, se o destino assim o permitir. A genialidade de Jack London fazia-o enxergar aquilo que às multidões permanecia oculto, além de possuir um conhecimento que lhe permitia antecipar-se aos tempos. Previu o conjunto dos acontecimentos que se desenvolveram em nossa época. O espantoso drama ao qual nos faz assistir em espírito em *O Tacão de Ferro* ainda não se converteu em realidade, e não sabemos onde e quando se cumprirá a profecia do discípulo norte-americano de Marx.

Jack London era socialista, ou melhor, socialista revolucionário. O homem que em seu livro descobre a verdade é o sábio, o forte, o bom Ernest Everhard. Como o autor, foi operário e trabalhou com as mãos, pois aquele que escreveu cinqüenta volumes repletos de vida e de inteligência e morreu jovem era filho de um operário e começou sua ilustre existência em uma fábrica. Ernest Everhard é um homem cheio de coragem e sabedoria, cheio de força e doçura, traços comuns a ele e ao escritor que o criou. E para completar a semelhança entre ambos, o autor concede à sua criatura uma mulher de alma grande e de espírito inabalável, a qual seu marido converteu ao socialismo. E todos sabemos, por outro lado, que Charmian London abandonou, juntamente com o marido Jack, o Partido Socialista quando essa organização deu sinais de que se tornava moderada.

PREFÁCIO

As duas insurreições que constituem a matéria do livro que ora apresento aos leitores franceses são tão sangrentas e mostram tamanha aleivosia da parte daqueles que as provocaram, que nos perguntamos se algo assim poderia acontecer nos Estados Unidos e na Europa; e se seriam possíveis na França. Eu não acreditaria se não tivesse o exemplo das jornadas de junho e da repressão à Comuna de 1870, fatos que me recordam que tudo é permitido contra os pobres. Todos os proletários da Europa e dos Estados Unidos sentiram o Tacão de Ferro.

No momento, o socialismo na França, assim como na Itália e na Espanha, não precisa temer o Tacão de Ferro, pois é muito frágil, e a debilidade extrema é a única salvação para os fracos. Nenhum Tacão de Ferro pisoteia um partido aniquilado. Qual é, então, a causa dessa debilidade? Não seria preciso muito esforço para abatê-lo na França, onde o número de proletários é escasso. Por diversas razões, a guerra – que se mostrou implacável com o pequeno burguês, que o despojou de tudo sem fazê-lo gritar, pois ele é um animal mudo – não foi inclemente demais com o operário da grande indústria, que pôde viver torneando obuses. O seu salário, bastante exíguo depois da guerra, nunca baixou demais. Disso cuidaram os senhores do momento. Contudo, esse salário não passava de um papel que os patrões opulentos, próximos ao poder, não tinham muito trabalho para pagar. Bem ou mal, o operário foi vivendo. Havia escutado tantas mentiras que já não se impressionava com mais nada. Foi nesse momento que os socialistas se converteram em migalhas e se reduziram a pó. Sem mortos ou feridos, foi uma bela derrota do socialismo. Como isso aconteceu? E como foi que todas as forças de um partido tão grande caíram em tamanha letargia? As razões que acabo de descrever não são suficientes para explicá-lo. A guerra deve ter algo que ver com isso, a guerra que mata tanto o corpo quanto o espírito.

Mas um dia começará de novo a luta entre o capital e o trabalho. Então veremos dias semelhantes aos das revoltas de São Francisco e de Chicago, cujo horror indizível Jack London nos apresenta por antecipação. Não há, contudo, nenhuma razão para se acreditar que nesse dia (seja ele próximo ou distante) o socialismo será uma vez mais despedaçado sob o Tacão de Ferro e afogado em sangue.

Em 1907, gritaram a Jack London: "Você é um terrível pessimista". Socialistas sinceros acusavam-no de semear o medo no partido. Estavam equivocados. É mister que os que possuem o dom precioso e raro da previsão anunciem os perigos que pressentem. Recordo-me de ter ouvido mais de uma vez dizerem ao grande Jaurès: "Não conhecemos suficientemente bem a força das classes contra as quais temos de lutar. Elas detêm o poder e atribuem a si próprias a virtude; os sacerdotes se despojaram da moral da Igreja para adotar a da fábrica; e quando se sentirem ameaçados, a sociedade inteira acudirá para os defender". E tinha razão, como a tem London quando nos mostra o espelho profético de nossas culpas e de nossas imprudências.

Não comprometamos o porvir; ele nos pertence. A oligarquia perecerá. Em seu próprio poder, já se percebem os sinais de sua ruína. Perecerá porque todo regime de castas está condenado à morte; o regime do salário perecerá porque é injusto. Morrerá inchado de orgulho, em plena potência, da mesma forma que morreram a escravidão e a servidão.

Hoje, observando atentamente, percebemos sua senilidade. Essa guerra, que a grande indústria de todos os países desejou, essa guerra que era sua guerra, essa guerra na qual depositava uma esperança de novas riquezas causou tantas e tão profundas destruições que sacudiu a própria oligarquia internacional, tornando mais próximo o dia em que ela desmoronará sobre uma Europa em ruínas.

Não posso afirmar que morrerá de uma hora para outra sem lutar. Terá de lutar. Sua última guerra talvez seja comprida, e sua sorte, diversa. Ó, herdeiros do proletariado; ó, gerações vindouras, filhos dos novos tempos: lutareis! E por mais cruéis que sejam os reveses, não duvideis nunca do êxito de vossa causa! Recobrai a confiança e repeti as palavras do nobre Everhard: "Aprendemos muitas coisas. Amanhã a Causa se levantará mais forte, mais sábia e mais disciplinada".

Paris, 1923
(Extraído da edição francesa de 1923)

PREÂMBULO

Não podemos afirmar que os Manuscritos de Everhard sejam um documento histórico importante. Para o historiador, estão repletos de erros; não erros de fatos, mas erros de interpretação. Nesses sete séculos, tempo decorrido desde que Avis Everhard completou seus manuscritos, os acontecimentos, e suas conseqüências, confusos e velados para ela, são hoje bastante claros para nós. Ela estava muito próxima dos eventos que narrou. Na verdade, estava mergulhada neles.

No entanto, como documento pessoal, os Manuscritos de Everhard possuem um valor inestimável. Mas mesmo assim contêm erros de perspectivas e vícios devidos à influência da paixão. Apesar disso, perdoamos Avis Everhard e agradecemos-lhe pelas linhas heróicas com as quais modelou seu marido. Sabemos hoje que ele não foi tão colossal quanto ela sublinha, e que participou dos acontecimentos de sua época com menor intensidade do que aquela que os Manuscritos nos levam a crer.

Sabemos também que Ernest Everhard era um homem extraordinariamente forte, mas não tão excepcional quanto sua esposa pensava. Foi, apesar de tudo que fez, apenas um entre os heróis que, pelo mundo todo, devotaram a vida à Revolução; embora devamos admitir que ele realizou uma obra incomum, especialmente na elaboração e interpretação da filosofia da classe operária. "Ciência do proletariado" e "filosofia do proletariado" são expressões que ele utilizava para se referir a ela, e, nisso, demonstra o seu provincialismo: um defeito, contudo, devido à época, do qual ninguém podia escapar.

Mas, voltando aos Manuscritos, de valor especial para nós é a comunicação dos *sentimentos* vividos naqueles tempos terríveis. Em nenhum outro lugar encontraremos a psicologia das pessoas que viveram naquele período, entre os anos de 1912 e 1932, tão vivamente retratada – seus erros e sua ignorância, suas dúvidas, seus temores e seus erros de interpretação; suas desilusões morais, suas paixões exacerbadas, seu egoísmo e sordidez inconcebíveis. São coisas muito difíceis de entendermos hoje, nesta época tão iluminada em que vivemos. A história nos conta que essas coisas existiram, e a biologia e a psicologia nos contam por que eram daquela maneira; contudo, nem a história, nem a biologia, e tampouco a psicologia dão vida a essas coisas. Nós as aceitamos como fatos, elas não nos tocam de perto.

Entretanto, quando lemos com atenção os Manuscritos de Everhard, eles nos atingem em cheio. Adentramos os espíritos dos atores daquele drama que o mundo conheceu no passado, e, quando o fazemos, seus processos mentais se tornam os nossos processos mentais. Não apenas entendemos o amor de Avis Everhard por seu marido, seu herói, como sentimos também, como ele sentiu, a vaga e terrível aproximação da oligarquia. Nós sentimos o Tacão de Ferro (bom nome) a pisar e esmagar.

E, de passagem, notamos que aquela fase histórica, a do Tacão de Ferro, surgiu primeiro na mente de Ernest Everhard. Isso, podemos afirmar, é uma das questões controvertidas que esse documento, recentemente encontrado, nos esclarece. Antes disso, a utilização mais antiga da frase aparece em um panfleto intitulado "Vós, escravos", escrito por George Milford e publicado em dezembro de 1912. George Milford foi um obscuro agitador sobre o qual nada se sabe, a não ser o pouco que dele foi dito nos Manuscritos em relação ao fato de ter sido alvejado várias vezes durante o episódio da Comuna de Chicago. Certamente ouviu Ernest Everhard utilizar a expressão em algum comício público, muito provavelmente quando este estava concorrendo a uma vaga no Congresso nas eleições do outono de 1912. A partir dos Manuscritos, sabemos que Everhard utilizou a frase durante um jantar na primavera de 1912. Isso é, indiscutivelmente, a mais antiga referência à oligarquia por meio dessa expressão que conhecemos.

A ascensão da oligarquia será sempre um fator de espanto para o historiador e para o filósofo. Outros grandes eventos históricos tiveram seu lugar na evolução social. Eram inevitáveis. Sua chegada pôde ser prevista com a mesma certeza que os astrônomos de hoje prevêem o movimento das estrelas. Sem esses outros grandes eventos históricos, a evolução social não tomaria seu curso: o comunismo primitivo, a escravidão, a servidão e o trabalho assalariado representaram passos dados no caminho da evolução da sociedade. Mas seria ridículo afirmar que o Tacão de Ferro tivesse sido um passo necessário. Em vez disso, hoje em dia, ele é considerado um passo em falso, ou um passo atrás, levando às tiranias sociais que fizeram do mundo primitivo um inferno; mas se essas tiranias foram necessárias, o mesmo não se pode dizer do Tacão de Ferro.

O feudalismo foi um período obscuro na história da humanidade, mas sua chegada era inevitável. O que mais, a não ser o feudalismo, poderia ter-se erguido sobre os escombros da grande máquina governamental centralizada que foi o Império Romano? Mas não foi isso o que aconteceu com o Tacão de Ferro. Na seqüência ordenada da evolução social, não havia lugar para ele. Não era necessário, e não era inevitável. Permanecerá como uma grande curiosidade da história: um capricho, uma fantasia, uma aparição, algo inesperado e nunca sonhado; e isso deveria servir de alerta para os severos teóricos políticos de hoje que falam com tanta certeza dos processos sociais.

O capitalismo foi considerado pelos sociólogos da época como sendo a culminação do governo burguês, o fruto maduro da revolução burguesa. E nós, do mundo de hoje, só podemos aplaudir esse juízo. Foi sustentado, mesmo por intelectuais e antagonistas de enorme estatura como Herbert Spencer, que depois do capitalismo viria o socialismo. Com a decadência desse sistema egoísta que foi o capitalismo, sustentou-se que deveria surgir a flor das eras, a Irmandade do Homem. Em vez disso, o capitalismo, apodrecendo de maduro, produziu um monstruoso desdobramento, a oligarquia; o que é aterrador para nós, que olhamos para o passado, e para aqueles que viveram naquela época.

O movimento socialista do começo do século XX deu-se conta da chegada da oligarquia muito tardiamente. E ela se estabeleceu, mesmo tendo sido previsto que isso iria acontecer – um fato escrito com sangue, uma realidade terrível e assombrosa. Mesmo assim, como os Manuscritos de Everhard mostram muito bem, o Tacão de Ferro não deveria predominar por muito tempo. Os revolucionários acreditavam que derrubá-lo seria uma questão de poucos anos. É verdade que eles entenderam que a Revolta

15

Camponesa foi mal planejada, e que a Primeira Revolta foi prematura; mas não conseguiram entender que a Segunda Revolta, planejada e amadurecida, estaria condenada ao mesmo fracasso e ao mais terrível dos castigos.

Parece que Avis Everhard completou os Manuscritos durante os últimos dias da preparação para a Segunda Revolta; por isso não existe neles menção aos resultados desastrosos dessa. É quase certo que ela pretendia publicar os Manuscritos tão logo o Tacão de Ferro fosse derrotado, de forma que seu marido, morto havia pouco tempo, recebesse o crédito por tudo aquilo que ele havia passado e realizado. Então ocorreu o terrível fracasso da Segunda Revolta, e é provável que, diante do perigo, antes de fugir ou ser capturada pelos Mercenários, tenha escondido os Manuscritos no buraco de um carvalho no abrigo de Wake Robin.

Não existem mais registros sobre Avis Everhard. Sem dúvida, foi executada pelos Mercenários; e, como bem se sabe, nenhum registro dessas execuções foi mantido pelo Tacão de Ferro. Mas ela não imaginava ainda, ao esconder os Manuscritos e se preparar para fugir, como tinha sido terrível o fracasso da Segunda Revolta. E menos ainda imaginava que a evolução tortuosa e distorcida dos próximos três séculos resultaria em uma Terceira Revolta, uma Quarta Revolta e em muitas outras Revoltas; todas elas afundadas em rios de sangue, antes que o movimento internacional do trabalho chegasse à vitória. Ela nunca imaginou que, durante sete longos séculos, o tributo de seu amor por Ernest Everhard repousaria em paz no coração do velho carvalho no abrigo de Wake Robin.

Anthony Meredith
Ardis, 27 de novembro de 419 I. H.

Capítulo I

MINHA ÁGUIA

O vento suave de verão balança as sequóias avermelhadas, e o riacho Bravo propaga suas ondas com uma doce cadência até às pedras cobertas de limo da ribeira. As borboletas volitam ao sol e, de toda parte, levanta-se o sonolento zumbido das abelhas. Tudo é calma e silêncio, e eu me sento, e reflito, em meio à minha inquietude. É o silêncio que me deixa inquieta. Não parece real. Todo o mundo está calmo, mas é aquela calmaria que vem antes da tempestade. Apuro os ouvidos e todos os sentidos por um sinal que me desvele a tempestade iminente. Oh, que não seja antes do tempo! Que não seja antes do tempo[1]!

É fácil de entender minha inquietude. Penso, penso sem parar e não posso deixar de pensar. Vivi tanto tempo no cerne dos acontecimentos que o silêncio e a calma me oprimem, e minha imaginação volta, sem que eu possa controlar, ao redemoinho de destruição e de morte que se vai desencadear dentro de pouco tempo. Em meus ouvidos, ecoam os gritos dos vencidos e posso ver, como vi no passado[2], toda essa carne bela e macia

---

[1] A Segunda Revolta foi em grande parte obra de Ernest Everhard, embora seja certo que ele tenha cooperado com dirigentes europeus. Sua prisão e execução secreta foram os acontecimentos mais marcantes do ano de 1932 d. C. Mas ele havia preparado a revolta tão minuciosamente que seus companheiros de conspiração puderam, com pouca confusão e atraso, levar adiante seus planos. Após a execução de Everhard, sua viúva se recolheu às montanhas de Sonoma, na Califórnia.

[2] Certamente, ela se refere à Comuna de Chicago.

17

estragada e mutilada, todas essas almas arrancadas com violência de seus dignos corpos e atiradas a Deus. Pobres humanos, obrigados que somos a recorrer à carnificina e à destruição para atingir nossos fins, para trazer à terra paz e felicidade duradouras!

Contudo, estou sozinha! Quando não penso no que está por vir, penso no que passou e já não mais existe: minha Águia batendo as asas infatigáveis, voando para o que era o seu sol: o ideal incandescente da liberdade humana. Não posso ficar de braços cruzados à espera do grande acontecimento que é obra sua, embora ele não esteja aqui para ver. Ele devotou todos os anos de sua vida a isso, e por isso deu a vida. É o trabalho de suas mãos; foi ele quem o realizou[3].

E é por isso tudo que hoje, nesse período de espera ansiosa, escreverei a respeito de meu marido. Apenas eu, entre todas as pessoas vivas, poderia lançar a luz necessária sobre o seu caráter, pois é difícil dar a um caráter tão nobre quanto o dele o brilho necessário. Era uma grande alma e hoje, que meus sentimentos se libertaram do egoísmo, lamento que Ernest não esteja mais entre nós para assistir à aurora que se avizinha. Não podemos falhar, pois tudo foi constituído por ele de forma por demais decisiva e segura. Maldito Tacão de Ferro! Mais cedo do que espera, será arrancado da humanidade extenuada! Quando for dado o sinal, as legiões de trabalhadores do mundo inteiro se sublevarão. Jamais terá havido algo semelhante na história do mundo. A solidariedade das massas trabalhadoras fará, pela primeira vez, estourar uma revolução internacional, que será tão vasta quanto o mundo[4].

---

[3] Com todo o respeito por Avis Everhard, podemos afirmar que Ernest Everhard foi apenas um entre os muitos líderes habilidosos que planejaram a Segunda Revolta. Hoje, olhando para o passado, podemos com segurança dizer que, ainda que ele continuasse vivo, a Segunda Revolta não teria resultados menos calamitosos do que teve.

[4] A Segunda Revolta foi de fato internacional. Ela foi um plano colossal — por demais colossal para ter sido forjado por um só homem. Em todas as oligarquias do mundo, os trabalhadores esperavam o sinal para se levantar. A Alemanha, a Itália, a França e toda a Australásia eram regiões operárias, Estados socialistas. Elas prestariam ajuda à Revolução, e o fizeram. Mas quando a revolta foi esmagada, foi esmagada também pela aliança mundial das oligarquias, e os governos socialistas foram substituídos por governos oligárquicos.

Pode-se perceber o quanto essa iminência me incomoda. Eu a tenho vivido dia e noite, e há tanto tempo, que ela sempre está presente em meu espírito. Por isso mesmo, não posso pensar em meu marido sem pensar nela. Ele era a alma dessa Revolução e eu não posso separá-los, nem em pensamento.

Como já disse, existem luzes que apenas eu posso projetar sobre o caráter dele. Sei o quanto lutou pela liberdade e o quanto sofreu, pois vivi a seu lado durante esses vinte anos de ansiedade, e eu soube apreciar sua paciência, seu esforço incessante e sua infinita devoção pela Causa que, há apenas dois meses, lhe tomou a vida. Tentarei narrar, de maneira simples, como Ernest Everhard entrou em minha vida, de que forma o vi pela primeira vez, como ele me envolveu até que me tornasse parte dele, e as tremendas mudanças que desencadeou em minha vida. Desse modo, poderão conhecê-lo como eu o conheci e vê-lo como eu o vi – em tudo, exceto naquelas coisas tão doces e tão íntimas que não posso contar.

Eu o vi pela primeira vez em fevereiro de 1912 quando, convidado por meu pai[5] para um jantar, veio ter à nossa casa em Berkeley. Não posso afirmar que minha primeira impressão a respeito dele tenha sido positiva. Havia muitos convidados e, no vestíbulo, onde nos reunimos para aguardar as visitas, ele apareceu de uma maneira um tanto imprópria para a ocasião. Era a "noite da pregação", como meu pai dizia entre nós, e por certo Ernest estava deslocado em meio àqueles homens da Igreja.

Em primeiro lugar, sua roupa não lhe servia muito bem. Vestia um terno comprado pronto de tecido escuro, que não se ajustava bem ao seu corpo. Na verdade, nenhum terno que comprasse lhe cairia bem. Nessa noite, como sempre, seus músculos saltavam de dentro da roupa e, forçado pela proeminência do peito, o paletó fazia uma série de pregas nas costas. O

---

[5] John Cunningham, pai de Avis Everhard, era professor da Universidade Estadual de Berkeley, na Califórnia, onde ocupava a cadeira de Física; apresentou muitos trabalhos originais em pesquisa e gozava de grande reputação como cientista. Sua principal contribuição à Ciência foram os estudos do elétron e sua monumental obra *Afinidade entre matéria e energia*, em que estabelece definitivamente que a unidade final da matéria e a unidade final da força eram idênticas.
Suas propostas haviam sido anteriormente desenvolvidas, mas não demonstradas, por *Sir* Oliver Lodge e outros pesquisadores, no nascente campo da radiatividade.

pescoço era o de um lutador de rua[6], grosso e forte. Eis aí, dizia para mim mesma, o filósofo social, um ex-ferreiro que meu pai descobrira. E certamente ele tinha essa aparência, com os músculos salientes e o pescoço como o de um touro. Classifiquei-o logo como uma espécie de prodígio, um Cego Tomás[7] da classe operária.

Deu-me em seguida um aperto de mão, firme e forte, mas olhava para mim insolentemente com aqueles olhos negros. Insolente demais, pensei. Deve-se compreender que eu era uma pessoa de um determinado meio, e com acentuados preconceitos de classe na época. Tal atrevimento teria sido quase imperdoável em um homem de minha classe social. Não pude deixar de baixar os olhos e foi com certo alívio que me voltei para cumprimentar o bispo Morehouse, uma das pessoas de quem eu mais gostava: homem de meia-idade, doce e sereno, com o aspecto e a bondade comparáveis às de Cristo e, além disso, um erudito.

Mas essa audácia, que eu tomara por presunção, era na realidade uma peça essencial da natureza de Ernest Everhard. Simples e sincero, não receava nada neste mundo e se recusava a perder tempo com convenções.

– Você me agradou assim que a vi – ele me explicaria muito tempo depois –, e por que razão não poria os olhos naquilo que me agrada?

Acabo de dizer que nada lhe causava medo. Era um aristocrata por natureza, se bem que estivesse no campo oposto ao da aristocracia. Era um super-homem, conforme descrevera Nietzsche[8], e, apesar de tudo, um fervoroso democrata.

Interessada em me reunir aos demais convidados e, talvez, influenciada pela má impressão, esqueci quase completamente do filósofo da classe operária, embora tivesse reparado nele

---

[6] Nessa época, os homens tinham o costume de lutar por dinheiro. Lutavam com os punhos, até que um dos dois caísse sem sentidos, ou morto; o que ficasse de pé levava o dinheiro.

[7] Essa obscura referência diz respeito a um músico negro cego, que causou sensação na segunda metade do século XIX da Era Cristã.

[8] Friedrich Nietzsche, o louco filósofo do século XIX da Era Cristã, que vislumbrou espantosos clarões de verdade, mas que, antes de morrer, preso no grande círculo do pensamento humano, escapou por meio da loucura.

uma vez ou duas, durante o jantar – especialmente no brilho que lhe aparecia nos olhos ao ouvir as falas dos ministros. É bem-humorado, concluí, e quase o desculpei pelas roupas. No entanto, o tempo corria, o jantar prosseguia, e ele não abriu a boca para dizer coisa alguma, enquanto os padres discutiam longamente sobre a classe operária, suas ligações com o clero e tudo o que a Igreja tinha feito e fazia por ela. Percebi que meu pai estava contrariado porque Ernest não falava nada. A certa altura, aproveitou uma pausa e pediu a Ernest para que dissesse algo. Mas ele se contentou em levantar os ombros e, com um "nada tenho a dizer", continuou a comer amêndoas salgadas.

Mas meu pai não admitia recusas. Após um certo tempo, comentou:

– Temos entre nós um membro da classe operária. Estou certo de que pode nos apresentar os fatos sob um ponto de vista diferente, que será interessante e original. Estou me referindo ao senhor Everhard.

Os demais mostraram interesse por educação e pediram a Ernest que expusesse seus pontos de vista. A atitude deles era tão tolerante e amável que parecia de fato condescendente. Observei que Ernest percebera e se divertia com isso. Correu o olhar lentamente em torno da mesa e surpreendi nele um brilho sarcástico.

– Não sou versado nos bons modos das discussões eclesiásticas – começou ele com um pouco de modéstia e indecisão.

– Vamos lá – encorajavam-no –, não nos incomodamos com a verdade de ninguém. Contanto que seja sincera – emendou o dr. Hammerfield.

– Então, o senhor separa sinceridade e verdade? – perguntou Ernest, rindo ligeiramente.

O dr. Hammerfield suspirou e respondeu-lhe:

– O melhor dentre nós pode se enganar, meu jovem. O melhor.

O comportamento de Ernest mudou no mesmo instante. Parecia outro homem.

– Muito bem, então – respondeu. – Permitam-me começar por dizer que os senhores estão todos enganados. Não sabem nada, menos que nada, sobre a classe operária. Sua sociologia é tão corrompida e destituída de valor quanto o método de raciocínio que utilizam.

Não foi tanto pelo que ele dizia, mas pelo tom com que falava. O primeiro som de sua voz me provocou. Era tão intenso quanto o seu olhar. Um toque de clarim que me fez vibrar até a alma. E toda a mesa ficou perturbada, despertando da monotonia e do torpor em que se encontrava.

– O que é que existe de tão corrompido e inútil em nosso método de raciocínio, meu jovem? – perguntou o dr. Hammerfield, revelando algo de desagradável em sua voz e na sua maneira de se expressar.

– Os senhores são metafísicos. Podem provar o que quiserem por meio da metafísica; e, assim, qualquer metafísico pode provar que um outro metafísico está errado, para sua própria satisfação. Os senhores são anarquistas no domínio do pensamento. São doidos por elaborar criações cósmicas. Cada um dos senhores vive em seu próprio cosmo, criado a partir de suas próprias fantasias e desejos. Nada conhecem do verdadeiro mundo em que vivem e seu pensamento não tem lugar no mundo real, a não ser como fenômeno de aberração mental.

– Sabem em que eu pensava ao ouvir os senhores falarem sem parar? Lembrava-me dos escolásticos da Idade Média, que debatiam com gravidade e sabedoria a empolgante questão de quantos anjos poderiam dançar na ponta de uma agulha. Meus caros senhores, creio que estão tão afastados da vida intelectual do século XX quanto estaria o feiticeiro de uma tribo, há milhares de anos, fazendo seus sortilégios em uma floresta primitiva.

Enquanto falava, Ernest parecia realmente exaltado. Seu rosto se enfurecia, seus olhos se estreitavam e reluziam, toda sua fisionomia revelava uma eloquente agressividade. No entanto, era apenas seu jeito de ser. Ele sempre provocava as pessoas. Suas maneiras esmagadoras e fulminantes invariavelmente as deixavam fora de si. E elas ficaram assim naquele momento. O bispo Morehouse, inclinado para a frente, escutava com atenção. A fisionomia do dr. Hammerfield estava vermelha de indignação e despeito. Os outros também se exasperavam e alguns sorriam com ares de superioridade. Quanto a mim, divertia-me a situação. Olhei para o meu pai e tive receio de que começasse a rir diante do efeito dessa bomba humana que tivera a audácia de lançar em nosso meio.

– Seus termos são um pouco vagos – interrompeu o dr.

Hammerfield. – Que pretende dizer quando nos chama de metafísicos?
– Chamo-os de metafísicos porque raciocinam metafisicamente – Ernest continuou. – Seu método de raciocínio é oposto ao da ciência. Nada há de válido em suas conclusões. Provam tudo e não provam nada. Não existem dois entre os senhores que possam estar de acordo, sobre coisa alguma. Cada um dos senhores recorre à própria consciência para explicar a si mesmo e ao universo. Explicar a consciência pela consciência é a mesma coisa que tentar fechar a gaveta e jogar a chave dentro dela.
– Não entendo – disse o bispo Morehouse. – Se não me engano, todas as coisas do espírito são metafísicas. A matemática, a mais exata e convincente de todas as ciências, é puramente metafísica. O menor processo mental daquele que raciocina cientificamente é metafísico. Por certo, o senhor concorda com isso?
– Como o senhor mesmo disse, o senhor não entende – replicou Ernest. – O metafísico raciocina por dedução, a partir de sua própria subjetividade; o cientista raciocina por indução, baseando-se em fatos fornecidos pela experiência. O metafísico argumenta da teoria para os fatos, o cientista vai dos fatos para a teoria. O metafísico explica o universo pelo próprio universo, o cientista explica a si mesmo pelo universo.
– Deus seja louvado por não sermos cientistas – murmurou o dr. Hammerfield com certa complacência.
– Então, o que são os senhores? – indagou Ernest.
– Filósofos.
– Aí está – Ernest riu. – Deixaram o terreno real e sólido para se lançarem ao espaço com uma palavra no lugar de uma máquina voadora. Por obséquio, desçam um pouco à terra e me digam o que entendem exatamente por filosofia.
– A filosofia é... – o dr. Hammerfield pigarreou e continuou: – algo que não se pode definir de um modo compreensível senão para os espíritos e temperamentos filosóficos. O cientista limitado, com seu nariz enfiado nos tubos de ensaio, não pode compreender a filosofia.
Ernest ignorou a provocação. Sempre foi seu hábito devolver a carga ao adversário, e foi o que fez em seguida, com uma radiante fraternidade na expressão do rosto e da voz.
– Então, os senhores certamente compreenderão a defi-

nição que vou propor para filosofia. Mas, antes disso, quero desafiá-los: ou me apontam algum erro ou permanecem metafisicamente em silêncio. A filosofia é simplesmente a mais vasta de todas as ciências. Seu método de raciocínio é o mesmo de qualquer ciência em particular, ou de todas as ciências em geral. E é por esse método, o método indutivo, que a filosofia funde todas as ciências particulares em uma só e grande ciência. De acordo com Spencer, os dados de uma ciência em particular é conhecimento parcialmente unificado. A filosofia unifica os conhecimentos fornecidos por todas as ciências. É a ciência das ciências, ou a senhora das ciências, se preferirem. O que acham da minha definição?

– Merece crédito, merece crédito – murmurou desajeitado o dr. Hammerfield.

Mas Ernest era implacável.

– Prestem bem atenção – disse. – Meu enunciado é fatal à metafísica. Se não encontrarem uma brecha em minha definição, não terão como se contrapor a ela com argumentos metafísicos e passarão o resto da vida procurando essa brecha, permanecendo metafisicamente em silêncio até a encontrarem.

Ele esperou. O silêncio era penoso. O dr. Hammerfield estava angustiado. Também se sentia embaraçado. O ataque impiedoso de Ernest o desconcertara. Não estava acostumado ao método simples e direto da controvérsia. Percorreu a mesa com o olhar, em busca de socorro, mas ninguém acorreu em seu auxílio. Surpreendi meu pai contendo o riso, por trás do guardanapo.

– Há uma outra forma de desqualificar os metafísicos – continuou Ernest, e o embaraço do doutor era total. – Julgue-os por suas obras. Que têm eles feito pela humanidade, além de tecer fantasias voláteis e tomar por deuses suas próprias sombras? Admito que contribuíram para a alegria do gênero humano, mas que bem tangível forjaram? Filosofavam, desculpem-me pelo mau uso dessa palavra, a respeito do coração como centro das emoções, enquanto os cientistas descreviam a circulação do sangue. Sustentavam que a fome e a peste eram flagelos de Deus, enquanto os cientistas construíam silos e saneavam as cidades. Enquanto discutiam o sexo dos anjos, os cientistas construíam pontes e estradas, e enquanto descreviam a Terra como centro do universo, os cientistas descobriam a América e sondavam o espaço à procura de estrelas e das leis que regiam esses corpos. Em resumo, os metafísicos nada fizeram, absolutamente nada, para a humanidade. Enquanto a ciência avançava, eles recuavam. À medida que os fatos cientificamente constatados desmontavam suas explicações subjetivas, fabricavam novas explicações, inclusive explicações para os fatos comprovados mais recentemente. E é isso, não tenho dúvida, o que continuarão a fazer até o fim dos tempos. Senhores, um metafísico é um curandeiro. A diferença entre os senhores e o esquimó que imaginava um Deus comedor de gorduras e vestido de peles é simplesmente uma diferença de vários milhares de anos de fatos constatados. Isso é tudo.

– No entanto, o pensamento de Aristóteles predominou na Europa durante doze séculos – enunciou pomposamente o dr. Ballingford. – E Aristóteles era um metafísico.

O dr. Ballingford correu a mesa com os olhos e foi recompensado com sorrisos e sinais de aprovação.

– Foi um exemplo infeliz – respondeu Ernest. – O senhor se refere a um dos períodos mais sombrios da história humana: aquele que de fato chamamos de Idade das Trevas; época em que a ciência era violada pela metafísica, a física se reduzia à procura da pedra filosofal, a química tornou-se alquimia e a astronomia, astrologia. Triste predomínio, o do pensamento de Aristóteles!

O dr. Ballingford parecia mortificado, mas reagiu e continuou:

– Mesmo admitindo o quadro sombrio que o senhor acabou de pintar, não pode deixar de reconhecer que a metafísica tem pelo menos um valor intrínseco por ter feito a humanidade sair daquela fase negra, conduzindo-a para a luz dos séculos posteriores.

– A metafísica nada tem que ver com isso – retrucou Ernest.

– O quê? – bradou indignado o dr. Hammerfield. – Então não foi o pensamento especulativo que conduziu às viagens dos descobrimentos?

– Ora, meu caro senhor – Ernest sorriu –, e eu que o julguei desqualificado. Não percebeu ainda a brecha em minha definição de filosofia. Agora está se apoiando em uma base irreal. Mas é assim que agem os metafísicos, e eu o perdôo. Não, torno a repetir, a metafísica nada tem que ver com isso. Arroz e feijão, sedas e jóias, especiarias e dinheiro, e, por acaso, o fechamento das rotas comerciais por terra para a Índia: essas foram as causas das viagens de descoberta. Com a queda de Constantinopla, em 1453, os turcos bloquearam o caminho das caravanas para a Índia. Os mercadores europeus precisaram procurar outras rotas. Essa é a causa original das grandes descobertas. Cristóvão Colombo navegou para encontrar uma nova rota para as Índias. Todos os manuais de história repetem isso. A propósito, foram descobertos novos fatos acerca da natureza, do tamanho e da forma da Terra, e o sistema de Ptolomeu lançou luz sobre isso.

O dr. Hammerfield pigarreou.

– O senhor não concorda? – perguntou Ernest. – Então, diga em que consiste o meu erro.

– Posso apenas sustentar minha posição – replicou asperamente o dr. Hammerfield. – Essa é uma história longa para que entremos nela.

– Não existe história longa demais para o cientista – objetou Ernest. – É assim que ele caminha. E foi assim que chegou até à América!

Não vou descrever tudo o que aconteceu naquela noite, ainda que seja muito gostoso recordar cada momento, cada pormenor daquelas primeiras horas em que conheci Ernest Everhard.

Reinava uma discussão acalorada, e os ministros ficaram vermelhos de raiva e exaltados, sobretudo quando Ernest os chamava de filósofos românticos, mágicos de circo e coisas semelhantes. E sempre os rebatia com fatos.

– Os fatos, homem, os fatos são irrefutáveis – proclamava exultante, derrubando os ministros um a um. Estava carregado de fatos. Derrubava-os com fatos, emboscava-os com fatos, bombardeava-os de fatos por todos os lados.

– Você parece adorar o altar dos fatos – censurou-o o dr. Hammerfield.

– Não existe Deus, mas Fatos, e o senhor Everhard é o seu profeta – parafraseou o dr. Ballingford.

Ernest, sorrindo, fez um sinal de aquiescência:

– Sou como o homem do Texas – disse. E, como lhe pedissem explicações, completou: – Sim, o homem do Missouri sempre diz: "Você precisa me mostrar isso". Mas o texano diz: "Você precisa pôr isso em minhas mãos". Isso deixa claro que ele não é um metafísico.

Em outro momento, quando Ernest acabava de afirmar que os filósofos metafísicos jamais suportariam a prova da verdade, o dr. Hammerfield trovejou subitamente:

– Qual é a prova da verdade, rapaz? Quer fazer o obséquio de nos explicar o que, há tanto tempo, vem confundindo cabeças mais sábias do que a sua?

– Certamente – respondeu Ernest, e sua segurança os encolerizava. – As cabeças sábias foram durante muito tempo tão lamentavelmente confundidas em relação à verdade porque a procuravam no ar. Tivessem permanecido em terra firme, tê-la-iam encontrado facilmente. Sim, teriam descoberto que eles próprios estavam precisamente testando a verdade em cada um de seus pensamentos e de suas ações práticas na vida.

– A prova! A prova! – repetiu com impaciência o dr. Hammerfield. – Deixe de lado os preâmbulos. Dê-nos aquilo que temos procurado há tanto tempo: a prova da verdade. Dê-nos as provas, e seremos como deuses.

Suas palavras e seus gestos expressavam um ceticismo irônico e ferino, que secretamente comprazia a maioria dos presentes, embora parecesse aborrecer o bispo Morehouse.

– O dr. Jordan[9] estabeleceu isso muito claramente – respondeu Ernest. – Seu método de provar a verdade é: "Funciona? Confiaria a ela sua vida?"

– Ora! – caçoou o dr. Hammerfield. – O senhor não está levando em conta o bispo Berkeley[10]. Ele nunca foi contestado.

– O mais nobre dos metafísicos – disse Ernest, rindo –, mas esse exemplo não é bom. Como o próprio Berkeley afirmava, sua metafísica não funcionava.

O dr. Hammerfield ficou furioso, completamente furioso. Era como se tivesse surpreendido Ernest roubando ou mentindo.

– Jovem – vociferou –, essa declaração está bem de acordo com tudo que o senhor disse esta noite. É uma asserção ordinária e sem fundamento.

---

[9] Célebre professor do final do século XIX e início do século XX da Era Cristã. Foi presidente da Universidade de Stanford, uma instituição beneficente privada da época.

[10] Monista que embaraçou por muito tempo os filósofos da época ao negar a existência da matéria, e cujos engenhosos argumentos acabaram desmoronando quando os novos fatos empíricos da ciência se generalizaram filosoficamente.

— Essa me derrubou — murmurou Ernest, humildemente. — Só não sei o que me acertou. É preciso colocar em minhas mãos, doutor.

— E vou, e vou! — retrucou o dr. Hammerfield com veemência. — Como você sabe? O senhor não sabe se o bispo Berkeley afirmou que a metafísica dele não funcionava. O senhor não tem provas. Meu caro jovem, ela sempre funcionou.

— A prova que tenho de que a metafísica de Berkeley não funcionava é que o próprio Berkeley — Ernest respirou tranqüilamente — preferia passar pelas portas em vez de atravessar as paredes; que ele confiava sua vida ao arroz, feijão e bife; que se barbeava com uma navalha que funcionava, para tirar os pêlos do rosto.

— Mas essas são coisas tangíveis — vociferou o dr. Hammerfield — e a metafísica é do espírito.

— E funciona no espírito? — perguntou Ernest num tom calmo.

O outro acenou afirmativamente.

— E uma multidão de anjos pode dançar na ponta de uma agulha... no espírito! — prosseguiu Ernest, reflexivamente. — Pode existir um deus cabeludo e comedor de gordura, e funcionar... no espírito; porque não há provas contrárias a isso... no espírito. Será, doutor, que o senhor vive no mundo do espírito?

— Meu espírito é para mim um reino — foi a resposta.

— O que é uma forma diferente de confessar que o senhor vive flutuando no ar. Mas volta à terra na hora das refeições ou quando ocorre um terremoto, suponho. Diga-me, doutor, o senhor não tem medo de que durante um terremoto esse corpo sem substância seja atingido por um tijolo igualmente sem substância?

Na mesma hora, o dr. Hammerfield levou inconscientemente a mão à cabeça, até onde uma cicatriz se escondia sob os cabelos. Sem querer, Ernest citara um exemplo apropriado, pois o doutor quase havia morrido durante o Grande Terremoto[11], com a queda de uma chaminé. Todos riram estrondosamente.

— E então? — perguntou Ernest, quando a gargalhada diminuiu. — Há provas em contrário?

E, diante do silêncio, indagou de novo:

---

[11] O grande terremoto que destruiu São Francisco em 1906 d. C.

– E então? – e ainda acrescentou: – Muito bem, mas não é satisfatório, esse seu último argumento.

O dr. Hammerfield estava temporariamente fora de combate, mas a batalha tomava outras direções. E Ernest, ponto por ponto, ia desafiando os ministros. Quando diziam conhecer a classe operária, expunha verdades fundamentais a respeito dela, verdades que eles ignoravam, e os desafiava a contestá-lo. Argumentava com fatos, sempre com fatos, controlando seus vôos e trazendo-os de volta à terra e aos fatos.

Como essa cena me aparece tão vívida! Parece-me ouvi-lo agora, com um toque bélico na voz, descompondo-os com fatos, sendo que cada fato era um chicote a açoitar ininterruptamente. Era impiedoso. Não dava nem pedia trégua[12]. Jamais poderei esquecer a surra que ele lhes deu.

– Os senhores todos admitiram mais de uma vez nesta noite, ou porque o confessaram ou porque deixaram escapar, que nada sabem da classe trabalhadora. Não os censuro por isso. Como poderiam saber algo sobre a classe operária? Não vivem nos mesmos locais que a classe operária, pois convivem com a classe capitalista em outras localidades. E por que não seria assim? É a classe capitalista que paga aos senhores, que os sustenta e que lhes coloca nos ombros essas mesma vestes que exibem esta noite. E, em retribuição, pregam a seus patrões as máximas da metafísica que mais os agradam em particular; e essas máximas os agradam porque não ameaçam a ordem social estabelecida.

Nesse instante, um rumor de protesto percorreu a mesa.

– Oh, não estou duvidando de sua sinceridade – prosseguiu Ernest. – Os senhores são sinceros. Acreditam no que pregam. E nisso reside sua força e seu valor... para a classe capitalista. Se mudassem sua crença para algo que ameaçasse a ordem estabelecida, suas pregações seriam inaceitáveis para seus patrões e eles se livrariam dos senhores. Vez ou outra, alguns dos senhores perdem dessa forma o cargo[13]. Tenho ou não tenho razão?

---

[12] Essa figura lembra um costume da época. Entre homens que lutavam até a morte como animais, o derrotado atirava suas armas aos pés do vencedor e ficava ao critério deste matá-lo ou poupá-lo.

[13] Nessa época, vários ministros foram expulsos da Igreja por pregarem doutrinas consideradas inaceitáveis, sobretudo quando a pregação tinha um tom socialista.

Dessa vez, não houve divergências. Todos concordaram em silêncio, com exceção do dr. Hammerfield, que disse:
– Quando o modo de pensar está errado é que se perde o cargo.
– Ou seja, quando seu modo de pensar é inaceitável – Ernest contestou. – Então, eu lhes imploro: continuem pregando e recebendo seu salário, mas, pelo amor de Deus, deixem a classe operária em paz. Os senhores pertencem às fileiras do inimigo. Nada têm em comum com a classe trabalhadora. Suas mãos são macias porque são outras mãos que trabalham pelos senhores. Suas barrigas estão tão cheias de comida que parecem esféricas. (A essa altura, o dr. Ballingford se retraiu e todos os olhos se voltaram para sua prodigiosa corpulência. Dizia-se que fazia tempo que não enxergava os próprios pés.) E seus espíritos estão tão cheios de doutrinas que servem de esteio para a ordem estabelecida. Os senhores são como muitos mercenários, mercenários sinceros, eu concordo, como o eram os homens da Guarda Suíça[14] sob a antiga monarquia francesa. Sejam fiéis ao salário e ao aluguel; guardem, em suas prédicas, os interesses de seus patrões, mas não se dirijam à classe operária para servir-lhe de falsos guias. Os senhores não conseguiriam estar nos dois campos ao mesmo tempo. A classe operária tem-se virado muito bem sem os senhores; e, podem acreditar, ficará muito bem assim. E, além disso, ela se dá melhor sozinha do que com os senhores.

---

[14] Guardas palacianos contratados por Luís XVI, rei de França que foi decapitado por seu povo.

Capítulo II

DESAFIOS

Após a partida dos convidados, meu pai se atirou em uma poltrona e riu como o Gargântua de Rabelais. Depois da morte de minha mãe, nunca o vi rir com tanta satisfação.

– Aposto que o dr. Hammerfield nunca havia se defrontado com uma situação dessas em toda sua vida – disse, rindo. – "A cortesia das controvérsias eclesiásticas!" Você reparou que no início ele parecia um carneirinho, quer dizer, estou falando de Everhard, e logo passou a rugir como um leão? É um espírito perfeitamente bem disciplinado. Teria sido um ótimo cientista, caso direcionasse suas energias nesse sentido.

Devo confessar que estava profundamente interessada em Ernest Everhard. Não pelo que dissera, tampouco pelo modo como o fez, e sim por ele próprio, o homem. Jamais havia encontrado alguém como ele. Creio que era por isso que, apesar de eu já ter 24 anos, ainda não estava casada. Gostei dele, precisava confessar isso a mim mesma. E minha inclinação por ele se baseava em algo além do intelecto e da argumentação. A despeito de seus músculos e do pescoço de pugilista, ele me parecia um garoto ingênuo e isso me impressionou. Senti, sob o disfarce de fanfarrão intelectual, um espírito delicado e sensível, mas não sabia a razão disso, e só podia atribuir esse sentimento à minha intuição feminina.

Havia algo em sua voz de clarim que atingiu em cheio o meu coração. E, apesar de ainda ecoar em meus ouvidos, sentia que a desejava escutar de novo. E rever em seus olhos aquele lampejo de contentamento que desmentia a seriedade impassível de sua face. E outros sentimentos vagos e imprecisos pulsavam dentro mim. Quase o amava, embora acredite que, se não o tivesse visto de novo, esses sentimentos imprecisos teriam se desvanecido e eu poderia esquecê-lo rapidamente.

Mas esse não foi o meu destino. O recente interesse de meu pai pela sociologia, bem como os jantares que oferecia, não permitiriam que isso acontecesse. Papai não era um sociólogo. Tinha sido feliz no casamento com a minha mãe, e tido sucesso em suas pesquisas em física, que era de fato a sua especialidade. Mas quando minha mãe morreu, o trabalho não pôde preencher-lhe o vazio. Inicialmente, de forma moderada, interessou-se pela filosofia; à medida que o interesse foi crescendo, voltou-se para a economia e para a sociologia. Era um homem bastante justo e logo se apaixonou com fervor pela reparação das injustiças. Eu percebia com felicidade que o interesse pela vida renascia nele, mas não imaginava aonde isso nos levaria. Com o entusiasmo de um menino, mergulhou de cabeça em sua nova ocupação, sem se importar com o que ela poderia acarretar.

Havia se acostumado a trabalhar no laboratório, e não tardou a transformar a sala de jantar em um laboratório de sociologia. Ali, se reuniam para jantar pessoas de toda espécie e de todas as condições: cientistas, políticos, banqueiros, comerciantes, professores, líderes operários, socialistas e anarquistas. Incitava-os à discussão e analisava suas idéias a respeito da vida e da sociedade.

Ele tinha conhecido Ernest pouco tempo antes da "noite dos pregadores". Depois que os convidados se foram, papai me contou como o havia encontrado.

Andava pela rua certa noite e parou para ouvir um homem que, em cima de um caixote, falava para um grupo de trabalhadores. Esse homem era Ernest. Mas não se tratava de um simples pregador de rua: ocupava um alto posto no conselho do Partido Socialista, era um dos seus líderes, um líder por excelência, de acordo com a filosofia do socialismo. Ele tinha uma maneira clara de colocar em linguagem simples aquilo que era difícil de entender, era um doutrinador e um professor nato e não se sentia diminuído ao subir em um caixote para explicar economia aos trabalhadores.

Ao parar para ouvi-lo, meu pai se interessou pelo discurso; travou contato com ele e, após conversar um pouco, convidou-o para o jantar dos reverendos. Naquele dia, após o jantar, meu pai me contou o pouco que sabia a respeito de Everhard. Era filho de operários, mas descendia de uma família tradicional, estabelecida há mais de duzentos anos nos Estados Unidos[1]. Aos 10 anos, fora trabalhar na tecelagem e, mais tarde, passou de aprendiz a ferreiro. Era um autodidata, estudara sozinho francês e alemão e, na época, ganhava escassamente a vida traduzindo obras científicas e filosóficas para uma combativa editora socialista de Chicago. Complementava seus rendimentos com os direitos que recebia da venda de suas próprias obras econômicas e filosóficas.

Foi o que soube dele antes de me deitar, e fiquei muito tempo acordada, relembrando o som de sua voz. Estava amedrontada com meus próprios pensamentos. Ele era tão diferente dos homens de minha classe, tão estranho e tão forte! Seu autocontrole me agradava e apavorava ao mesmo tempo, e, conforme dava asas às minhas fantasias, passei a vê-lo como namorado, como marido. Tinha sempre ouvido dizer que a força no homem é um atrativo irresistível para as mulheres, mas ele era forte demais. "Não, não!", gritava para mim mesma. "Não é possível, é absurdo!" Ao despertar pela manhã, percebi que desejava revê-lo. Queria vê-lo de novo dominando as pessoas numa discussão, ouvir o som de clarim de sua voz, admirá-lo em toda a sua segurança e força, demolindo a tolerância delas e abalando a rotina de seus pensamentos. Que importava sua fanfarronice? Para usar suas próprias palavras: funcionava, produzia efeitos. E, além do mais, essa fanfarronice era muito boa de se ver. Ela agitava as pessoas como no início de uma batalha.

Vários dias se passaram, durante os quais eu me dediquei à leitura dos livros de Ernest, que papai me emprestara. Sua palavra escrita era como sua palavra falada, clara e convincente; e, com uma simplicidade absoluta, ele convencia, mesmo diante da dúvida. Tinha o dom da lucidez e de expor a matéria com perfeição. Apesar de seu estilo, havia coisas que me desagradavam. Dava uma importância grande demais ao que chamava luta de classes, ao antagonismo entre o trabalho e o capital, ao conflito de interesses.

---

[1] Na época, a distinção entre as pessoas nascidas no país e as que vinham de fora era aguda e discriminatória.

Meu pai me contou de maneira bastante divertida a opinião do dr. Hammerfield a respeito de Ernest: "Um insolente cachorrinho, que se tornou presunçoso graças a um aprendizado bastante inadequado". Dizia ainda que não gostaria de encontrar Ernest novamente.

O bispo Morehouse, por outro lado, se interessara por Ernest e estava ansioso por um novo encontro. "Um jovem forte e muito vivo, vivo demais; além disso, é seguro, bastante seguro".

Ernest veio uma tarde, com papai. O bispo já havia chegado e tomávamos chá na varanda. Devo dizer que a prolongada presença de Ernest em Berkeley se devia ao fato de que ele estava fazendo um curso como aluno especial em Biologia na universidade, além de trabalhar com afinco em um novo livro cujo título era *Filosofia e revolução*[2].

Quando Ernest entrou, a varanda pareceu encolher de repente. Não porque ele fosse muito alto, pois tinha um metro e oitenta de altura, mas sim porque parecia irradiar uma atmosfera de grandeza. Quando parou para me cumprimentar, pareceu um pouco embaraçado, o que não combinava com o seu olhar audacioso e o seu aperto de mão, que era firme e forte. Naquele momento, tinha o olhar fixo e seguro, embora parecesse um tanto interrogativo enquanto me olhava, e, como antes, prolongado.

– Estive lendo sua *Filosofia da classe operária* – eu lhe disse e vi seus olhos brilharem de satisfação.

– Naturalmente, levou em consideração o público ao qual foi endereçada – respondeu.

– Sim, e é a esse respeito que quero discutir – provoquei.

– Eu também tenho algo a discutir com o senhor – acrescentou o bispo Morehouse.

Ernest encolheu os ombros de bom humor e aceitou uma xícara de chá.

O bispo me cedeu a palavra com um aceno.

– O senhor fomenta o ódio entre as classes – eu disse. – Considero errado e criminoso apelar para tudo o que há de mesquinho e brutal na classe operária. O ódio de classes é anti-

---

[2] Esse livro continuou sendo impresso secretamente durante os três séculos do Tacão de Ferro. Existem vários exemplares e muitas edições na Biblioteca Nacional de Ardis.

social e, segundo me parece, anti-socialista.

– Não tenho culpa! – respondeu. – Não existe ódio de classes, nem na letra, nem no espírito de nada que eu já tenha escrito.

– Não? – protestei com ar de reprovação, pegando e abrindo o livro.

Ernest tomava tranqüilamente seu chá, e sorria para mim enquanto eu virava as páginas.

– Página cento e trinta e dois! – Li em voz alta. – "A luta de classes, dessa maneira, se apresenta na etapa atual do desenvolvimento social, entre os que pagam e os que recebem salários".

Olhei-o com um ar de triunfo.

– Não há aí menção alguma ao ódio entre as classes – ele sorriu.

– Mas, o senhor disse "luta de classes" – contestei.

– O que é diferente de ódio entre as classes – retrucou. – Acredite-me, não fomentamos o ódio. Dizemos que a luta de classes é uma lei do desenvolvimento social. Não somos responsáveis por ela. Não fazemos a luta de classes. Simplesmente a explicamos, como Newton explicou a gravitação. Explicamos a natureza do conflito de interesses que produz a luta de classes.

– Mas não deveria haver conflito de interesses! – exclamei.

– Concordo plenamente – respondeu. – É o que nós, socialistas, pretendemos provocar: a abolição desse conflito de interesses. Desculpe-me, permita-me ler uma passagem. – Pegou o livro e virou algumas páginas. – Página cento e vinte e seis: "O ciclo das lutas de classes, que começou com a dissolução do comunismo primitivo tribal e o surgimento da propriedade privada, terminará com a passagem da propriedade privada para os meios de vida social".

– Discordo do senhor – o bispo interrompeu a conversa, com um rosto pálido de asceta traindo na expressão a intensidade de seus sentimentos. – Sua premissa está errada. Não existe algo como um conflito de interesses entre o trabalho e o capital, ou pelo menos não deveria existir.

– Obrigado – disse Ernest, de forma crítica. – Com essa afirmação, o senhor me devolve a premissa.

– Mas por que deveria haver conflito? – perguntou o bispo, agitado.

Ernest sacudiu os ombros:

– Porque é assim que somos, suponho.

– Mas não somos assim! – exclamou o outro.
– É a respeito do homem ideal, divino e altruísta que o senhor está falando? – perguntou Ernest. – Mas são tão poucos que praticamente não existem. Ou o senhor se refere ao homem médio, comum e normal?
– Falo do homem comum e normal.
– Que é fraco, falível e sujeito a erro?
O bispo anuiu com a cabeça.
– E mesquinho e egoísta?
Concordou de novo.
– Preste atenção – insistiu Ernest –, eu disse *egoísta*.
– O homem comum *é* egoísta – afirmou o bispo com segurança.
– Que deseja ter tudo o que pode?
– É verdade, mas isso é deplorável.
– Ah! Entendi!
A língua de Ernest estalou, como uma ratoeira:
– Deixe-me mostrar-lhe. Por exemplo, um homem que trabalha nos bondes.
– Ele não poderia trabalhar se não existisse o capital – interrompeu o bispo.
– É verdade. Mas o senhor há de concordar comigo que o capital terminará se não houver mão-de-obra para produzir os dividendos.
O bispo permaneceu em silêncio.
– O senhor não concorda? – insistiu Ernest.
O bispo balançou a cabeça afirmativamente.
– Então, nossas opiniões se anulam mutuamente e voltamos ao ponto de partida – disse Ernest num tom casual. – Comecemos de novo. Os trabalhadores dos bondes fornecem a mão-de-obra; os acionistas, o capital. Pelo esforço combinado dos trabalhadores e do capital, o dinheiro é obtido[3]. Eles dividem entre si esse dinheiro que foi ganho. A parte do capital se chama "dividendos"; a do trabalho recebe o nome de "salários".
– Muito bem – interpôs o bispo. – Não há motivos para que essa divisão não seja amigável.

---

[3] Nessa época, grupos de indivíduos vorazes controlavam todos os meios de transporte e cobravam muito do público pelo uso.

— O senhor já se esqueceu daquilo em que havíamos concordado – replicou Ernest. – Concordamos que o homem médio é egoísta. Ele é o homem que é. O senhor se empolgou, tentando demonstrar que há uma distinção entre esse homem e o homem ideal, que não existe. Mas, voltando à realidade, o trabalhador, por ser egoísta, quer pegar tudo o que puder na divisão; o capitalista, como também é egoísta, também quer pegar tudo o que puder pegar na divisão. Quando não há muito de uma mesma coisa e cada um quer ter o máximo, ocorre um conflito de interesses. É esse o conflito de interesses que existe entre o trabalho e o capital, e é um conflito inconciliável. Enquanto existirem operários e capitalistas, a disputa pela divisão também existirá. Se o senhor estivesse em São Francisco hoje à tarde, teria de andar a pé. Os bondes não estão rodando.

— Outra greve[4]! – exclamou o bispo, alarmado.

— Sim, disputam a divisão dos lucros das linhas urbanas.

O bispo se exaltou.

— Isso não está certo! – gritou. – Os operários têm visão curta. Como podem contar com a nossa simpatia?

— Forçando-nos a andar a pé – concluiu maliciosamente Ernest.

Mas o bispo ignorou-o e continuou:

— Seu ponto de vista é muito estreito. Os homens deveriam agir como homens, e não como bestas-feras. Tudo isso produz violência e morte, faz das mulheres viúvas e das crianças, órfãs. O capital e o trabalho deveriam ser amigos. Deveriam andar de mãos dadas, para o bem de ambos.

— Ah! Mais uma vez, o senhor flutua no ar – observou secamente Ernest. – Ponha os pés no chão. Lembre-se de que estamos de acordo quanto ao fato de que o homem médio é egoísta.

— Mas ele não precisa ser! – exclamou o bispo.

— Nisso eu concordo com o senhor – Ernest comentou. –

---

[4] Tais discórdias eram muito freqüentes naqueles tempos irracionais e anárquicos. Às vezes, os operários se recusavam a trabalhar. Outras vezes, os capitalistas impediam os operários de trabalhar. Na violência e na turbulência dessas discussões, muitas propriedades foram destruídas e muitas vidas, perdidas. Isso é inconcebível para nós — tão inconcebível quanto um outro costume da época: os homens das classes mais baixas costumavam quebrar os móveis quando se desentendiam com suas mulheres.

Ele não precisa ser egoísta, mas continuará a sê-lo até o fim da vida, em um sistema social baseado numa ética imunda.

O bispo se mostrou consternado e meu pai deu uma risada.

– Sim, imunda – retrucou Ernest, sem remorso. – Esse é o significado do sistema capitalista. E é isso que sua Igreja defende, e que o senhor está sempre pregando lá do púlpito. Uma ética imunda! Não há outro nome para isso.

O bispo se voltou para meu pai, procurando apoio, mas ele riu, concordando com a cabeça e dizendo:

– Temo que ele tenha razão. É a política do *laissez-faire*, do deixa-disso, de cada um por si e Deus por todos. Como disse aquela noite o senhor Everhard, a função que os senhores do clero exercem consiste em manter a ordem estabelecida da sociedade, e a sociedade está estabelecida sobre essa base.

– Mas não é esse o ensinamento de Cristo! – exclamou o bispo.

– Atualmente, a Igreja não está transmitindo os ensinamentos de Cristo – respondeu-lhe Ernest de pronto. – É por isso que os operários nada terão que ver com ela. A Igreja desculpa a terrível brutalidade e a selvageria com a qual a classe capitalista trata a classe operária.

– A Igreja não desculpa isso – objetou o bispo.

– Mas também não protesta contra isso – replicou Ernest. – E na medida em que não protesta, consente. É preciso não esquecer de que a Igreja é sustentada pela classe capitalista.

– Eu não olhava por esse ângulo – disse ingenuamente o reverendo. – O senhor deve estar enganado. Sei que existem muitas coisas erradas e difíceis neste mundo. Sei que a Igreja deixou de lado o... o que o senhor chama de proletariado[5].

– Os senhores nunca se importaram com o proletariado – objetou Ernest. – O proletariado se desenvolveu fora da Igreja e sem a Igreja.

– Não entendi – disse o bispo desanimado.

– Então, permita-me explicar-lhe. Com a introdução da maquinaria e do sistema fabril, no final do século XVIII, a

---

[5] A palavra "proletariado" provém do latim, *proletarii*, nome dado pelo censo de Sérvio Túlio àqueles cujo único valor que tinham para o Estado era o fato de produzirem descendentes (prole). Em outras palavras, eram os que não tinham importância nem pela riqueza, nem pela posição social, nem por alguma capacidade em particular.

grande massa de trabalhadores abandonou o campo. O antigo sistema trabalhista também se rompeu. Os trabalhadores foram levados de suas aldeias e arrebanhados para as cidades industriais. Mulheres e crianças foram colocadas para trabalhar nas novas máquinas. A vida familiar deixou de existir. As condições eram terríveis. É uma história sangrenta.

– Eu sei, eu sei – interrompeu o bispo com uma expressão agoniada. – Foi terrível, mas isso ocorreu há um século e meio.

– E nessa ocasião, há um século e meio, nasceu o proletariado moderno – prosseguiu Ernest. – E a Igreja o ignorou. Enquanto os capitalistas transformavam a nação em matadouros, a Igreja ficava muda. Não protestou, assim como hoje não protesta. Como disse Austin Lewis[6], falando dessa época, aqueles a quem havia sido dada a ordem de "Apascenta os meus cordeiros"*, viram as ovelhas serem vendidas como escravas e trabalharem até a morte sem protesto[7]. Enquanto isso, a Igreja se calava e, antes de ir mais longe, peço-lhe que me diga com sinceridade se o senhor concorda ou não comigo. A Igreja não se calou naquele momento?

O bispo Morehouse hesitou. Tal como o dr. Hammerfield, ele não estava habituado a esse gênero de "embate corporal", como dizia Ernest.

– A história do século XVIII já está escrita – lembrou Ernest. – Se a Igreja não tivesse se mantido calada, isso não seria registrado nos livros.

– Infelizmente, creio que se manteve calada, sim – confessou o bispo.

– E ainda hoje é assim.

– Nisso eu não concordo – disse o bispo.

Ernest fez uma pausa, olhou inquisitivamente para seu interlocutor e aceitou o desafio.

---

[6] Inglês de nascimento, foi candidato ao governo da Califórnia pelo Partido Socialista nas eleições do outono de 1906. Escreveu muitas obras filosóficas e de economia política e foi um dos líderes socialistas de sua época.

* João 21.15 (N.T.)

[7] Não existe na história uma página mais terrível do que o tratamento que recebiam as mulheres e crianças escravizadas nas fábricas inglesas na segunda metade do século XVIII. Desses infernos industriais nasceram algumas das mais arrogantes fortunas da época.

– Muito bem, então. Vamos ver. Existem mulheres em Chicago que trabalham a semana inteira por noventa centavos. A Igreja protesta?
– Isso é novidade para mim – foi a resposta. – Noventa centavos por semana? É monstruoso!
– E a Igreja protesta? – insistiu Ernest.
– A Igreja não sabe disso – o bispo parecia em dificuldades.
– No entanto, o mandamento da Igreja é "Apascenta os meus cordeiros" – escarneceu Ernest e, em seguida, continuou: – Perdoe-me o sarcasmo. Mas pode imaginar por que perdemos a paciência com vocês? Quando foi que protestaram, em suas congregações capitalistas, contra o emprego de crianças nas tecelagens de algodão do Sul[8]?
– Crianças de 6 ou 7 anos trabalhando todas as noites, em

---

[8] Everhard poderia ter dado um exemplo melhor do que foi a atitude da Igreja do Sul, antes da chamada "Guerra da Rebelião", de franca defesa da escravidão. Seguem-se aqui alguns desses exemplos, extraídos de documentos da época. Em 1835 d. C., a Assembléia Geral da Igreja Presbiteriana declarou que "a escravidão é reconhecida no Antigo e no Novo Testamento, e não é condenada pela autoridade divina". A Associação dos Batistas de Charleston dizia em sua mensagem no mesmo ano de 1835 d. C.: "O direito dos senhores de disporem do tempo de seus escravos é claramente reconhecido pelo Criador de todas as coisas, o Qual tem certamente a liberdade de investir do direito de propriedade a qualquer um que Lhe agrade". O reverendo E.P. Simon, doutor em Teologia e professor do Colégio Metodista Randobo-Macon, da Virgínia, escreveu: "Trechos das Sagradas Escrituras asseguram de maneira inequívoca o direito de propriedade sobre os escravos, com todos os corolários dele decorrentes. O direito de comprá-los e vendê-los está claramente estabelecido. Se consultarmos a política judaica, instituída pelo próprio Deus; a opinião e a prática uniforme do gênero humano em todas as épocas; ou as injunções do Novo Testamento e a lei moral, seremos levados a concluir que a escravidão não é imoral. Tendo estabelecido a questão de que os africanos foram legalmente conduzidos ao cativeiro, o direito de manter seus filhos em cativeiro é simples conseqüência. Vemos, pois, que a escravidão existente na América está fundamentada no direito".
Não é de surpreender que esse mesmo comentário fosse proferido pela Igreja, uma ou duas gerações mais tarde, em defesa da propriedade capitalista. No museu de Asgarde, existe um livro chamado *Essays in Application*, escrito por Henry van Dyke, publicado em 1905 d.C. Pelo que se pode perceber, o autor deve ter sido um homem da Igreja. É um belo exemplo daquilo que Everhard chamaria "mentalidade burguesa". Observe a semelhança entre a declaração da Associação dos Batistas citada acima e a seguinte afirmativa de Van Dyke, setenta anos depois: "A Bíblia ensina que Deus é dono do mundo. E Ele o distribui a cada homem, de acordo com Sua vontade e conforme as leis gerais".

turnos de doze horas? Nunca vêem a abençoada luz do dia. Morrem como moscas. Os dividendos são extraídos do sangue delas. E com esse dinheiro são construídas magníficas igrejas na Nova Inglaterra, nas quais seus colegas apregoam agradáveis banalidades aos brilhantes beneficiários, de barrigas cheias desses dividendos.

– Eu não sabia disso – murmurou o bispo desanimado.

Seu rosto ficou pálido; parecia que estava passando mal.

– Então, os senhores não protestaram?

O bispo balançou a cabeça.

– Então a Igreja continua muda hoje, tal como esteve no século XVIII?

O bispo ficou quieto e, dessa vez, Ernest se absteve de insistir nesse ponto.

– E não podemos nos esquecer de que, sempre que um membro do clero protesta, ele é descartado.

– Não acho que isso seja justo – objetou.

– O senhor protestará? – perguntou Ernest.

– Mostre-me em nossa própria comunidade males como esses, e eu protestarei.

– Eu os mostrarei – disse Ernest serenamente. – Estou a seu dispor. Levarei o senhor em uma jornada pelo inferno.

– E eu protestarei! – o bispo se endireitou na cadeira e sobre sua face bondosa desceu a severidade do lutador. – A Igreja não ficará calada!

– O senhor será punido – advertiu.

– Provarei o contrário – contestou. – Provarei, se o que o senhor diz for verdade, que a Igreja falhou por ignorância. E, além disso, sustento que tudo quanto existe de horrível na sociedade industrial resulta da ignorância da classe capitalista. Ela haverá de reparar o que estiver errado, assim que receber a mensagem. E a Igreja tem a obrigação de transmitir essa mensagem.

Ernest riu. Tão brutal foi a sua risada que tomei a defesa do bispo:

– Lembre-se de que vê apenas um lado da moeda. Fizemos muita coisa boa, apesar de o senhor não nos dar nenhum crédito de bondade. O bispo Morehouse está certo. A injustiça da indústria, por pior que seja, se deve à ignorância. As divisões da sociedade se tornaram muito acentuadas.

– O índio selvagem não é tão brutal e bárbaro quanto a classe capitalista – replicou ele, e, nesse instante, eu o odiei.

– O senhor não nos conhece – contestei. – Não somos nem brutais, nem bárbaros.

– Prove – desafiou ele.

– Como posso prová-lo... ao senhor? – Eu estava cada vez mais furiosa.

Ele sacudiu a cabeça:

– Não lhe peço que o prove para mim. Peço-lhe que o prove para si mesma.

– Eu sei – afirmei.

– A senhora não sabe, não – replicou ele rudemente.

– Vamos, vamos, meus jovens! – disse papai, para acalmar os ânimos.

– Não importa... – comecei indignada, mas Ernest me interrompeu.

– Eu sei que a senhora possui algum dinheiro, ou seu pai possui, o que dá no mesmo, dinheiro investido nos Moinhos Sierra.

– E o que uma coisa tem que ver com a outra? – retruquei.

– Quase nada – começou Ernest com calma –, exceto que a roupa que veste está manchada de sangue. O alimento que come é um ensopado de sangue. O sangue de pequenas crianças e de homens fortes goteja deste mesmo teto que lhe dá abrigo. Se eu fechasse os olhos agora, sentiria na pele os pingos de sangue que pendem e despencam do teto, gota por gota.

E, acompanhando as palavras com gestos, ele fechou os olhos e se recostou na cadeira. Rompi em lágrimas, humilhada e ofendida. Jamais tinha sido tratada com tanta brutalidade em toda minha vida. O bispo e meu pai ficaram confusos e constrangidos. Procuraram desviar a conversa para assuntos mais amenos. Mas Ernest, abrindo os olhos, fitou-me e desviou-os em seguida. Havia um ar de severidade em sua boca e em seu olhar, que não deixava transparecer sequer um leve sorriso. Eu nunca soube o que ele iria dizer em seguida, que terrível castigo me daria, pois naquele momento, um homem que passava na calçada parou e olhou para nós. Era um homem grande, malvestido, que carregava às costas um fardo de armações, cadeiras e biombos de junco e de vime. Olhou para nossa casa, como se estivesse hesitando em entrar, para tentar vender algum de seus artigos.

— Esse homem se chama Jackson — disse Ernest.

— Um homem forte como ele, devia arranjar um emprego em vez de andar por aí como mascate[9] — comentei em tom áspero.

— Repare na manga de seu braço esquerdo — disse Ernest, gentilmente.

Olhei e percebi que a manga estava vazia.

— Um pouco do sangue que eu sentia pingar do seu teto veio daquele braço — continuou falando, com toda suavidade. — Ele perdeu o braço nos Moinhos Sierra e, como um cavalo de perna quebrada, os senhores o jogaram na rua para morrer. Quando eu digo "senhores", estou me referindo ao superintendente e aos funcionários que os senhores, e os outros acionistas, pagam para fazer a fábrica funcionar. Foi um acidente, que ocorreu porque ele tentou economizar alguns dólares para a companhia. A engrenagem do tear puxou-lhe o braço. Ele poderia ter deixado a máquina engolir o pedregulho que tinha visto em uma engrenagem. Uma fileira dupla de dentes era tudo o que seria destruído. Mas tentou retirar a pedra e o braço foi agarrado e triturado, desde a ponta dos dedos até o ombro. Isso aconteceu de noite, porque a fábrica estava funcionando além do expediente normal. Os dividendos foram altos naquele trimestre e as horas extras estavam sendo bem pagas. Naquela noite, Jackson trabalhara muitas horas seguidas. Seus músculos já estavam cansados, reagindo mal, seus movimentos haviam se tornado mais lentos. Foi por isso que a máquina o apanhou. Tinha mulher e três filhos.

— E o que a empresa fez por ele? — perguntei.

— Absolutamente nada. Ou melhor, a empresa fez algo por ele, sim. Derrotaram-no em um processo de indenização por perdas e danos que ele havia movido depois que saiu do hospital. A empresa tem advogados muito bons, você sabe!

— O senhor não contou a história toda — eu disse com convicção —, ou, então, não conhece a história inteira. Talvez esse homem tenha sido insolente.

— Insolente! Ah! Ah! — Seu sorriso era diabólico. — Oh! Meu

---

[9] Naquela época, havia muitos mercadores pobres chamados *mascates*. Carregavam toda a mercadoria e batiam de porta em porta. Era um grande desperdício de energia. A distribuição era algo tão confuso e irracional quanto o sistema da sociedade.

Deus! Insolente! Com o braço triturado?! Era um empregado solícito e humilde; e não há registro de que algum dia tenha sido insolente.

– Mas e no tribunal? – insisti. – O julgamento não teria sido desfavorável a ele se nada tivesse ocorrido além do que o senhor menciona.

– O coronel Ingram é presidente do conselho da empresa. É um advogado astuto. – Ernest fitou-me seriamente durante um instante, depois prosseguiu: – Vou lhe dar uma sugestão, senhorita Cunningham. Investigue o caso Jackson.

– Eu já havia decidido fazer isso – disse eu friamente.

– Ótimo! – sorriu, radiante. – Eu lhe digo onde o encontrar. Mas temo pela senhorita quando imagino o que vai passar por causa do braço de Jackson.

Assim, eu e o bispo aceitamos o desafio de Ernest. Ele e Ernest foram embora juntos, deixando-me doída pela injustiça que fez a mim e à minha classe. Ele era um homem bruto. Tive raiva dele, naquele momento, e só me consolava pensar que não se poderia esperar outra coisa de um homem da classe operária.

Capítulo III
O BRAÇO DE JACKSON

Eu estava longe de imaginar o papel decisivo que o braço de Jackson iria representar em minha vida. Na verdade, Jackson não me impressionou quando o achei. Encontrei-o em uma tapera caindo aos pedaços[1] perto da baía, na beira do pântano. A casa era rodeada por charcos de água estagnada, recobertos por uma espuma verde de aparência pútrida, e o cheiro fétido que vinha de lá era insuportável.

Jackson parecia mesmo o homem solícito e humilde que Ernest descrevera. Estava trabalhando com vime e com afinco, impassivelmente, enquanto eu falava com ele. Embora se mostrasse solícito e humilde, julguei ter captado um tom de amargura quando me disse:

– Pelo menos, podiam ter dado um emprego de vigia pra mim[2].

Pouco posso dizer sobre ele. Parecia estúpido, mas a habilidade que mostrava no trabalho, e com uma só mão, desmentia essa estupidez, o que fez com que eu lhe perguntasse:

---

[1] Naquela época, boa parte dos trabalhadores residia nesse tipo de casa. Invariavelmente, pagavam um aluguel aos proprietários que era bastante caro, se se levar em conta o estado das habitações.

[2] A roubalheira predominava de maneira incrível. Todos roubavam de todos. Os ricos roubavam legalmente ou faziam com que seus atos se tornassem legais, enquanto os pobres roubavam ilegalmente. Tudo precisava ser muito bem vigiado. Um grande número de homens trabalhava como vigia, para proteger a propriedade. As casas dos abastados eram uma combinação de caixa-forte, cofre e fortaleza. A apropriação dos pertences dos outros pelas crianças de hoje é um resquício do roubo comum, que naquela época era universal.

– Como foi que você deixou seu braço ser engolido pela máquina?

Ele me olhou calma e pensativamente, e balançou a cabeça:

– Não sei. Aconteceu.

– Falta de cuidado? – provoquei.

– Não, acho que não. Eu tava fazendo hora extra e devia tá cansado. Trabalhei dezessete anos na fiação e já tinha reparado que a maioria dos acidentes acontece bem antes do apito da sirena[3]. Aposto que acontecem mais acidentes perto da hora do apito que no resto do dia. Ninguém consegue ficar esperto depois de trabalhar firme tantas horas. Vi tanta gente de braço cortado, arrancado e esmigalhado que nem sei.

– Tanta gente? – indaguei.

– Mais de cem, até crianças.

A não ser pelos terríveis pormenores, a história do acidente contada por Jackson era a mesma que eu tinha ouvido antes. Quando perguntei se havia transgredido algum procedimento, enquanto manejava a máquina, abanou a cabeça.

– Afastei a correia da máquina com a mão direita e com a esquerda tentei pegar a pedra. Não parei para olhar se a correia estava solta. Pensei que tava tudo certo com a mão direita... mas num tava não. No que estendi o braço esquerdo, a correia ficou na roda. E o meu braço foi esmigalhado.

– Deve ter doído muito! – disse eu, com simpatia.

– Ter os ossos moídos não é brincadeira não, dona!

Estava confuso quanto ao processo de indenização por perdas e danos. Apenas uma coisa estava bem clara para ele: não recebera nenhum tipo de indenização. Acreditava que o testemunho dos contramestres e do superintendente havia sido responsável pela decisão desfavorável do tribunal. Segundo disse, o testemunho deles "não foi o que devia ter sido". Resolvi procurá-los.

Uma coisa ficou bem clara para mim. A situação de Jackson era lamentável. Sua esposa estava doente e ele não conseguia prover o sustento da família com o trabalho de artesão e mascate. O aluguel estava atrasado e o filho mais velho, um garoto de 11 anos, tinha começado a trabalhar nos Moinhos.

– Pelo menos, podiam ter dado um emprego de vigia pra

---

[3] Os trabalhadores eram chamados para o trabalho, e também dispensados ao final do turno, por apitos estridentes e irritantes.

mim. – Foi a última coisa que me disse, quando eu já estava indo embora.

Após ter visitado o advogado de defesa no caso Jackson, bem como o supervisor e os dois contramestres que haviam atuado como testemunhas, comecei a achar que, afinal de contas, havia algo de verdadeiro nas alegações de Ernest.

O advogado era um homem fraco e incompetente e, logo à primeira vista, percebi que Jackson jamais teria ganhado a ação. Meu primeiro pensamento foi que Jackson merecia ter perdido, ao confiar em um advogado daqueles. Mas não tardou para que dois comentários de Ernest me viessem à cabeça: "A empresa tem advogados muito bons"; e "o coronel Ingram é um advogado astuto". Pensei um pouco. Entendi logo que, naturalmente, a empresa podia dispor dos mais talentosos juristas, inacessíveis a um pobre operário como Jackson. Mas isso não era tão importante. Eu tinha certeza de que deveria ter havido uma boa razão para que o desenlace do caso fosse contrário a Jackson. Perguntei ao advogado:

– Por que o senhor perdeu a ação?

Por um momento, ele me pareceu perplexo e preocupado e, em meu íntimo, senti um pouco de pena daquela criaturazinha infeliz. Depois, começou a se lamentar. Acredito que sua lamúria fosse congênita. Era um fracassado de nascença. Queixou-se das testemunhas, que só haviam fornecido provas favoráveis à parte contrária. Não conseguira tirar delas uma só palavra que ajudasse Jackson. Elas sabiam muito bem de que lado deviam estar. Jackson era um imbecil. Foi humilhado e confundido pelo coronel Ingram. O coronel fora brilhante na inquirição e fez com que as respostas de Jackson fossem comprometedoras.

– Como suas respostas poderiam ser comprometedoras, se a lei estava do seu lado? – perguntei.

– O que a lei tinha que ver com isso? – perguntou ele por sua vez. – Vê esses livros? – Voltou-se para uma fileira de livros nas estantes de seu modesto escritório. – Tudo o que li e estudei aí me ensinou que a lei é uma coisa; a justiça, outra. Pergunte a qualquer jurista. Para aprender o que é justo, recorremos à escola dominical; mas recorremos a estes livros aqui para aprender o que é... lei.

– O senhor está querendo me dizer que Jackson tinha a lei do lado dele e mesmo assim foi derrotado? – perguntei, receosa.

– O senhor quer dizer que não existe justiça na corte do Juiz Caldwell?

Por um momento, o pequeno advogado lançou-me um olhar de desafio que logo se apagou:

– Eu não tinha como vencer – voltou a se lamentar. – Fizeram de Jackson um verdadeiro idiota, e de mim também. Como eu podia vencer? O coronel Ingram é um grande advogado. Se não fosse tão bom, como teria sido encarregado dos assuntos legais dos Moinhos Sierra, do Sindicato Territorial de Easton, da Berkeley Consolidated, das companhias de eletricidade de Oakland, de San Leandro e de Pleasanton? É um advogado de empresas, e os advogados de empresas não são pagos para fazerem papel de bobo[4]. Imagine que, apenas dos Moinhos Sierra, ele recebe vinte mil dólares por ano! Por que a senhora acha que lhe pagam essa quantia? É porque ele vale. Meu valor não é tão alto. Se eu valesse alguma coisa para eles, não estaria do lado de fora, passando fome e tendo de defender pessoas como Jackson. O que a senhora pensa que eu receberia se ganhássemos a ação?

– Acho que é bem provável que o teria espoliado – respondi.

– Certamente – exclamou ele, irritado. – Eu também preciso viver, não preciso[5]?

– Jackson tem mulher e filhos – retruquei.

– Eu tenho mulher e duas filhas – revidou. – E ninguém no mundo além de mim se preocupa se elas passam fome ou não.

Sua fisionomia de repente se tornou mais calma e ele abriu a tampa do relógio, mostrando-me uma pequena fotografia de uma mulher e duas meninas colada no estojo.

– Aqui estão elas. Olhe para elas. Temos vivido tempos muito difíceis, muito difíceis. Eu esperava poder mandá-las para o

---

[4] A função dos advogados de empresas era servir, por meios corruptos, às tendências gananciosas das corporações. Consta que Theodore Roosevelt, então presidente dos Estados Unidos, disse em um discurso de formatura em Harvard, em 1905: "Sabemos todos que, no atual estado de coisas, muitos dos mais influentes e bem-remunerados membros do tribunal, em cada centro de riqueza, se especializam em elaborar planos audaciosos e engenhosos para que seus clientes abastados, indivíduos ou empresas, possam se evadir das leis que foram feitas para regulamentar, para o bem do interesse do público, as grandes fortunas".

[5] Trata-se de um exemplo típico da guerra de morte que permeava toda a sociedade. Os homens devoravam uns aos outros como lobos famintos. Os lobos grandes comiam os pequenos e, nessa relação social, Jackson era um dos lobos mais pequenos.

interior, se conseguisse vencer aquela ação. Elas não se sentem bem aqui na cidade, mas eu não tenho como mandá-las para lá.

Quando me preparava para sair, ele voltou a se queixar:

– Eu não tinha a mínima chance. O coronel Ingram e o Juiz Caldwell são muito amigos. Não estou insinuando que se o tipo certo de testemunha tivesse sido arrolado essa amizade teria pesado na decisão. Mas o Juiz Caldwell fez de tudo para evitar que eu tivesse essas testemunhas de fato. Pois o Juiz Caldwell e o coronel Ingram freqüentam a mesma loja maçônica e o mesmo clube. Moram no mesmo bairro, um bairro no qual eu jamais poderia viver. E suas esposas... estão sempre uma na casa da outra, para jogar uíste ou coisas do gênero.

– E o senhor acha que, na verdade, Jackson tinha direitos? – perguntei, detendo-me quando já estava na soleira da porta.

– Não creio. Ou melhor, sei que não – foi a resposta dele. – Logo no começo, imaginei que ele tinha poucas possibilidades também. Mas não disse isso para minha mulher. Não queria desapontá-la: ela vive sonhando em voltar para o interior. Seria duro demais.

– Por que o senhor não ressaltou o fato de que Jackson estava tentando salvar a máquina quando se feriu? – perguntei a Peter Donnelly, um dos contramestres que havia testemunhado no julgamento.

Refletiu um bom tempo antes de responder. Depois, demonstrando-se ansioso, disse:

– Porque eu tenho uma boa mulher e os três filhos mais carinhosos do mundo; por isso.

– Não entendi – contestei.

– Quer dizer, porque não teria sido bom – explicou.

– O senhor quer dizer... – comecei.

Mas ele me interrompeu apaixonadamente:

– É isso mesmo. Tem muitos ano que trabalho nos moinho. Comecei quando era moleque, nas lançadeira, e dou duro até hoje. Foi por causa disso que consegui chegar ao posto que tenho hoje. Sou contramestre. Ninguém nos moinho mexeria um dedo pra salvar meu couro. Já fui do sindicato. Mas fiquei do lado da firma em duas greve e, por isso, eles me chama de "fura-greve". Ninguém da fábrica iria tomar uma cerveja comigo no bar se eu chamasse. Tá vendo as cicatrizes na minha cabeça, que eu ganhei quando jogaram tijolos em mim? Não tem um único aprendiz nas lançadeira que não fale mal de mim. O único amigo que tenho é a companhia. Não é minha obrigação, mas meu arroz com feijão, o sustento dos meus filhos depende dos moinho. Foi por causa disso.

– Jackson teve culpa? – perguntei.

– Ele devia ter recebido a indenização. Era um bom trabalhador, e nunca arrumou confusão.

– Então, o senhor não tinha a liberdade de dizer toda a verdade, como jurou fazer?

Balançou a cabeça.

– A verdade, toda a verdade, e nada além da verdade – disse eu em tom solene.

Sua expressão se emocionou mais uma vez e ele ergueu o rosto, não para mim, mas para o céu.

– Deixava meu corpo e minha alma queimar no fogo do inferno, pelas minhas crianças – respondeu.

Henry Dallas, o supervisor, parecia uma raposa, e me encarou com insolência, recusando-se a falar. Não consegui arrancar dele uma só palavra acerca de seu depoimento e do processo em geral. Tive mais sucesso com o outro contramestre, James Smith. Era um homem rude e tive receio quando fui encontrá-lo. Deu-me a impressão de que também não tinha liberdade para falar, mas, no decorrer da conversa, percebi que era mentalmente superior à média dos outros de sua classe. Ele concordava com Peter Donnelly que Jackson deveria ter sido indenizado. E foi além ao afirmar que era cruel e desumano se livrar de um operário depois de ele ter se tornado sem serventia por causa de um acidente. Também disse que eram constantes os acidentes na fábrica e que a política da empresa consistia em lutar até o fim contra quaisquer reivindicações de indenização.

– Isso representa centenas de milhares de dólares por ano para os acionistas – disse.

Lembrei-me logo da última vez que meu pai recebera os dividendos de suas ações, com os quais eu pude comprar um belo vestido e ele, adquirir alguns livros. Recordei-me da acusação de Ernest, quando disse que meu vestido estava manchado de sangue. E minha carne começou a formigar sob as roupas.

– Quando o senhor depôs, no julgamento, não mencionou o fato de que o acidente acontecera quando Jackson tentava salvar a máquina de um possível dano?

— Não, eu não falei isso — ele respondeu e apertou a boca com amargor. — Testemunhei que Jackson se feriu por negligência e descuido; e que a companhia não era, de forma alguma, culpada ou responsável.

— Mas houve descuido? — perguntei.

— Pode chamar como quiser. A verdade é que um homem fica cansado ao trabalhar durante muitas horas seguidas.

Eu começava a me interessar por aquele homem. Ele parecia uma pessoa de outro nível. Comentei:

— O senhor tem mais instrução do que a maioria dos trabalhadores.

— Fiz o curso secundário — respondeu ele. — Consegui abrir caminho trabalhando como zelador. Queria fazer faculdade, mas meu pai morreu e fui trabalhar na fiação. Queria ser naturalista — completou com timidez, como se estivesse confessando uma fraqueza. — Gosto de animais, mas vim trabalhar na fiação. Quando fui promovido a contramestre eu me casei, depois vieram os filhos e... bem, então eu passei a ter responsabilidades, sabe?

— O que quer dizer com isso? — indaguei.

— Estou explicando por que testemunhei daquele jeito no julgamento... porque obedecia as instruções.

— Instruções de quem?

— Do coronel Ingram. Ele me disse o que eu deveria dizer.

— E isso fez Jackson perder a ação.

Ele concordou, enquanto o rubor lhe subia à face.

— E Jackson tinha uma esposa e dois filhos para cuidar.

— Eu sei — disse ele baixinho, enquanto seu aspecto se tornava sombrio.

— Diga-me — continuei. — Foi fácil deixar de ser o que era, isto é, no tempo da escola secundária, para se transformar no homem que foi capaz de fazer uma coisa como essa no julgamento?

Sua raiva súbita me surpreendeu e assustou. Atirou-me[6] uma praga e cerrou os punhos, como se quisesse me agredir.

— Perdoe-me — disse em seguida. — Não, não foi fácil... E agora, acho que é melhor a senhora ir embora. A senhora arrancou

---

[6] É interessante notar a linguagem agressiva, comum no falante daquela época, o que indica a selvageria da vida que se levava. Referimo-nos, obviamente, não à praga proferida por Smith, mas ao verbo "atirar", utilizado por Avis Everhard.

tudo o que quis de mim. Mas antes de sair, quero avisá-la de uma coisa. É melhor não contar nada do que eu disse. Vou negar, e não há testemunhas. Vou negar tudo, até mesmo sob juramento, no banco das testemunhas.

Após essa entrevista com Smith, fui para o escritório de meu pai, no laboratório de Química, e lá encontrei Ernest. Foi inesperado, mas ele me cumprimentou com aquele olhar penetrante, um firme aperto de mão e aquela curiosa mistura de constrangimento e tranqüilidade que lhe era peculiar. Foi como se o nosso último e tempestuoso encontro estivesse esquecido. Mas eu não estava disposta a esquecer.

– Estive vendo o caso de Jackson – disse-lhe abruptamente.

Ele me dirigiu toda a sua atenção, esperando que eu prosseguisse, mas eu lia em seus olhos a certeza de que minhas convicções anteriores tinham sido abaladas.

– Parece que ele não recebeu um tratamento digno, admiti. Pa... parece que um pouco do sangue dele de fato está pingando do nosso teto.

– É claro – replicou. – Se Jackson e seus colegas fossem tratados com compaixão, os dividendos não seriam tão altos.

– Nunca mais os belos vestidos voltarão a me dar prazer – acrescentei.

Sentia-me humilde e contrita, mas tinha consciência de uma doce sensação, na qual Ernest era como uma espécie de padre confessor. Então, como sempre seria depois, sua força me atraía. Ele parecia irradiar uma promessa de paz e proteção.

– Mas também nunca lhe dará prazer usar um vestido de chita – disse sério. – A senhorita conhece as fiações de juta, e nelas acontece a mesma coisa. É o que acontece por toda parte. Nossa gloriosa civilização tem o sangue como alicerce, está encharcada de sangue, e nem a senhorita, nem eu, nem pessoa alguma pode evitar a mancha escarlate. As pessoas com que a senhorita conversou, quem são?

Contei-lhe tudo o que aconteceu.

– Nenhum deles age de livre e espontânea vontade – disse ele. – Estão todos amarrados à impiedosa máquina industrial. E o que é mais triste nessa tragédia é que todos estão presos por laços de ternura. Seus filhos... sempre essas jovens vidas que estão em seu instinto proteger. Esse instinto é mais forte do que qualquer escrúpulo. Meu pai! Mentiu, roubou, praticou todo tipo de ato desonesto para levar o pão para mim e para os meus irmãos. Era um escravo da máquina industrial, que marcou a sua vida e o sugou até a morte.

– Mas o senhor – objetei –, pelo menos o senhor é livre para agir.

– Não completamente – respondeu ele. – Não estou preso por laços familiares. Sempre agradeço por não ter filhos, embora tenha a maior afeição pelas crianças. No entanto, se viesse a me casar, não me atreveria a ter um filho.

– Essa certamente não é uma boa doutrina – protestei.

– Eu sei – disse melancolicamente. – Mas é uma doutrina prática. Sou revolucionário e essa é uma vocação perigosa.

Ri meio incrédula, e ele continuou:

– Se eu tentasse entrar à noite na casa de seu pai, para roubar-lhe os dividendos dos Moinhos Sierra, o que ele faria?

– Ele dorme com um revólver no criado-mudo – respondi. – É possível que atirasse no senhor.

– E se eu, junto com outros, levássemos um milhão e meio de homens[7] às casas de todos os ricos, haveria um tiroteio, não é?

– É verdade, mas o senhor não está fazendo isso.

– É exatamente isso o que estou fazendo, sim. E não pretendemos tomar simplesmente as riquezas das casas, mas todas as fontes dessas riquezas, todas as minas, e as estradas de ferro, e as fábricas, e os bancos e os armazéns. Isso é a revolução. Algo muito perigoso. Haverá mais tiros, receio, do que eu imagino. Mas, como eu estava dizendo, ninguém é livre nos dias de hoje. Fomos todos apanhados pelas engrenagens da máquina industrial. A senhorita descobriu que foi, e que os homens com quem falou também. Fale com outros mais. Vá até o coronel Ingram. Procure os repórteres que nada publicaram do caso Jackson, e os editores desses jornais. Descobrirá que todos são escravos da máquina.

Continuamos a conversa e, um pouco depois, fiz uma pergunta simples a respeito dos riscos de acidente entre os operários; e recebi como resposta uma verdadeira aula de estatística.

– Está tudo nos livros – disse ele. – Os dados colhidos provaram conclusivamente que é raro ocorrerem acidentes de

---

[7] Referência ao número de votos dos socialistas nos Estados Unidos em 1917. O aumento do eleitorado indica o crescimento do partido da revolução. Em 1888, o partido recebeu 2.068 votos, e em 1910, 1.688.211.

manhã, nas primeiras horas da jornada de trabalho. Mas o número de acidentes aumenta rapidamente nas horas subseqüentes, porque o desempenho muscular e mental dos trabalhadores vai se tornando mais lento à medida que ficam mais cansados.

– Você sabia que a probabilidade de o seu pai vir a sofrer um acidente é três vezes menor do que a de um operário? Pois é assim mesmo. E as companhias de seguros[8] sabem disso. Cobram dele quatro dólares e vinte por ano, para uma apólice de seguro contra acidentes de mil dólares; pela mesma apólice, cobram quinze dólares de um operário.

– E o senhor? – perguntei, e ao perguntar, tive consciência de uma preocupação além do normal.

– Bem, como revolucionário, a probabilidade de me ferir ou ser morto é oito vezes maior do que a de um operário – replicou despreocupadamente. – As companhias de seguro cobram dos químicos especializados em explosivos oito vezes mais do que cobram dos operários. Creio que não fariam seguro para mim, de jeito nenhum. Por que pergunta isso?

Fiquei confusa e senti o rubor tomar conta de meu rosto. Não porque eu tivesse receio de que Ernest pensasse que eu estava preocupada com ele, mas porque eu mesma me dera conta disso, e, ainda por cima, na presença dele.

Nesse momento, meu pai chegou e começou a se preparar para sair comigo. Ernest devolveu alguns livros que havia pedido emprestado a meu pai e foi embora primeiro. Ao chegar à porta, voltou-se e me disse:

– A propósito, enquanto a senhorita está arruinando sua própria paz de espírito, e eu a do bispo, experimente visitar as senhoras Wickson e Pertonwaithe. São casadas, a senhorita sabe, com os dois principais acionistas dos Moinhos. Como todo o resto da humanidade, essas duas senhoras estão presas à máquina, mas estão tão presas que se sentam bem no topo dela.

---

[8] Na terrível luta de lobos desses séculos, nenhum homem estava permanentemente seguro, por mais rico que fosse. Temerosos pelo bem-estar de suas famílias, inventaram o sistema de seguros. Hoje em dia, em uma época mais inteligente, uma invenção como essa parece ridiculamente absurda e primitiva. Mas na época era algo muito sério. A parte mais divertida disso era que os fundos das companhias de seguros freqüentemente eram espoliados e desperdiçados pelos próprios funcionários encarregados de administrá-los.

Capítulo IV

OS ESCRAVOS DAS MÁQUINAS

Quanto mais eu pensava no braço de Jackson, mais abalada me sentia. Estava diante de algo concreto. Pela primeira vez, enxergava o mundo. Minha vida universitária, os estudos e a cultura, nada disso fora real. Aprendera apenas teorias a respeito da vida e da sociedade, teorias que pareciam muito boas no papel. Mas agora enxergava a própria vida. O braço de Jackson era um fato da vida. Em minha mente, ressoavam as palavras de Ernest: "Os fatos, homem, os fatos são irrefutáveis!"

Parecia monstruoso, impossível, que toda a sociedade estivesse alicerçada em sangue. Contudo, Jackson era um fato, algo que eu não podia negar. Constantemente meu pensamento se voltava para ele, como a agulha de uma bússola para o pólo. Jackson havia recebido um tratamento desumano. Não fora indenizado pelo sangue que perdeu, para que dividendos mais altos fossem pagos. E eu conhecia uma porção de famílias que viviam alegres e satisfeitas por causa daqueles dividendos, e que, àquela altura, usufruíam do sangue de Jackson. Se um homem é tratado de forma tão monstruosa, e a sociedade segue seu curso, indiferente a isso, por que eu acreditaria que esse mesmo tratamento monstruoso não era dado a muitos outros? Lembrei-me do que Ernest contara das mulheres de Chicago que trabalhavam duro por um salário de noventa centavos por semana, e das crianças escravas das tecelagens de algodão do Sul. E pude ver suas mãos brancas cansadas, das quais o sangue fora espremido, fiando os tecidos que serviram para confeccionar meu vestido. E então pensei nos Moinhos Sierra e nos dividendos que recebemos, e vi o sangue de Jackson em minhas roupas. Jackson era um fato que eu não podia negar. Todas as minhas reflexões me levavam sempre de volta a ele.

Nas profundezas de minha alma, tinha a impressão de estar à beira de um precipício. Era como se estivesse prestes a receber uma nova e espantosa revelação da vida. Não era apenas eu. Todo o meu mundo estava de cabeça para baixo. E meu pai: eu percebia o efeito que Ernest lhe causava. E ainda, havia o bispo. Da última vez que o vira, parecia um homem doente. Estava sob grande tensão nervosa e em seus olhos havia um terror inexplicável. Pelo que me deu a entender, Ernest estava cumprindo uma promessa de conduzi-lo em uma viagem pelo inferno. Mas eu não soube quais cenas do inferno teriam sido vistas pelo reverendo. Ele parecia aturdido demais para conseguir falar do assunto.

A certa altura, sob o impacto do sentimento de que meu pequeno mundo e todo o resto do mundo estavam de cabeça para baixo, atribuí a Ernest a culpa disso. E pensei: "Éramos tão felizes e tranqüilos antes de sua chegada!" Mas, logo em seguida, dei-me conta de que essa idéia era uma traição à realidade, e Ernest surgiu diante de mim transfigurado: um apóstolo da verdade, com a fronte brilhante e o destemor de um dos próprios anjos de Deus, lutando pela verdade e pela justiça, em socorro dos pobres, desamparados e oprimidos. E, diante de mim, ergueu-se uma outra figura: a de Cristo. Ele também tomara o partido dos pobres e oprimidos, contra todos os poderes estabelecidos dos sacerdotes e fariseus. E lembrei-me de sua morte na cruz, e meu coração se contraiu de aflição ao pensar em Ernest. Ele também teria uma cruz como destino? Ele, com sua voz de clarim e de guerreiro e toda a sua admirável energia viril?

E, naquele momento, percebi que o amava, e que me desmanchava de desejo de confortá-lo. Pensei na vida que ele levava: devia ser infame, difícil e miserável. E pensei em seu pai, que mentira e roubara por ele e se esgotara de trabalho até a morte. E nele próprio, que ingressara na fiação com apenas 10 anos de idade! Meu coração parecia queimar do desejo de envolvê-lo em meus braços, de repousar sua cabeça no meu colo, sua cabeça exausta de tantos pensamentos; e dar-lhe repouso, repousar-lhe o corpo e a mente num instante de carinho e de ternura.

Encontrei o coronel Ingram em uma recepção na igreja. Eu já o conhecia, e muito bem, há alguns anos. Preparei-lhe uma armadilha, levando-o para um recanto no jardim entre umas palmeiras altas e umas figueiras, sem que percebesse minha intenção. Cumprimentou-me com os sorrisos e as cortesias de sempre. Era um homem elegante, ponderado, educado e atencioso, e aparentava ser a figura mais distinta de nossa sociedade. Perto dele, até mesmo o magnífico reitor da universidade parecia alguém sem importância.

No entanto, percebi que o coronel Ingram estava na mesma situação que os mecânicos sem cultura com quem eu estivera antes. Não era uma pessoa livre. Também estava preso às engrenagens. Nunca vou esquecer-me de como a sua fisionomia mudou quando mencionei o caso de Jackson. Sua alegre afabilidade se desvaneceu como um espectro. Uma repentina expressão de temor distorceu seu rosto cortês. Tive medo de que ele perdesse a calma da mesma maneira que James Smith. Mas o coronel Ingram não praguejou, e essa tênue diferença era tudo que o separava do operário. O coronel era famoso pela sua sagacidade, mas não a demonstrou naquela ocasião. E, inconscientemente, lançava olhares à direita e à esquerda, procurando um caminho por onde escapar, mas estava preso entre as palmeiras e as figueiras.

A simples menção do nome de Jackson o perturbava. Por que eu trouxera esse assunto à baila? Ele não gostou da peça que eu lhe pregava. Era de um incrível mau gosto, além de ser uma enorme falta de consideração minha para com ele. Eu não sabia que em sua profissão sentimentos pessoais não eram levados em conta? Ele deixava os sentimentos em casa quando ia para o escritório. E, no escritório, tinha apenas sentimentos profissionais.

– Jackson tinha direito à indenização? – perguntei.

– Certamente! – respondeu ele. – Isto é, pessoalmente, acho que ele merecia. Mas isso nada tem que ver com o aspecto legal do caso.

Ele estava começando a utilizar sua sagacidade.

– Diga-me uma coisa: a justiça não tem nada que ver com a lei? – perguntei.

– Com a lei? Você trocou a consoante inicial – respondeu sorrindo.

– Com o rei? Você quer dizer, com o poder? – perguntei, e ele assentiu com a cabeça. – E ainda se supõe que seja possível fazer justiça por meio da lei!

– Esse é o paradoxo – contrapôs ele. – Nós de fato fazemos justiça.

– Está falando como advogado agora, não está?

O coronel Ingram enrubesceu, enrubesceu de verdade. E, mais uma vez, olhou em volta ansiosamente, procurando uma forma de escapar. Mas eu bloqueava seu caminho e me mantinha firme.

– Se alguém submete seus sentimentos pessoais aos sentimentos profissionais, isso não poderia ser definido como um tipo de mutilação espiritual? – perguntei-lhe.

Não recebi resposta. O coronel escapou, de forma inglória, derrubando uma palma enquanto fugia.

Depois, procurei os jornais. Redigi uma descrição serena, contida e imparcial do caso Jackson. Não fiz acusações às pessoas que eu havia procurado, e nem sequer as mencionei. Expus o caso como se dera na verdade, relembrei os longos anos que Jackson dedicara à fábrica, o que fizera para evitar que a máquina se quebrasse e a razão de seu acidente. E mencionei a infeliz e miserável condição em que se encontrava. Os três jornais diários e os dois semanários da cidade recusaram meu artigo.

Estive também com Percy Layton. Ele tinha diploma universitário e depois passou a se interessar pelo jornalismo. Quando o encontrei, estava fazendo estágio como repórter no mais importante dos três diários. Sorriu quando lhe perguntei por que os jornais nem sequer mencionaram Jackson ou o seu processo.

– Política editorial – respondeu. – Nada temos com isso. É coisa dos editores.

– Mas por que política? – perguntei.

– Formamos um bloco com as empresas. Mesmo que pagasse o preço de tabela, ninguém conseguiria colocar um assunto desses nos jornais. E se alguém fizesse passar uma nota dessas, perderia o emprego. A senhora não conseguiria que isso fosse publicado nem que pagasse dez vezes o preço normal de um anúncio.

– E que política o senhor adota pessoalmente? – questionei. – Parece que sua atividade consiste em torcer a verdade, a pedido de seus empregadores, que, por sua vez, obedecem ordens das empresas.

– Nada tenho que ver com isso. – Pareceu pouco confortável por um momento, mas logo se iluminou quando percebeu uma saída. – Eu, pessoalmente, não escrevo mentiras. Sou imparcial, de acordo com a minha própria consciência.

Naturalmente, há muita coisa repugnante que ocorre ao longo do dia de trabalho. Mas, veja bem, tudo isso faz parte da nossa rotina – insinuou infantilmente.

– Contudo o senhor espera ocupar um dia a cadeira do editor e determinar o senhor mesmo a política.

– Mas a essa altura já terei experiência – foi sua réplica.

– Uma vez que ainda não tem experiência, diga-me o que acha agora da política editorial, de modo geral.

– Não acho nada – respondeu rapidamente. – Não se pode dar murro em ponta de faca para fazer carreira no jornalismo. Aprendi isso muito bem, de qualquer forma.

E sacudiu a cabeça com ar prudente.

– Mas, e o direito? – insisti.

– A senhora não entende as regras do jogo. É claro que tudo está direito, desde que se faça direito, não é?

– Vago demais – murmurei.

O que me doía era o fato de ser ele tão jovem; isso me dava vontade de gritar ou de cair no choro.

Eu começava a enxergar além das aparências daquela sociedade na qual sempre vivera e a me defrontar com a terrível realidade que sempre se me ocultava. Pareceu-me que havia uma conspiração tácita contra Jackson e eu começava a nutrir uma espécie de simpatia pelo queixoso advogado que tão ingloriamente defendera a causa de Jackson. Mas essa conspiração tácita se ampliava. Ela não visava apenas Jackson. Tinha na mira todos os trabalhadores mutilados nos moinhos. E como visasse a todos os homens na fiação, por que não visaria também a todos os trabalhadores das outras fiações e de outras fábricas? Na verdade, por que não visaria a todas as indústrias?

Se fosse assim, a sociedade seria uma farsa. Eu me encolhia diante de minhas próprias conclusões. Era terrível e assustador demais para ser verdade. Mas Jackson era um fato, assim como o eram o seu braço e o sangue que pingava de meu teto e manchava meu vestido. E havia muitos Jacksons, centenas deles apenas na fiação, como o próprio Jackson tinha dito. Jackson era algo que eu não podia negar.

Fui visitar o sr. Wickson e o sr. Pertonwaithe, os dois homens que detinham a maior parte das ações dos Moinhos Sierra. Mas não consegui abalá-los, como fizera com os operadores de máquinas na fábrica. Constatei que esses dois senhores tinham uma ética superior à do restante da sociedade. Tratava-se do que eu podia chamar de ética aristocrática, ou ética dos dirigentes[1]. Falavam de política em termos amplos, identificando a política com o direito. Dirigiam-se a mim em tom paternal, levando em consideração minha mocidade e minha inexperiência. Eles eram os mais incorrigíveis, entre todos os que eu encontrara ao longo daquela pesquisa. Acreditavam firmemente que sua conduta era correta. Não pairava nenhuma dúvida, não havia debate possível. Estavam convencidos de que eram os salvadores da sociedade e contribuíam para a felicidade de muitos. E traçavam um quadro patético de como seria a sofrida classe trabalhadora se não houvesse os empregos que eles, e apenas eles, podiam oferecer, graças à sua sabedoria.

Pouco depois de minha entrevista com esses dois senhores, encontrei Ernest e relatei-lhe minha experiência. Ele me olhou com expressão satisfeita e disse:

– Verdade? Isso é muito bom. Você está começando a desenterrar a verdade por si mesma. Trata-se de sua própria generalização empírica, e ela está correta. Nenhum homem na máquina industrial é livre, a não ser o grande capitalista, e mesmo ele também não o é, se me perdoa o irlandismo[2]. Esses senhores, como pode ver, estão completamente seguros de que têm razão naquilo que fazem. Esse é o cúmulo do absurdo de toda a situação. Estão tão presos a sua natureza humana que não podem fazer uma coisa, a menos que julguem que isso é direito. Precisam de uma sanção para seus atos.

– Quando desejam fazer uma coisa, nos negócios é claro, precisam esperar até surgir em seu cérebro uma concepção, seja religiosa, moral, científica ou filosófica, de que aquela coisa é direita. Então, seguem em frente e tratam de fazê-la, sem perceber que o desejo é o pai do pensamento. Não importa o que queiram fazer, sempre acham um jeito de sancionar. Apenas superficialmente são casuístas. Na verdade, eles são mes-

---

[1] Antes do nascimento de Avis Everhard, John Stuart Mill havia escrito em seu *Ensaio sobre a liberdade*: "Onde existe uma classe dominante, uma boa parte da moralidade emana de seus interesses de classe e dos sentimentos de superioridade dessa classe".

[2] *Irishism ou Irish bulls*, uma contradição verbal, considerada como uma agradável peculiaridade dos irlandeses.

mo é catequizadores. Até encontram meios de fazer algo errado para que disso resulte algum direito. Uma das mais agradáveis e axiomáticas ficções que criaram consiste em proclamar que são superiores ao restante da humanidade em sabedoria e em eficiência. E daí vem a penosa incumbência de administrar o arroz e feijão do resto da humanidade, que atribuem a si. Ressuscitaram até mesmo a teoria do direito divino dos reis – reis do comércio, nesse caso[3].

– A fraqueza dessa posição reside no fato de que eles são meramente homens de negócios. Não são filósofos. Não são biólogos e nem mesmo sociólogos. Se fossem, certamente tudo estaria bem. Um homem de negócios que seja também biólogo, ou sociólogo, saberia algo do que é certo fazer para a humanidade. Porém, fora do reino dos negócios, esses homens são estúpidos. Eles só entendem de negócios. Nada sabem a respeito da espécie humana, ou da sociedade, e mesmo assim se arvoram em árbitros do destino de milhões de famintos e multidões de desprezados. Um dia, a história ainda rirá dolorosamente às suas custas.

Minha conversa com as senhoras Wickson e Pertonwaithe não me surpreendeu. Eram senhoras da sociedade[4]. Viviam em palácios. Possuíam muitas residências espalhadas pelo país: no campo, nas montanhas, próximas aos lagos ou à beira-mar. Eram servidas por batalhões de serviçais e desenvolviam atividades sociais desconcertantes. Patrocinavam universidades e igrejas, e os pastores as reverenciavam de joelhos, em humilde subserviência[5]. Aquelas duas mulheres tinham muito poder por causa da enorme quantidade de dinheiro de que dispunham. Possuíam

---

[3] Em 1902, os jornais atribuíram a George F. Baer, presidente da Anthracit Coal Trust, o enunciado do seguinte princípio: "Os direitos e os interesses das classes trabalhadoras estarão protegidos pelos homens cristãos a quem Deus, em sua infinita sabedoria, confiou os interesses de propriedade do país".

[4] O termo "sociedade" é utilizado aqui em sentido restrito, de acordo com o uso corrente da época, para se referir aos zangões dourados que não trabalham, e apenas se empanturram nos favos de mel produzidos pelas operárias. Os homens de negócios, e muito menos os operários, não tinham tempo ou oportunidade para a "sociedade". A "sociedade" foi criação dos ricos ociosos que nada faziam, e por isso brincavam.

[5] O pensamento expresso da Igreja na época transparecia na frase: "Traga seu dinheiro, ainda que seja sujo".

em alto grau o poder de subvencionar as idéias, como eu logo aprenderia, instruída por Ernest.

Imitavam em tudo seus maridos, discorriam nos mesmos amplos termos a respeito de política, das obrigações e responsabilidades dos ricos. Eram governadas pela mesma ética que dirigia seus maridos – a ética de sua classe. E proferiam frases prontas que seus próprios ouvidos não eram capazes de entender.

Elas também se irritaram quando lhes contei da condição deplorável da família de Jackson e quando me admirei por elas não terem oferecido voluntariamente a ele algum tipo de provisão. Advertiram-me de que não agradeciam a ninguém por lhes ensinar suas obrigações sociais. E quando lhes sugeri de maneira incisiva que ajudassem Jackson, elas recusaram com a mesma incisividade. O mais impressionante é que cada uma delas exprimiu sua recusa com expressões praticamente idênticas às da outra, embora eu tivesse ido ver cada uma em separado e que nenhuma imaginasse que eu procurara ou iria procurar a outra. A resposta pronta e idêntica foi que estavam felizes pela oportunidade de deixar perfeitamente claro que jamais ofereceriam prêmios aos necessitados. Nem pretendiam, pagando indenizações por acidentes, incentivar os pobres a que se ferissem voluntariamente nas máquinas[6].

E elas estavam sendo sinceras, essas duas senhoras! Estavam imbuídas da superioridade de sua classe e de si mesmas. Encontravam sanção na ética de sua classe para todos os atos que praticavam. Quando saía da magnífica residência da senhora Pertonwaithe, olhei para trás e me recordei da expressão usada por Ernest ao dizer que elas eram tão ligadas à máquina que se achavam sentadas bem no topo dela.

---

[6] Nas colunas do *Outlook*, um semanário crítico da época, em um número datado de 18 de agosto de 1906, está relatada a história de um operário que perdeu um braço, cujos pormenores do incidente são bastante parecidos como os do caso Jackson, relatado por Avis Everhard.

Capítulo V

OS FILOMÁTICOS

Ernest nos visitava com freqüência. Mas não era apenas por causa de meu pai, nem dos controvertidos jantares. Mesmo naquela época, eu me sentia um pouco lisonjeada por acreditar que era eu um dos motivos dessas visitas, e não demorei muito a perceber que tinha razão. Nunca houve homem tão ardente quanto Ernest Everhard. Seu olhar e seu aperto de mão tornaram-se mais firmes e intensos, como se isso fosse possível. E a indagação que eu vira em seu olhar, em nosso primeiro encontro, se tornava cada vez mais imperativa.

A impressão que tive dele, quando o vi pela primeira vez, foi desfavorável. Mas logo percebi como me sentia atraída por ele. Depois, veio a rejeição, quando ele atacou tão rudemente a mim e às pessoas de minha classe. E então, quando percebi que ele não havia caluniado minha classe, e que suas palavras incisivas e amargas eram justificadas, acerquei-me ainda mais dele. Ele se tornou meu oráculo. Para mim, ele arrancava a hipocrisia da face da sociedade e me proporcionava vislumbres da realidade que eram desagradáveis mas, ao mesmo tempo, inegavelmente verdadeiros.

Como já disse, nunca houve homem tão ardente como ele. Nenhuma jovem vive em uma cidade universitária até os 24 anos sem ter experiências amorosas. Eu havia tido experiências amorosas com jovens imaturos e imberbes e até com professores grisalhos, sem contar os atletas e aqueles enormes jogadores da equipe de futebol. Mas nenhum deles amava como Ernest. Os braços dele me envolveram antes que eu percebesse, seus lábios se juntaram aos meus antes mesmo que eu pudesse protestar ou resistir. Diante de sua determinação, a defesa convencional do recato se tornava ridícula. Ele me fazia flutuar com aquele arrebatamento irresistível que possuía. Não me fez proposta alguma. Tomou-me nos braços, beijou-me e deu como certo que nos casaríamos. Não se discutiu o assunto. A única discussão – e isso se deu mais tarde – foi quando deveríamos nos casar.

Foi algo inusitado, irreal. No entanto, de acordo com o teste da verdade de Ernest, funcionou. Eu apostei minha vida nisso e felizmente tive sorte. Contudo, naqueles primeiros dias de nosso amor, o medo do futuro às vezes me assaltava, ao pensar na violência e na impetuosidade com que ele se entregava ao amor. Mas esses medos eram infundados. Nenhuma mulher jamais foi abençoada com um marido mais gentil e mais terno. Essa gentileza e essa violência formavam uma mistura curiosa, e se assemelhava ao seu comportamento que era ao mesmo tempo grosseiro e delicado. Que deliciosa falta de jeito! Ele nunca conseguiu mudar isso, e era o que me encantava. A maneira com que se comportava em nossa sala de estar lembrava a de um touro procurando tomar cuidado em um bazar[1].

Foi nessa época que se desvaneceu minha última dúvida a respeito da completude do meu amor por ele (uma dúvida subconsciente, quando muito). Foi no Clube dos Filomáticos, em uma magnífica noite de debate, quando Ernest enfrentou os grandes mestres na própria toca deles. O Clube dos Filomáticos era o mais seleto de toda a costa do Pacífico. Fora criado pela senhorita Brentwood, uma velha celibatária muito rica; para ela, o clube era marido, família e brinquedo. Os seus membros eram as pessoas mais ricas da comunidade, e os mais resolutos entre as pessoas abastadas, e, naturalmente, alguns eruditos, para criar uma atmosfera intelectual.

Os filomáticos não tinham uma sede. Não era esse tipo de clube. Seus membros se reuniam a cada mês na residência de um

---

[1] Naquela época, era costume encher as salas de objetos de decoração. Não haviam ainda descoberto a simplicidade da vida. Os aposentos dessas casas eram verdadeiros museus, exigindo um trabalho infindável para manter a limpeza. A poeira tomava conta da casa. Havia mil maneiras de atrair o pó, e bem poucos instrumentos para se livrar dele.

do grupo, para ouvir uma conferência. Às vezes, mas nem sempre, os oradores eram contratados. Por exemplo, se um químico de Nova York fizesse uma descoberta a respeito do rádio, convidavam-no e ressarciam todas as suas despesas de viagem pelo país; além disso, ele recebia honorários principescos em retribuição pelo tempo despendido. Também se adotava esse tipo de procedimento com um explorador que voltasse das regiões polares, ou com novos escritores e artistas. Não admitiam a entrada de visitantes nas reuniões e nada do que era dito entre eles chegava às páginas dos jornais. Assim, mesmo grandes estadistas – às vezes comparecia um – se sentiam à vontade para manifestar completamente suas idéias.

Tenho, diante de mim, neste momento, uma antiga carta que Ernest me enviou há cerca de vinte anos, e dela extraio o seguinte:

"Como seu pai é membro do Clube dos Filomáticos, você também tem acesso a ele. Então, venha à reunião de terça-feira à noite. Prometo-lhe que viverá a experiência mais interessante da sua vida. Nos últimos encontros, você não conseguiu abalar os grandes senhores. Se for à sessão, tratarei de abalá-los em seu lugar. Farei com que rosnem como lobos. Você questionou apenas a moralidade deles. E quando se contesta a moralidade, eles apenas ficam mais satisfeitos consigo mesmos e se sentem mais superiores. No entanto, ameaçarei suas bolsas de dinheiro. Isso irá abalá-los até as raízes de sua natureza primitiva. Se você puder ir, verá o homem das cavernas vestido a rigor, mostrando os dentes e grunhindo em torno de um osso. Prometo-lhe que ouvirá o grito da fera e compreenderá a natureza do animal.

"Convidaram-me com o intuito de me fazer em pedaços. Foi idéia da senhorita Brentwood. Sem muita cautela, deixou entrever suas intenções ao me convidar. Ela já lhes proporcionara esse tipo de diversão antes. Eles se deliciam ao ter diante de si reformadores dóceis e confiantes. A senhorita Brentwood acredita que eu seja manso como um gatinho de estimação, bondoso e impassível como a vaquinha da fazenda. Não nego que contribuí para que tivesse essa impressão. Ela agiu com cautela, até acreditar que eu fosse inofensivo. Receberei um pagamento régio, duzentos e cinqüenta dólares, o mesmo que pagariam a um radical que fosse candidato a governador. Além disso, o traje é a rigor. É obrigatório. Nunca vesti um traje a rigor. Acho que precisarei alugar um, em algum lugar. Mas eu faria mais do que isso para me encontrar com eles."

Entre as muitas opções que havia, o clube se reuniu naquela noite no solar Pertonwaithe. Foram levadas cadeiras suplementares para o grande salão onde se encontrariam uns duzentos filomáticos para ouvir Ernest. Eram verdadeiros representantes da sociedade. Distraí-me fazendo um cálculo mental de qual seria o total da riqueza ali reunida: creio que chegaria a centenas de milhões de dólares. E aquelas pessoas não eram ricos ociosos; eram homens de negócios que desempenhavam um papel ativo na vida política e industrial da sociedade.

Todos já estavam sentados quando a senhorita Brentwood entrou no salão com Ernest. Caminharam diretamente para o lado oposto da sala, de onde Ernest falaria. Ele vestia um traje a rigor e tinha uma aparência magnífica, com seus largos ombros e sua pose sobranceira. No entanto, seus gestos preservavam aquele indistinto e inconfundível ar desajeitado. Acho até que poderia tê-lo amado apenas por isso. E ao olhar para ele, dominava-me uma enorme alegria. Sentia de novo o pulsar de sua mão na minha, o toque de seus lábios. E meu orgulho era tanto que eu tinha vontade de me levantar e gritar para todos ali: "Ele é meu. Tomou-me nos braços e eu, apenas eu, seduzi esse espírito repleto de pensamentos elevados!"

Na extremidade da sala, a senhorita Brentwood apresentou-o ao coronel Van Gilbert, que, eu sabia, deveria presidir o debate. O coronel Van Gilbert era um grande advogado empresarial. Além disso, era muito rico. Não aceitava receber honorários inferiores a cem mil dólares. Era um mestre das leis. A lei era um fantoche em suas mãos. Ele a moldava como barro, torcia e distorcia como um quebra-cabeça chinês, da maneira que quisesse. Na aparência e na retórica, era antiquado, mas em imaginação, conhecimentos e recursos era tão avançado quanto as mais recentes jurisprudências. Seu primeiro ato célebre fora anular o testamento[2] de Shardwell. Recebera por essa ação quinhentos

---

[2] A anulação de testamentos era uma peculiaridade do período. Com a acumulação de grandes fortunas, o problema de dispor delas após a morte era uma aflição constante dos ricos. Fazer e anular testamentos se tornaram negócios complementares, tal como a fabricação de armas e de couraças. Os juristas mais

mil dólares. Depois disso, sua fama subiu como um foguete. Era considerado o maior advogado da região – advogado de empresas, por certo. E nenhuma classificação dos três maiores juristas dos Estados Unidos deixaria seu nome de fora.

O coronel se levantou e começou, com algumas frases cuidadosamente escolhidas e carregadas de fina ironia, a apresentar Ernest. Havia um tom sutilmente jocoso na forma de apresentar esse reformador social, membro da classe operária. O público sorria. Irritei-me muito e olhei para Ernest. Ao encará-lo, fiquei mais furiosa ainda. Ele parecia não se ofender com aquelas alfinetadas. Pior ainda, parecia não se dar conta delas. Estava ali sentado, amável, apático e sonolento. Parecia de fato um estúpido. Por um momento, uma idéia me passou pela cabeça. E se ele se deixasse intimidar por essa imponente ostentação de poder e intelecto? Mas, então, eu sorri. Ele não podia me enganar. Mas ludibriava os outros, tal como zombara da senhorita Brentwood. Ela ocupava um lugar bem na primeira fila e, diversas vezes, se voltava para um ou outro de seus confrades aprovando com um sorriso os comentários.

Depois que o coronel terminou, Ernest se levantou e começou a falar. Iniciou em voz baixa, pausada e modestamente, com um acanhamento que era perceptível. Falou de sua origem operária, da sordidez e da miséria de seu meio, no qual a alma e o corpo eram igualmente atormentados e famintos. Descreveu suas ambições e ideais e seu conceito do paraíso em que viviam as pessoas das classes superiores. Assim ele falou:

– Acima de mim, eu imaginava, reinava um espírito abnegado, um pensamento puro e nobre, uma vida intelectual repleta de entusiasmo. Imaginava tudo isso porque lia os romances da série *Seaside Library*[3], nos quais todos os homens e

---

astutos eram chamados para redigir testamentos que não pudessem ser invalidados. Mas esses testamentos sempre eram invalidados, e com freqüência pelos próprios juristas que os haviam elaborado. Mesmo assim, a ilusão persistia entre os abastados, que acreditavam ser possível moldar um testamento irrompível; e, assim, ao longo das gerações, clientes e advogados perseguiram essa ilusão. Era uma busca equivalente à do solvente universal sonhado pelos alquimistas medievais.

[3] Uma série de literatura curiosa e peculiar que servia para transmitir à classe operária uma imagem completamente equivocada das classes ociosas.

todas as mulheres, com exceção dos vilões e aventureiros, tinham pensamentos elevados, falavam de maneira maravilhosa e praticavam belas ações. Em suma, tal como eu aceitava o nascer do sol, aceitava também que acima de mim estava tudo o que existia de belo, nobre e agradável, tudo o que dava decência e dignidade à vida, tudo o que fazia a vida valer a pena e servia de recompensa para as criaturas pelo seu trabalho e pela sua miséria.

 Ele prosseguiu, descrevendo sua vida passada na fiação, como aprendera a ferrar cavalos e seu encontro com os socialistas. Entre eles, comentou, conhecera intelectos argutos e perspicazes, ministros do Evangelho que foram afastados por acreditarem em um cristianismo amplo demais para aqueles adoradores da riqueza*, e professores que tinham sido esmagados na roda da subserviência universitária às classes dominantes. Os socialistas eram revolucionários, afirmou, lutando para subverter a sociedade ilógica dos nossos dias e reunir o material para edificar a sociedade lógica do futuro. Ele disse muitas outras coisas, e eu não quero ficar me estendendo, mas jamais esquecerei a maneira como descreveu a vida entre os revolucionários. Toda hesitação anterior desaparecera. Sua voz se projetava forte e segura, vertendo radiações intensas, tão intensas quanto ele; e os seus pensamentos pareciam torrentes de lava que jorravam para o ar. Ele disse:

 – Entre os revolucionários, encontrei também uma calorosa fé no ser humano, um ardente idealismo, a doçura da abnegação, da renúncia e do sofrimento – qualidades esplêndidas e pungentes do espírito. Ali a vida era limpa, nobre e lúcida. Sentia-me em contato com espíritos elevados que davam mais valor ao corpo e à alma do que a dólares e centavos, e para os quais o delicado choro de uma criança faminta e carente significava mais do que toda a pompa da expansão comercial e do império mundial. Por toda parte, ao meu redor, encontrava a nobreza dos propósitos e o heroísmo dos esforços. Meus dias e minhas noites eram o brilho do sol e a luz das estrelas, fogo e

---

* Expressão que aparece nos Evangelhos. O termo grego *mammonas*, de origem aramaica, é utilizado nas versões inglesas da Bíblia sem traduzir: *mammon*, indicando que se trata de uma entidade tida como a personificação da riqueza. "Ninguém pode servir a dois senhores (...) a Deus e às riquezas." "Ye cannot serve God and mammon." (N.T.)

orvalho. E tinha o Santo Graal, flamejante e reluzente, diante dos meus olhos: o próprio cálice de Cristo, representando o calor do homem, do homem há muito sofrido e maltratado, mas destinado à salvação no final.

Tal como eu já o vira antes, mais uma vez ele se transfigurava diante de mim. Sua fronte brilhava com o que havia de divino nele, e mais ainda reluziam seus olhos, em meio ao esplendor que parecia envolvê-lo como um manto. Mas os demais não percebiam esse fulgor e eu supus que ele provinha das lágrimas de alegria e amor que turvavam minha visão. De qualquer modo, percebi que o sr. Wickson, que estava sentado atrás de mim, não se perturbara, pois ouvi quando zombou baixinho: "Utópico"[4].

Ernest prosseguiu, falando de sua ascensão social, até chegar a ter contato com membros das camadas mais altas e conviver com ocupantes de altos postos. E então se desiludira, e dessa desilusão ele falou em termos que em nada lisonjeavam o auditório presente. Ele se surpreendera com a qualidade da argila que os havia moldado. A vida mostrava que não era fina e generosa. Sentiu-se amedrontado com o egoísmo que encontrara, mas o surpreendera muito mais a ausência de vida intelectual. Ele, que acabava de vir do meio revolucionário, ficou chocado com a imbecilidade da classe dominante. Percebeu que, a despeito de suas magníficas igrejas e de seus pregadores, muito bem remunerados, esses homens e mulheres eram inteiramente voltados para o mundo material. Eram loquazes a respeito de seus pequenos ideais e apegados a pequenas moralidades. Mas, apesar dessa tagarelice, a característica marcante de suas vidas era materialista. Não possuíam uma moralidade verdadeira: por exemplo, aquela que Cristo pregara, mas que hoje não era mais pregada.

– Encontrei homens que invocaram o nome do Príncipe da

---

[4] Os homens dessa época eram escravos de certas expressões. O caráter abjeto desse servilismo é incompreensível para nós. A magia das palavras era mais forte do que a arte do conjurador. Suas mentes eram tão confusas e caóticas que uma simples palavra podia contradizer toda uma vida de pesquisas e reflexões. Assim acontecia com a palavra "utópico" Bastava pronunciá-la para execrar qualquer projeto, por mais sensato que fosse, que visasse à melhoria ou recuperação econômica. Populações inteiras se excitavam diante de expressões tão simples quanto "dinheiro honesto" ou "prato cheio". E quem cunhava tais frases era visto como gênio.

Paz em suas diatribes contra a guerra, mas distribuíam armas de fogo aos Pinkertons[5] para que atirassem contra os grevistas de suas fábricas. Conheci homens incoerentes com sua indignação diante da brutalidade das lutas de boxe e que, ao mesmo tempo, eram cúmplices da adulteração de alimentos que, a cada ano, matava mais inocentes do que aqueles que Herodes mandou matar.

– Aquele senhor gentil, de traços aristocráticos, não passava de testa-de-ferro, um instrumento das corporações que roubavam das viúvas e dos órfãos em segredo. Aquele outro, que colecionava finas edições e era um patrono da literatura, pagava suborno para um chefe truculento e intimidador de uma repartição pública. Aquele editor, que publicava anúncios de remédios patenteados, chamou-me de vil demagogo quando o desafiei a publicar em seus jornais a verdade a respeito dos remédios patenteados[6]. Aquele homem que discursava sóbria e seriamente sobre a beleza do idealismo e sobre a bondade de Deus havia acabado de passar a perna em seus sócios numa negociação. Aquele outro, um dos esteios da Igreja, e importante contribuinte com as missões estrangeiras, fazia as moças de sua loja trabalharem dez horas por dia para ganharem salários de fome, estimulando diretamente a prostituição. Um outro, que patrocinava cátedras nas universidades e construía magníficas capelas, perjurava nos tribunais a troco de dólares ou de centavos. O magnata das estradas de ferro quebrava a sua palavra como cidadão, como cavalheiro e como cristão ao pagar propinas, e ele pagava muitas. Aquele senador era instrumento e escravo, um fantoche insignificante, de um chefe de uma máquina política[7] brutal e ignorante que também controlava o gover-

---

[5] Originalmente, eram detetives particulares, mas logo se tornaram combatentes a soldo dos capitalistas e, por fim, converteram-se em Mercenários da Oligarquia.

[6] Os medicamentos patenteados eram uma mentira óbvia mas, tal como os talismãs e as indulgências da Idade Média, iludiam o povo. A única diferença era que esses remédios eram mais caros e mais nocivos.

[7] Até 1912, a grande massa da população ainda pensava que governava o país por meio de seus votos. Mas o país era de fato governado pela chamada máquina política. Inicialmente, os chefes da máquina cobravam tributos extorsivos dos principais capitalistas para legislar; mas com o passar do tempo os líderes capitalistas acharam que seria mais barato eles próprios assumirem a máquina política e contratar os chefes dessa máquina.

nador e um ministro da Suprema Corte*. Todos os três viajavam com passes da ferrovia e esse esperto capitalista tinha no seu bolso a máquina política, o chefe da máquina e a ferrovia que emitia os passes.

– Assim, em vez de me encontrar no paraíso, vi-me no árido deserto do comercialismo. Nada encontrei além de estupidez, exceto no que dizia respeito aos negócios. Não me deparei com ninguém que fosse honesto, nobre e vivo; ainda que encontrasse muitos que estivessem vivos... apodrecendo. O que encontrei foi uma falta de sensibilidade e um egoísmo monstruoso, além de um materialismo prático muito difundido, grosseiro e ávido!

Ernest lhes falou muito mais a respeito deles mesmos e da desilusão que teve. Intelectualmente, haviam-no entediado moral e espiritualmente; deixaram-no enjoado, de modo que ele estava feliz em voltar para os seus revolucionários, que eram honestos, nobres e vivos: tudo o que os capitalistas não eram.

– Agora – disse – gostaria de lhes falar a respeito da revolução!

Antes, porém, devo dizer que essa diatribe terrível não os havia tocado. Olhei em torno, para seus rostos, e vi que permaneciam com uma superioridade complacente diante do que ele havia denunciado. Lembrei-me do que ele me havia dito: nenhum ataque à moralidade deles poderia abalá-los. No entanto, eu podia ver que a sua linguagem audaciosa havia afetado a senhorita Brentwood. Ela parecia preocupada e apreensiva.

Ernest começou descrevendo o exército da revolução e, à medida que dava os números da sua força (os votos recebidos em vários países), as pessoas ali reunidas começavam a ficar inquietas. Suas faces denunciavam preocupação e percebi que alguns apertavam os lábios. Afinal, o desafio para o combate havia sido lançado. Descreveu a organização internacional dos

---

* O mesmo que Supremo Tribunal. O rei e sua corte eram responsáveis pela justiça medieval. Originariamente, a corte era o átrio do castelo; mais tarde, o termo passou a designar o corpo jurídico do reino; por esse motivo, em alguns países, sobretudo países em que predomina no Direito os costumes (direito consuetudinário), o termo passou a designar os tribunais. Na Roma antiga, tribunal era o lugar onde se reuniam os tribunos, chefes das três tribos romanas. Nos países onde predomina o direito romano, baseado em leis escritas, as cortes de justiça são denominadas tribunais. (N.T.)

socialistas que unia um milhão e meio nos Estados Unidos e vinte e três milhões e meio no resto do mundo.

– Um exército da revolução como esse – disse –, com vinte e três milhões de pessoas, é algo para fazer os que governam e as classes dominantes parar e pensar. O grito desse exército é: "Sem trégua!" Queremos tudo o que vocês possuem. Não nos contentaremos com menos do que todas as suas posses. Queremos tomar em nossas mãos as rédeas do poder e o destino da humanidade. Eis aqui as nossas mãos. São mãos fortes. Vamos tomar-lhes o governo, os palácios e toda a sua suntuosa tranqüilidade e, nesse dia, vocês trabalharão pelo pão como o camponês na terra ou o funcionário franzino e faminto das metrópoles. Eis aqui as nossas mãos. São mãos fortes!

Enquanto falava, estendeu, desde os ombros vigorosos, os dois grandes braços e as mãos de ferreiro que seguravam o ar como garras de águia. Ele era o espírito do trabalho, dominante ali de pé, com as mãos esticadas para subjugar e lacerar a audiência. Percebi um quase imperceptível recuo dos ouvintes diante desses números de uma revolução concreta, potencial e ameaçadora. Quer dizer, as mulheres se encolheram, e o medo estava em suas faces. Os homens, nem tanto. Eles não eram ricos ociosos, mas ativos e batalhadores. Um murmúrio surdo se ergueu, pairou no ar por um momento, e cessou. Era o prenúncio de um rugido; eu ainda iria ouvir isso muitas vezes, naquela noite: a manifestação do animal no homem, a realidade de suas paixões primitivas. E eles não tinham consciência de que produziam aquele som. Era o rugido da horda, emitido por eles de modo totalmente inconsciente. E, naquele momento, quando vi a dureza de sua expressão e o brilho do combate em seus olhos, percebi que não deixariam que lhes tomassem o domínio do mundo tão facilmente.

Ernest continuou o ataque. Justificou a existência do milhão e meio de revolucionários nos Estados Unidos graças à classe capitalista, que não soubera governar a sociedade. Fez um esboço da condição econômica do homem das cavernas e dos povos selvagens de hoje, mostrando que eles não possuíam ferramentas nem máquinas, mas apenas a eficiência natural de cada um na força produtiva. A seguir, delineou a evolução da maquinaria e da organização social, mostrando que hoje a força produtiva do homem civilizado é mil vezes superior à do selvagem.

— Cinco homens — ele disse — podem produzir pão para mil. Um homem pode produzir tecidos de algodão para duzentas e cinqüenta pessoas, roupas de lã para trezentas, botas e sapatos para mil. Pode-se concluir daí que, com um governo capaz, o homem civilizado da sociedade moderna teria hoje, em grande medida, condições muito melhores que as do homem da caverna. Mas isso acontece? Vamos ver. Nos Estados Unidos, hoje, há quinze milhões[8] de pessoas vivendo na pobreza; e por pobreza se entende aquelas condições de vida nas quais, por falta de alimento e de abrigo adequado, o simples padrão de eficiência no trabalho não pode ser mantido. Nos Estados Unidos hoje, a despeito de toda a assim chamada legislação trabalhista, há três milhões de crianças que trabalham[9]. Em doze anos, esse número dobrou. E, a propósito, eu perguntarei aos senhores, governantes da sociedade, por que não tornaram públicos os números do censo de 1910? E eu responderei que é porque os senhores tiveram medo. Os dados da miséria teriam precipitado a revolução que, de qualquer forma, está agora tomando vulto.

— Mas, voltando às minhas denúncias. Se o homem moderno produz mil vezes mais energia do que o homem das cavernas, então por que, nos Estados Unidos de hoje, há quinze milhões de pessoas que não dispõem de abrigo e de alimentação adequados? Por que então, nos Estados Unidos de hoje, há três milhões de crianças trabalhando? É uma denúncia verdadeira. A classe capitalista tem governado mal. Considerando que o homem moderno vive de modo muito mais miserável do que o homem das cavernas, e que sua força produtiva é mil vezes superior à dele, não há outra conclusão possível: a classe capitalista tem governado mal; os senhores governaram mal, de forma criminosa e egoísta. E nesse aspecto os senhores não podem me contestar aqui, nesta noite, face a face; nem mesmo sua classe inteira pode contestar o milhão e meio de revolucionários dos Estados Unidos. Os senhores não podem contestar. Eu os desafio a fazê-lo. E me atrevo a dizer-lhes agora que, mesmo quando eu tiver terminado, não poderão me contestar.

---

[8] Em seu livro chamado Poverty, Robert Hunter denunciou, em 1906, que havia na época dez milhões de pessoas vivendo na pobreza, nos Estados Unidos.

[9] No censo americano de 1900 (o último censo cujos dados se tornaram públicos) o número de crianças trabalhando era de 1.752.187.

Nesse ponto, e sobre isso, os senhores estarão emudecidos, e só lhes restará mudarem de assunto.

– Os senhores fracassaram em sua administração. Transformaram a civilização em uma bagunça. Têm sido cegos e gananciosos. Os senhores se ergueram (como se erguem hoje), sem qualquer vergonha, em nossas câmaras legislativas, e declararam que os lucros seriam impossíveis sem o trabalho duro de crianças e bebês. Não aceitem apenas as minhas palavras. Está tudo registrado contra os senhores. Os senhores puseram sua consciência a dormir com a tagarelice de doces ideais e elevados moralismos. Estão bem abastecidos de poder e de posses, embriagados com o sucesso; e não têm mais esperanças contra nós do que têm os zangões amontoados em torno dos favos de mel, quando as abelhas operárias se lançam sobre eles para pôr fim à sua rotunda existência. Os senhores fracassaram em seu governo e o controle será arrancado de suas mãos. Um milhão e meio de operários vai reunir o restante da classe operária para tirar dos senhores o governo. Esta é a revolução, meus senhores. Detenham-na, se puderem.

Durante um longo lapso de tempo a voz de Ernest continuou a ecoar no grande salão. Então se ergueu um rumor gutural, e uma dúzia de homens se levantou, apelando para o coronel Van Gilbert. Observei que os ombros da senhorita Brentwood se moviam convulsivamente, e por um momento fiquei preocupada, pensando que ela estivesse rindo de Ernest. Mas então constatei que não era riso, e sim histeria. Ela estava horrorizada com o que havia feito ao colocar esse agitador diante de seu abençoado Clube dos Filomáticos.

O coronel Van Gilbert nem reparou na dúzia de homens que, com expressões exaltadas, gritavam para que a palavra lhe fosse concedida. Ele também se mostrava exaltado. Levantou-se bruscamente, gesticulando, e por um momento conseguiu proferir apenas sons incoerentes. E então soltou a sua fala. Mas não era a oratória de um advogado de cem mil dólares, nem mesmo a velha retórica.

– Uma falácia atrás da outra – bradou. – Jamais em toda minha vida ouvi tantas falácias proferidas em apenas uma hora. E além disso, jovem, devo lhe dizer que nada do que disse é novidade. Aprendi tudo isso na escola muito antes de você nascer. Jean-Jacques Rousseau expôs sua teoria socialista há cerca de dois séculos. Um retorno à natureza, sem dúvida! Uma regressão! Nossa biologia nos mostra o absurdo disso. Já foi dito, com razão, que um pouco de conhecimento é algo perigoso, e você exemplificou isso esta noite, com suas teorias malucas. Uma falácia atrás da outra! Jamais fiquei tão enjoado em toda a minha vida, com tantas falácias assim. Digo isso sobre suas generalizações apressadas e seus raciocínios infantis!

Ele estalou os dedos de forma desdenhosa e começou a se sentar. As mulheres estalaram os lábios em sinal de concordância e os homens emitiram sons roucos de aprovação. Quanto àquela dúzia de homens que se erguera, metade dela começou a falar ao mesmo tempo. A confusão e a babel eram indescritíveis. Jamais os amplos salões da senhorita Pertonwaithe haviam apresentado um espetáculo desses. Eram os seguros capitães da indústria, os senhores da sociedade, que ali rosnavam e rugiam em suas roupas de gala. De fato Ernest os abalara, ao esticar as mãos para suas bolsas de dinheiro, essas mãos que, aos olhos deles, eram como as mãos de um milhão e meio de revolucionários.

Mas Ernest nunca perdia a cabeça. Antes de o coronel Van Gilbert chegar a se sentar, Ernest já havia se erguido e adiantado.

– Um de cada vez! – gritou-lhes.

O som saiu de seus enormes pulmões e dominou a tempestade humana. Por pura força de personalidade, ele impôs o silêncio.

– Um de cada vez! – repetiu suavemente. – Deixem-me responder ao coronel Van Gilbert. Depois disso, todos vocês poderão me atacar. Mas, lembrem-se, um de cada vez. Sem algazarra. Aqui não é um campo de futebol.

– Quanto ao senhor – prosseguiu, dirigindo-se ao coronel Van Gilbert –, o senhor em nada respondeu ao que eu disse. Apenas fez umas poucas e dogmáticas afirmações em relação ao meu calibre mental. Isso pode lhe servir em seu negócio, mas não pode me falar dessa maneira. Eu não sou um operário, de chapéu na mão, pedindo-lhe para aumentar meu salário ou para me proteger da máquina na qual trabalho. O senhor não pode ser dogmático com a verdade ao tratar comigo. Deixe isso para negociar com seus escravos assalariados. Eles não se atreverão a replicar-lhe, porque o senhor detém em suas mãos o arroz e feijão deles, bem como suas vidas.

– Quanto a esse retorno à natureza que o senhor diz ter aprendido na escola antes de eu nascer, permita-me salientar que, pelo visto, desde essa época o senhor não aprendeu mais nada. O socialismo tem menos que ver com o estado da natureza do que o cálculo diferencial com o estudo da Bíblia. Eu disse que sua classe é estúpida, quando fora do mundo dos negócios. O senhor, cavalheiro, exemplificou brilhantemente a minha afirmativa.

Essa terrível agressão ao seu advogado de cem mil dólares foi demais para os nervos da senhorita Brentwood. Sua histeria se tornou violenta e ela foi levada para fora da sala, rindo e chorando ao mesmo tempo. Foi bem na hora, porque o pior ainda estava por vir.

– Não confiem apenas nas minhas palavras – continuou Ernest, após a interrupção. – As próprias autoridades de sua confiança em uníssono provarão que o senhor é ignorante. Seus próprios fornecedores de conhecimento lhe dirão que está errado. Procure o assistente de instrutor de sociologia mais submisso e pergunte-lhe qual a diferença entre a teoria de Rousseau do retorno à natureza e a teoria do socialismo; pergunte aos seus maiores economistas políticos e sociólogos ortodoxos e burgueses; consulte as páginas de qualquer manual sobre o assunto guardado nas prateleiras de suas bibliotecas subsidiadas; de cada um deles obterá a mesma resposta: o retorno à natureza e o socialismo em nada combinam. Por outro lado, responder-lhe-ão que a teoria do retorno à natureza e o socialismo são idéias diametralmente opostas. Como eu disse, não se fie apenas em minhas palavras. O registro de sua estupidez está nos livros, seus próprios livros; livros esses que o senhor jamais lê. E por mais longe que vá a sua ignorância, o senhor é apenas mais um exemplar de sua classe.

– O senhor entende de leis e de negócios, coronel Van Gilbert. Sabe como servir às corporações e aumentar-lhes os dividendos torcendo a lei. Muito bem. Apegue-se a isso. O senhor é uma figura e tanto. Um advogado muito bom, mas um historiador lamentável, que nada sabe de sociologia e cuja biologia é do tempo de Plínio.

Nesse ponto, o coronel Van Gilbert se contorceu na cadeira. O silêncio era absoluto. Todos permaneciam sentados, fascinados – ou paralisados, devo dizer. Essa forma de tratar o coronel Van Gilbert era inaudita, impensável, impossível de se acreditar – o grande coronel Van Gilbert, que fazia os juízes tremerem quando se levantava no tribunal. Mas Ernest jamais dava trégua ao inimigo.

– Isto não é, na verdade, uma censura ao senhor. Cada um no seu papel. O senhor apenas se apega ao seu ofício, e eu ao meu. O senhor se especializou. Quando se trata de conhecer a lei, de saber a melhor forma de escapar dela ou de fazer uma nova lei para beneficiar as corporações desonestas, eu nem sequer chego aos seus pés. Mas quando se trata de sociologia, que é a minha matéria, é o senhor que não chega aos meus pés. Lembre-se disso. Lembre-se também de que sua lei é matéria de curta duração, e que o senhor não é versátil em matérias que duram mais que um dia. Assim, suas afirmativas dogmáticas e suas generalizações precipitadas em assuntos de história e sociologia não valem o fôlego gasto nelas.

Ernest fez uma pausa e olhou-o pensativamente, observando-lhe a face sombria e desfigurada pelo ódio, seu peito ofegante, seu corpo retorcido e suas pequenas mãos brancas abrindo e fechando nervosamente.

– Mas parece que o senhor tem fôlego, e eu lhe darei uma oportunidade de usá-lo. Eu acusei a sua classe. Mostre-me que minha acusação está errada. Eu chamei sua atenção para a infelicidade do homem moderno – três milhões de crianças escravas nos Estados Unidos, sem cujo trabalho os lucros não seriam possíveis, e quinze milhões de subnutridos, malvestidos e desabrigados. Eu lhe mostrei que a força produtiva do homem moderno, graças à organização social e ao uso de maquinário, é mil vezes maior do que a do homem das cavernas. E afirmei que a partir desses dois fatos só havia uma conclusão possível: a de que a classe capitalista governou mal. Essa é a minha acusação e eu o desafiei a contestá-la especificamente. Não, fiz mais do que isso. Profetizei que o senhor não responderia. Resta ao seu fôlego esmagar minha profecia. O senhor qualificou meu discurso de falácia. Mostre-me a falácia, coronel Van Gilbert. Conteste a acusação que eu e mais um milhão e meio de companheiros apresentamos contra o senhor e sua classe.

O coronel Van Gilbert esquecera completamente que estava presidindo a mesa e que, como cortesia, deveria permitir que os demais queixosos falassem. Ele se levantou, sacudindo os braços, a retórica e os modos, ora insultando Ernest por causa de sua juventude e demagogia, ora atacando com selvageria a classe operária, explicando sua ineficiência e inutilidade.

– Para um advogado, o senhor é o homem mais difícil de chegar a um ponto que eu já vi – começou Ernest, respondendo à invectiva. – O fato de eu ser jovem não tem nenhuma relação com o que expus. Nem a inutilidade da classe operária. Eu acusei a classe capitalista de ter governado mal a sociedade. O senhor não respondeu. O senhor nem ao menos tentou responder. Por quê? É porque não tem resposta? O senhor é o paladino de todo este público. Todos aqui, exceto eu, estão à espera de sua palavra para conhecer a resposta que eles também não sabem. Quanto a mim, como eu disse antes, sei que o senhor não apenas não pode responder como também não tentará responder.

– Isso é intolerável! – gritou o coronel Van Gilbert. – É um insulto!

– O senhor não deveria dizer isso – replicou Ernest gravemente. – Nenhum homem pode ser insultado intelectualmente. O insulto, em sua própria natureza, é emocional. Reconsidere. Dê-me uma resposta intelectual à minha acusação intelectual de que a classe capitalista governou mal a sociedade.

O coronel Van Gilbert permaneceu em silêncio, com uma expressão obstinada e superior, como seria a de um homem que não se dignasse a altercar com um rufião.

– Não fique triste – disse Ernest –, console-se com o fato de que nenhum membro de sua classe jamais respondeu a essas acusações.

Dizendo isso, ele se voltou para os outros homens que estavam ansiosos para falar.

– E agora, chegou a vez dos senhores. Podem começar e não se esqueçam de que eu os estou desafiando a dar a resposta que o coronel Van Gilbert não pôde dar.

Seria impossível eu escrever aqui tudo o que foi dito na discussão. Jamais havia imaginado quantas palavras podiam ser ditas em três curtas horas. De qualquer forma, foi glorioso. Quanto mais os adversários se exaltavam, mais Ernest os provocava deliberadamente. Ele tinha um domínio enciclopédico desse campo do conhecimento, e cada palavra sua ou frase eram como estocadas de florete. Ele especificava os pontos irracionais do raciocínio deles. Isso era um falso silogismo, aquela conclusão não tinha relação com a premissa, enquanto a próxima premissa era uma impostura, pois trazia astutamente embutida a conclusão que se pretendia demonstrar. Isso era um erro, aquilo uma suposição, e essa afirmativa contrariava a verdade estabelecida, publicada em todos os manuais sobre o assunto.

E assim continuou. Às vezes ele trocava o florete pelo porrete e começava a golpear idéias a torto e a direito. O tempo todo, exigia fatos e se recusava a discutir teorias. E seus fatos criavam um Waterloo para eles. Quando atacavam a classe operária, ele sempre revidava: "O roto rindo do esfarrapado; isso não responde à acusação que lhes joguei na cara". E perguntava a esmo: "Por que os senhores não responderam à acusação de que sua classe tem governado mal? Falaram de outras coisas e de coisas relacionadas com essas outras coisas, mas não responderam. Será que é porque não têm resposta?"

Foi no final da discussão que o sr. Wickson falou. Ele era o único que se manteve calmo e Ernest tratou-o com uma deferência que não dispensara aos demais. O sr. Wickson disse, com uma demora deliberada:

– Nenhuma resposta é necessária. Eu acompanhei toda a discussão com assombro e desgosto. Desgosto pelos senhores, membros de minha classe. Os senhores se comportaram como alunos de grupo; onde já se viu falar de moral e usar a exaltação de um político comum numa discussão como essa. Foram vencidos e sobrepujados. Falaram muito, e tudo o que produziram foram zumbidos. Zumbiram como mosquitos em torno de um urso. Senhores, aqui está o urso (apontou para Ernest) e seus zumbidos apenas fizeram cócegas nas orelhas dele.

– Acreditem-me, a situação é séria. Este urso hoje esticou suas patas para nos esmagar. Ele disse que há um milhão e meio de revolucionários nos Estados Unidos. Isso é um fato. Ele disse que pretendem arrancar de nós o governo, os palácios e todo nosso nobre conforto. Isso também é um fato. Está acontecendo uma mudança na sociedade, uma grande mudança; mas, felizmente, pode não ser a mudança que o urso está prevendo. O urso disse que ele vai nos esmagar. E se nós esmagarmos o urso?

Aquele mesmo ruído rouco de aprovação se ergueu no auditório, e os homens trocavam entre si sinais de apoio e confiança. Suas expressões tornaram-se duras. Eles eram lutadores, isso era certo.

– Mas não será com zumbidos que esmagaremos o urso –

continuou o sr. Wickson, tranqüilo e sereno. – Nós caçaremos o urso. Não responderemos a ele com palavras. Nossa resposta se estribará em chumbo. Nós estamos no poder. Ninguém pode negar isso. E será graças ao poder que permaneceremos no poder.
    Ele se voltou subitamente para Ernest. O momento era dramático.
    – Essa é a nossa resposta. Não temos palavras para desperdiçar com o senhor. Quando o senhor esticar suas presunçosas garras em direção aos nossos palácios e ao nosso nobre conforto, nós lhe mostraremos o que é força. Nossa resposta se estribará no troar de bombas e granadas e no giro das metralhadoras[10]. Trituraremos seus revolucionários sob os nossos tacões e caminharemos sobre suas faces. O mundo é nosso, nós somos senhores dele e ele continuará a ser nosso. Quanto às hostes de trabalhadores, elas têm estado no pó desde que a história humana teve início; e eu li a história corretamente. E no pó elas continuarão, enquanto eu e os meus, e aqueles que vierem depois de nós, detivermos o poder. Esta é a palavra. Rainha e mãe de todas as palavras: poder. Não é Deus, nem riquezas, mas poder. Repitam esta palavra até que suas línguas comecem a formigar: poder.
    – Considero-me respondido – disse Ernest calmamente. – É a única resposta que poderia ser dada. Poder. É o que nós da classe operária pregamos. Nós sabemos, e sabemos muito bem, graças à amarga experiência, que nenhum apelo ao direito, à justiça ou à humanidade poderá impressioná-los. Seus corações são duros como os tacões com os quais pisam nas faces dos pobres. Assim, nós temos pregado o poder. Pelo poder de nossos votos nas eleições arrancaremos o governo de suas mãos.
    O sr. Wickson o interrompeu para inquirir:
    – Que obtenham a maioria, uma esmagadora maioria, no dia das eleições. Suponha que nos recusemos a lhes passar o governo, após ele ter sido conquistado nas urnas?
    – Também pensamos nisso – replicou Ernest. – E nós lhes responderemos com chumbo. Poder, o senhor proclamou, é rai-

---

[10] Para demonstrar o teor dessa idéia, citamos a seguinte definição encontrada em *The Cynic's Word Book* (1906 D.C.), escrito por um certo Ambrose Bierce, um misantropo comprovado e notório da época: "Metralhadora, s. f. Um argumento que o futuro está preparado para responder às reivindicações do socialismo americano."

nha e mãe das palavras. Muito bem. Será o poder. No dia em que marcharmos para a vitória nas urnas, e que os senhores se recusarem a nos passar o governo que conquistamos constitucional e pacificamente... o senhor pergunta o que faremos... nesse dia, eu digo, nós lhes responderemos; e no troar de bombas e granadas e no ecoar das metralhadoras se estribará a nossa resposta.

– O senhor não pode escapar de nós. É verdade que leu a história corretamente. É verdade que desde o começo da história a classe operária esteve no pó. E é igualmente verdade que enquanto o senhor e os seus, e aqueles que vierem depois, detiverem o poder, a classe operária continuará no pó. Eu concordo. Concordo com tudo o que o senhor disse. O poder será o árbitro, tal como os senhores têm sido sempre os árbitros. É uma luta de classes. Tal como sua classe derrubou a antiga nobreza feudal, da mesma forma será derrubada por minha classe, a classe operária. Se o senhor ler sua biologia e sua sociologia tão bem quanto leu sua história, verá que esse fim descrito por mim é inexorável. Não importa que demore um ano, dez ou mil... sua classe será derrubada. E isso será feito pelo poder. Nós, das classes trabalhadoras, decoramos essa palavra até todas nossas mentes vibrarem com ela. Poder. É uma palavra majestosa.

E assim terminou a noite dos filomáticos.

CAPÍTULO VI

PRENÚNCIOS

Foi por essa época que os sinais da chegada de novos acontecimentos começaram a nos rondar de forma intensa e veloz.

Ernest já havia questionado a política de meu pai de receber líderes socialistas e operários em casa, e de comparecer abertamente a assembléias socialistas; meu pai apenas ria desse receio. Quanto a mim, aprendia muito nesse contato com líderes e pensadores da classe operária. Estava vendo o outro lado da moeda. Eu me deliciava com o desprendimento e o elevado idealismo que encontrava, embora me assustasse com a vasta literatura filosófica e científica do socialismo que se abria diante de mim. Aprendia depressa, mas não com rapidez suficiente para perceber o perigo em que nos encontrávamos.

Havia prenúncios, mas eu não lhes dava atenção. Por exemplo, a senhora Pertonwaithe e a senhora Wickson exerciam uma enorme influência social na cidade universitária; para elas, eu era uma jovem muito atrevida e altiva, com um pendor nocivo para me intrometer e interferir nos assuntos alheios. Era natural que pensassem assim, considerando o empenho que tive na investigação do caso do braço de Jackson. Mas subestimei os efeitos desses sentimentos, expressos por dois árbitros sociais tão poderosos.

De fato, notei certa indiferença por parte de meus amigos em geral, mas atribuí isso à desaprovação dominante em meu círculo de amigos quanto ao meu futuro casamento com Ernest. Algum tempo depois, Ernest me mostrou claramente que essa atitude de minha classe não era apenas espontânea; por trás dela, escondiam-se os germes de uma conduta organizada.

– Você deu abrigo a um inimigo de sua classe – ele me disse. – E não apenas abrigo, você lhe deu seu amor, entregou-se. Isso é traição para sua classe. Não pense que escapará do castigo.

Mas antes disso, meu pai retornava para casa uma certa tarde. Ernest estava comigo e pudemos ver que papai estava irritado, filosoficamente irritado. Raramente ele se irritava de verdade, mas se permitia uma certa dose de ira controlada. Dizia que era estimulante. Pudemos ver que ele estava um pouco estimulado pela ira quando entrou na sala.

– O que acham? – perguntou. – Almocei com Wilcox.

Wilcox era o antiquado presidente da universidade, cujo espírito decadente armazenava generalizações que haviam sido modernas em 1870, e que depois dessa data ele deixara de pôr em dia. Meu pai declarou:

– Fui convidado. Convocado, na verdade.

Ele se deteve, e nós esperamos.

– Oh! Foi tudo feito com muita gentileza, devo admitir; mas fui repreendido. Eu! E por aquele velho fóssil!

– Aposto que sei por que o senhor foi repreendido – disse Ernest.

– Tem direito a três palpites – riu-se meu pai.

– Basta um – retrucou Ernest. – E não será um palpite, será uma dedução. O senhor foi repreendido por causa de sua vida particular.

– Foi isso mesmo! – exclamou meu pai. – Como adivinhou?

– Eu sabia que isso iria acontecer. Eu o preveni a esse respeito.

– É, falou mesmo – refletiu meu pai. – Mas eu não podia acreditar. De qualquer forma, é apenas mais uma confirmação das evidências, para o meu livro.

Ernest continuou:

– Não é somente isso que acontecerá se o senhor persistir em sua política de receber esses socialistas e radicais de todo tipo em sua casa, inclusive eu.

– Foi exatamente o que o velho Wilcox disse. E coisas mais absurdas ainda! Ele disse que era algo de mau gosto e, de qualquer forma, completamente infrutífero; que estava em desacordo com as tradições e a política da universidade. Falou outras tantas coisas igualmente vagas, e eu não consegui obter dele qualquer posição mais específica. Eu o deixei bem constrangido, e ele somente repetia para si mesmo, e para mim, o quanto me respeitava, e o quanto todo mundo me respeitava como cientista. Não era uma tarefa agradável para ele. Eu pude ver que ele não gostava daquilo que estava fazendo.

— Ele não é um homem livre — disse Ernest. — Nem sempre a calceta[1] deixa a pessoa elegante.

— Sim. Eu percebi. Ele me contou que a universidade necessita sempre de muito mais dinheiro por ano do que o Estado está disposto a fornecer; e que esses recursos precisam vir de pessoas ricas que podem se sentir ofendidas ao ver a universidade se desviar de seus elevados ideais de busca imparcial do conhecimento. Quando tentei fazer com que ele fosse mais claro a respeito da relação de minha vida privada com o desvio dos elevados ideais da universidade, ele me ofereceu dois anos de férias, com pagamento integral, na Europa, para me distrair e pesquisar. Evidentemente, eu não pude aceitar isso, sob tais circunstâncias.

— Teria sido melhor se aceitasse — disse Ernest gravemente.

— Mas é um suborno — protestou meu pai; e Ernest aquiesceu. — Além disso, o patife disse que se fala, em fofocas à mesa e coisas assim, a respeito de minha filha estar sendo vista em público com um indivíduo de reputação ruim como você, e que isso não condiz com o tom e a decência da universidade. Não que ele fizesse pessoalmente alguma objeção. Não! Mas era isso que se falava, e eu precisaria entender.

Ernest refletiu um pouco e disse então, com expressão muito grave, em que pairava uma cólera sombria:

— Há mais por trás disso do que um simples ideal universitário. Alguém pressionou o sr. Wilcox.

— Acha isso? — perguntou papai. E seu rosto mostrava que estava mais interessado do que alarmado.

— Espero poder-lhe transmitir a idéia que vagamente se forma em minha própria mente — disse Ernest. — Jamais na história do mundo a sociedade esteve em um caminho tão terrível quanto neste preciso momento. As rápidas mudanças em nosso sistema industrial estão causando mudanças igualmente

---

[1] Instrumento utilizado para subjugar os escravos e também os criminosos. Foi apenas com o advento da Irmandade do Homem que essas grilhetas caíram em desuso.

rápidas em nossas estruturas religiosas, políticas e sociais. Uma revolução invisível e tremenda está ocorrendo nos filamentos e na estrutura da sociedade. É uma coisa vaga, mas podemos pressenti-la; paira no ar. Pode-se perceber que ela avulta: algo vasto, impreciso e terrível. Minha mente se recusa a contemplar de que forma elas podem se cristalizar. O senhor ouviu Wickson falar, naquela noite. Por trás do que ele disse havia as mesmas coisas inomináveis e disformes que eu sinto. Ele falou claramente de uma percepção superconsciente delas.

– Quer dizer...? – começou meu pai, pausadamente.

– Quero dizer que há uma sombra de algo colossal e ameaçador que agora mesmo está começando a atingir a nação. Chame essa sombra de oligarquia, se quiser; não me atrevo a ir mais longe. Talvez me recuse a imaginar qual seja sua natureza[2]. Mas o que quero dizer é o seguinte: o senhor está em uma posição perigosa; um perigo que meu próprio temor torna maior, porque nem mesmo eu sou capaz de avaliá-lo. Siga meu conselho e aceite as férias.

– Mas seria uma covardia – protestou de novo.

– Não completamente. O senhor já é um homem de idade. Cumpriu sua missão, realizou uma grande obra. Deixe a batalha de hoje para os mais jovens e mais fortes. Nós, os jovens companheiros, ainda temos nosso trabalho por fazer. Avis estará ao meu lado em tudo o que estiver por vir. Ela será seu representante na frente de batalha.

– Mas eles não podem me prejudicar – protestou papai. – Graças a Deus sou independente. Oh! Eu lhe garanto que sei da perseguição pavorosa que eles podem promover contra um professor que depende economicamente de sua universidade.

---

[2] Embora, assim como Everhard, não se pudesse sonhar com a natureza dessa sombra, havia homens que, mesmo antes dessa época, haviam-na percebido. John C. Calhoun disse: "Uma força está se erguendo no Governo, muito maior do que o próprio povo, consistindo de muitos, variados e poderosos interesses, combinados em uma massa e interligados pelo poder de coesão do enorme excedente nos bancos". E Abraham Lincoln, aquele grande humanista, disse pouco antes de ser assassinado: "Eu vejo que no futuro próximo se avizinha uma crise que me abate e me faz tremer pela segurança de meu país [...] As grandes empresas têm sido enaltecidas, uma era de corrupção em altos postos irá se seguir, e o poder do dinheiro da nação tentará prolongar seu reinado atuando em detrimento do povo, até que a riqueza esteja acumulada em umas poucas mãos e que a República seja destruída".

Mas eu sou independente. Não sou professor por causa do salário. Posso seguir em frente, com muito conforto, com a renda que tenho, e o salário é tudo o que eles podem me tirar.

– Mas o senhor não percebe – respondeu Ernest – que, se tudo o que temo for verdade, sua renda particular, seu próprio capital pode ser-lhe tomado, tão facilmente quanto seu salário.

Meu pai ficou quieto por um instante. Ele estava pensando profundamente, e eu podia ver as linhas de decisão que se formavam em seu rosto. Por fim, falou:

– Não aceitarei as férias – fez outra pausa. – Devo continuar meu livro[3]. Talvez o senhor esteja errado, mas quer esteja errado ou não, devo me defender com minhas próprias armas.

– Tem razão – disse Ernest. – O senhor está trilhando o mesmo caminho do bispo Morehouse, no sentido de um desastre semelhante. Ambos se tornarão proletários antes de se dar conta disso.

A conversa se desviou para o bispo, e nós queríamos que Ernest explicasse o que estava se passando com ele.

– Está deprimido devido à jornada pelo inferno que lhe proporcionei. Levei-o aos lares de alguns de nossos trabalhadores da fábrica. Mostrei-lhe a ruína humana rejeitada pela máquina industrial e ele ouviu a história de suas vidas. Levei-o pelos pardieiros de São Francisco e, vendo a embriaguez, a prostituição e a criminalidade, ele percebeu que existia uma razão muito mais profunda do que a perversão inata. Ficou aflito e, pior de tudo, se descontrolou. Ele é uma pessoa muito ética. Comoveu-se bastante. E, como era de se esperar, não é nada prático. É movido por todo tipo de ilusões éticas e tem planos missionários de atuar entre as pessoas cultas. Sente que é seu dever fazer renascer o antigo espírito da Igreja e difundir a mensagem desse espírito às classes dominantes. Ele está apreensivo. Mais cedo ou mais tarde irá desabafar, e então ocorrerá

---

[3] Esse livro, *Economia e educação*, foi publicado naquele ano. Existem três exemplares dele, dois em Ardis e um em Asgarde. Trata, minuciosamente, dos fatores de preservação da ordem estabelecida, isto é, o caráter capitalista das universidades e das escolas públicas. É uma acusação lógica e violenta contra todo o sistema educacional que desenvolvia no espírito dos estudantes apenas as idéias favoráveis ao regime capitalista, excluindo todas as que fossem hostis e subversivas. O livro causou furor, e foi prontamente proibido pela Oligarquia.

um desastre. Não posso adivinhar de que forma será. Ele é uma alma pura e exaltada, mas também é muito pouco prático. Não posso fazer nada, não posso amarrar-lhe os pés à terra. Ele está caminhando em direção ao seu próprio Getsêmani*. Depois disso, será crucificado. Almas elevadas, como a dele, são feitas para a crucificação.

– E quanto a você? – perguntei; e sob meu sorriso havia uma ansiedade própria de quem ama.

– Eu, não – ele riu em resposta. – Posso ser executado ou assassinado, mas jamais serei crucificado. Estou muito sólida e obstinadamente plantado na terra.

– Mas por que você vai provocar a crucificação do bispo? – perguntei. – Não pode negar que seja responsável por isso.

– Por que deveria confortar uma alma que já vive confortável, quando há milhões de outras que trabalham como escravos e vivem na miséria? – retrucou.

– Então, por que motivo aconselha meu pai a aceitar as férias?

– Porque não sou uma alma pura e exaltada – respondeu ele. – Porque sou uma pessoa concreta, obstinada e egoísta. Porque amo você e, como dizia Rute: "o teu povo é o meu povo"**. Quanto ao bispo, ele não tem filha. Além disso, por mais insignificante que pareça seu gemido, por menor que seja o resultado disso para a revolução, tudo conta.

Eu não podia concordar com Ernest. Conhecia bem a nobreza de espírito do bispo Morehouse e não podia concordar que a luta que ele travava pela defesa da integridade não fosse mais do que um pequeno gemido. Mas eu ainda não conhecia tão bem quanto Ernest os duros fatos da vida. Ele enxergava com clareza a futilidade da grande alma do bispo, como os acontecimentos logo viriam a me demonstrar.

Alguns dias depois, Ernest me contou, como se fosse uma piada, da oferta que recebera do governo, isto é, uma nomeação para delegado do trabalho dos Estados Unidos. Fiquei muito contente. O salário era relativamente bom, e poderia garantir nosso casamento. E certamente esse trabalho lhe era

---

* Local ao pé do monte das Oliveiras, onde Jesus se deu conta de que seria traído: Mt 26.36; Mc 1,32. O termo quer dizer "torno de azeite". (N.T.)
** Ou: "o teu povo será o meu povo". Rt 1.16. (N.T.)

adequado; além disso, meu cioso orgulho dele me levava a abençoar a nomeação como um reconhecimento de suas habilidades.

Então, percebi um brilho em seus olhos. Estava zombando de mim.

– Você não está pensando em... recusar? – perguntei com voz trêmula.

– Trata-se de um suborno – disse ele. – Por trás disso, há a mão gentil de Wickson, e, por trás dele, as mãos de homens superiores a ele. É uma velha trapaça, tão velha quanto a luta de classes: roubar o capitão do exército dos trabalhadores. Pobres trabalhadores abandonados! Se você soubesse quantos de seus líderes foram comprados de maneira semelhante no passado... É barato, muito mais barato, comprar um general do que enfrentá-lo com todo seu exército. Não quero mencionar ninguém, mas houve muitos que foram comprados. Essas coisas me enojam. Querida, sou um comandante entre os trabalhadores. Não posso me vender. Se não fosse por outra razão, seria pelo menos pela memória de meu pobre velho pai e pela maneira que ele trabalhou até a hora da morte.

As lágrimas brilhavam nos olhos daquele meu herói, um homem forte e grande. Ele jamais poderia esquecer a maneira pela qual o espírito de seu pai fora deformado – as sórdidas mentiras e os furtos mesquinhos a que fora compelido para que pudesse colocar alguma comida na mesa para os filhos.

– Meu pai era um homem bom – disse-me certa vez. – Era uma alma boa, que foi distorcida, mutilada e entorpecida pela selvageria da vida. Ele foi transformado em uma besta submissa pelo patrão, a grande besta. Deveria estar vivo hoje, como o professor. Tinha uma constituição forte. Mas foi colhido pela máquina e trabalhou até morrer em prol do lucro. Pense nisso. Do lucro; sua energia vital transmudada em um banquete regado a vinho, em uma bugiganga enfeitada, ou em alguma orgia sensual do rico ocioso e parasita, a grande besta, o patrão.

Capítulo VII
A VISÃO DO BISPO

"O bispo é incontrolável", escreveu-me Ernest. "Ele está agitado. Hoje à noite ele vai começar a consertar este nosso mundo tão miserável. Vai levar sua mensagem. Contou-me isso, e não pude dissuadi-lo. Hoje vai presidir o IPH, e vai incorporar sua mensagem em suas observações introdutórias."

"Posso levá-la para ouvi-lo? Sem dúvida, ele está fadado à futilidade. Ele a deixará triste – e depois ele também vai ficar; mas para você será uma excelente aula prática. Você sabe, querida, como eu me sinto orgulhoso do amor que tem por mim, e como gostaria que reconhecesse o que tenho de mais pleno, para redimir, aos olhos seus, qualquer coisa que demonstrasse que eu não seria digno desse amor. Por isso, meu orgulho gostaria que você entendesse que o meu pensamento é correto e justo. Meus pontos de vista são duros; a futilidade de uma alma tão nobre quanto o bispo mostrará a você por que é necessária essa dureza. Então, venha comigo esta noite. Por mais lamentáveis que venham a ser os acontecimentos, sinto que farão você se aproximar ainda mais de mim."

O IPH[1] reuniu sua convenção aquela noite em São Francisco[2]. Essa convenção fora convocada para discutir a imoralidade pública e o remédio para isso, e o bispo Morehouse a presidia.

---

[1] Não há indício algum do nome da organização à qual essas iniciais se referem.
[2] Bastam poucos minutos para se cruzar de balsa de Berkeley para São Francisco. Essa e as outras cidades da baía formam praticamente uma só comunidade.

Ele estava muito nervoso em seu lugar na tribuna e eu podia ver a enorme tensão que o dominava. A seu lado estavam o bispo Dickinson; H.H. Jones, chefe do departamento de ética da universidade da Califórnia; a senhora W.W. Hurd, grande filantropa; Philip Ward, igualmente um grande filantropo; e vários outros luminares menores no campo da moralidade e da caridade. O bispo Morehouse se levantou e começou abruptamente:

– Eu estava no meu carro, passando pelas ruas. Era tarde da noite. De vez em quando, olhava através das janelas; de repente, meus olhos pareceram se abrir, e eu vi as coisas como elas são realmente. De início, cobri os olhos com as mãos, para afastar aquela imagem perturbadora e, então, no escuro, surgiu-me uma pergunta: O que pode ser feito? O que pode ser feito? Pouco mais tarde, a pergunta me apareceu de outra forma: O que o Senhor poderia fazer? E com a pergunta, uma grande luz pareceu preencher o lugar, e eu vi muito claramente qual era o meu dever, tal como Paulo pôde ver em seu caminho para Damasco*.

– Parei o carro, saí, e, após uma conversa de poucos minutos, persuadi duas das mulheres públicas a irem comigo. Se Jesus estava certo, então essas duas infelizes seriam minhas irmãs, e a única esperança que teriam de purificação estaria em meu afeto e em minha ternura.

– Eu moro em uma das mais encantadoras localidades de São Francisco. A casa em que moro vale cem mil dólares, e sua mobília, os livros e as obras de arte custam muito mais do que isso. A casa é uma mansão. Não, ela é um palácio, já que possui muitos serviçais. Eu nunca soube para que serviam os palácios. Pensava que eram feitos para se morar neles. Mas agora eu sei. Levei as duas mulheres da rua para meu palácio e elas vão ficar comigo. Espero ocupar cada sala de meu palácio com irmãs como elas.

O auditório foi ficando mais e mais inquieto e perturbado, e o rosto daqueles que estavam sentados na tribuna foi traindo cada vez mais a consternação e o assombro que sentiam. A essa altura, o bispo Dickinson se levantou e, com uma expressão de revolta, abandonou a tribuna e o salão. Mas o bispo Morehouse, alheio a tudo, com o olhar carregado da visão que tivera, continuou:

– Oh! Irmãos, nessa minha atitude eu encontrei a solução

---

* Atos 22, 6. (N.T.)

para todas as minhas dificuldades. Eu não sabia para que eram feitos os carros, mas agora sei. Eles são feitos para levar os fracos, os doentes e os velhos; elas são feitas para mostrar respeito àqueles que perderam até o senso de vergonha.

– Eu não sabia para que serviam os palácios, mas agora encontrei uma utilidade para eles. Os palácios da Igreja seriam hospitais e maternidades para aqueles que caíram à margem do caminho e estão para morrer.

Ele fez uma longa pausa, totalmente dominado pelo pensamento que o envolvia, e nervoso para achar a melhor maneira de expressá-lo.

– Não sou a pessoa mais adequada, meus irmãos, para lhes falar a respeito de moralidade. Vivi na vergonha e na hipocrisia por tempo demais para poder ajudar aos outros; mas minha atitude em relação a essas mulheres, minhas irmãs, mostrou-me que é fácil encontrar o melhor caminho. Para aqueles que acreditam em Jesus e em Seu Evangelho não pode haver outra relação entre os homens que não seja a de afeto. Somente o amor é mais forte do que o pecado, mais forte do que a morte. Então eu digo aos ricos que aqui estão que é seu dever fazer o mesmo que fiz e que estou fazendo. Que cada um dos senhores, que é próspero, leve para casa um ladrão e o trate como irmão, uma desventurada e a trate como irmã, e a cidade de São Francisco não mais precisará de força policial ou de magistrados; as prisões serão convertidas em hospitais, e os criminosos desaparecerão junto com o crime.

– Precisamos nos entregar a nós mesmos, e não apenas dar dinheiro. Precisamos fazer como Cristo fez; essa é a mensagem da Igreja hoje. Perambulamos muito longe dos ensinamentos do Mestre. Estamos consumidos em nosso próprio luxo. Pusemos a riqueza no lugar de Cristo. Tenho aqui um poema que conta a história inteira. Gostaria de lê-lo para os senhores. Foi escrito por uma alma pecadora que, no entanto, enxergou com clareza[3]. Não deve ser confundido com um ataque à Igreja Católica. É um ataque a todas as igrejas, à pompa e ao esplendor de todas as igrejas que se desviaram do caminho do Mestre e se apartaram de Suas ovelhas. Eis aqui:

---

[3] Oscar Wilde, um dos mestres da linguagem no século XIX da Era Cristã.

O clangor dos clarins enchia o ar;
Em reverência o povo se prostrava;
Sobre os ombros dessa gente eu procurava
Ver o Santo Senhor de Roma entrar.

Como um padre, de branco se trajava,
Com uma capa vermelha a lhe tapar
E um solidéu dourado a culminar,
Com brilho e luz, o Papa caminhava.

Volto o espírito aos anos do passado
Como Alguém, que perdido em mar sozinho,
Queria um canto para estar deitado;

As raposas têm cova, as aves, ninho,
Apenas eu caminho fatigado
A temperar de lágrimas o vinho.

A platéia estava agitada, mas insensível. Mas o bispo Morehouse não se preocupava com isso. Prosseguia firmemente em seu caminho.

– Por isso, eu digo aos ricos entre vocês, e a todos os ricos, que vocês andam oprimindo cruelmente os cordeiros de Deus. Seus corações são duros como pedra e seus ouvidos não escutam as vozes que clamam da terra: vozes de dor e sofrimento; vozes que não desejam ouvir, mas que um dia terão de ouvir. E digo mais...

A essa altura, H. H. Jones e Philip Ward, que já haviam se levantado de suas cadeiras, retiraram o bispo do palanque, enquanto a audiência permanecia imóvel, atônita e chocada.

Ernest riu de forma grosseira e selvagem quando ganhou a rua. Sua risada me chocou e meu peito parecia que ia arrebentar de tanto que eu continha as lágrimas.

– Ele já lhes deu o recado – exultou Ernest. – A benevolência e a natureza delicada e profundamente retraída do bispo transbordaram, e seus ouvintes cristãos, que tanto gostavam dele, devem estar pensado que ele ficou louco! Viu como estavam preocupados em retirá-lo da plataforma? Devem ter rido um bocado no inferno por causa desse espetáculo.

– Seja como for, o que o bispo disse esta noite vai ter muita repercussão – eu disse.

– Acha mesmo? – indagou Ernest, escarnecendo.
– Vai provocar uma verdadeira sensação – afirmei. – Não viu como os repórteres rabiscavam como loucos enquanto ele falava?
– Nem uma linha disso vai aparecer nos jornais de amanhã.
– Não acredito nisso – gritei.
– Espere para ver – foi a resposta dele. – Nenhuma linha, nenhuma opinião. Os jornais? Jamais!
– Mas e os repórteres? Eu os vi.
– Nem uma palavra do que ele disse será impressa. Você se esquece dos editores. O que determina o salário que eles recebem são as políticas que eles mesmos traçam, e essa política consiste em não dizer nada que coloque em risco o sistema. As idéias do bispo representam uma agressão contra a moral estabelecida. Foi uma heresia. Eles o retiraram do palanque para que não blasfemasse mais. Os jornais purgarão essa heresia no anonimato do silêncio. A imprensa norte-americana? É um parasita que engorda às custas da classe capitalista. Sua função é servir o sistema moldando a opinião pública, e desempenha essa função muito bem.

– Vou fazer uma profecia. Os jornais de amanhã apenas mencionarão que o bispo não anda muito bem de saúde, que anda trabalhado demais e que teve um esgotamento nervoso a noite passada. Alguns dias depois, dirão que ele estava sofrendo dos nervos e que o seu agradecido rebanho tinha lhe dado férias. Depois, uma dessas duas coisas vai acontecer: ou o bispo reconhece o erro e volta de suas férias como um homem são, em cujos olhos não existem mais visões, ou persistirá em sua loucura e então veremos nos jornais, formulado com tristeza e compaixão, o anúncio de sua insanidade. No fim, ele irá gaguejar suas visões para as paredes... acolchoadas.

– Você não acha que está exagerando? – gritei.

– Aos olhos da sociedade, parecerá de fato algo insano. Que homem honrado, que não fosse insano, abrigaria em sua casa mulheres de rua e ladrões como se fossem seus irmãos? É claro que Cristo morreu entre dois ladrões, mas isso já é outra história. Insanidade? O raciocínio da pessoa de quem se discorda está sempre errado; logo, a mente dessa pessoa não funciona bem. Onde se situa o limite entre o engano e a loucura? É inconcebível que um homem são discorde radicalmente daquilo que o senso comum julga sadio.

– Há um bom exemplo disso no jornal da tarde: Mary M'Kenna, que vive na parte sul da rua do Mercado. É uma mulher pobre, mas honesta; e, além disso, é muito patriota. No entanto, tem idéias equivocadas a respeito da bandeira americana e da proteção que se supõe que ela simbolize. E o que foi que aconteceu com ela? Seu marido sofreu um acidente e ficou três meses no hospital. Apesar de ter lavado roupa para fora, atrasou o aluguel. Ontem, foi despejada. Mas, antes, ela içou uma bandeira americana, e sob as suas pregas, clamou que por virtude de sua proteção eles não poderiam jogá-la na rua fria. O que fizeram? Ela foi presa e acusada de insanidade. Hoje, foi examinada pelos especialistas legais, declarada insana e internada no hospício de Napa.

– Mas esse exemplo é um exagero – objetei. – Suponha que eu discordasse de todo mundo sobre o estilo literário de um livro. Não me mandariam para o hospício por causa disso.

– É verdade, porque esse tipo de divergência não constitui uma ameaça à sociedade. Nisso reside a diferença. Mas a divergência de opinião por parte de Mary M'Kenna e do bispo é, sim, uma ameaça à sociedade. E se todo pobre se recusasse a pagar aluguel e buscasse o refúgio da bandeira nacional? O mercado imobiliário iria à falência. As opiniões do bispo não são menos perigosas. Portanto, ao hospício com ele!

Mas eu ainda me recusava a acreditar.

– Espere e verá – disse Ernest.

E esperei. De manhã, pedi que me comprassem os jornais. Por enquanto, Ernest estava certo: nem sequer uma palavra do que o bispo Morehouse tinha dito fora impressa. Em um ou outro jornal, se dizia que ele havia sido dominado pela emoção. Contudo, a superficialidade dos oradores que falaram depois dele aparecia na íntegra.

Vários dias depois, uma pequena nota dizia que ele havia saído de férias para se recuperar do excesso de trabalho. Até aí, tudo bem, mas não era insanidade, nem mesmo colapso nervoso. Eu não imaginava o terrível percalço pelo qual o bispo haveria de passar: o Getsêmani e a crucificação previstos por Ernest.

Capítulo VIII

OS DESTRUIDORES DE MÁQUINAS

Pouco antes de Ernest se candidatar ao Congresso, pelo Partido Socialista, papai deu um jantar que, entre nós, chamava de "jantar de lucros e perdas", mas para Ernest era a ceia dos "destruidores de máquinas". Na verdade, era apenas um jantar de homens de negócios – pequenos empresários, evidentemente. Duvido de que algum deles tivesse investido em uma empresa capital maior do que duzentos mil dólares. Eram os legítimos representantes da classe média empresarial.

Entre eles estava o sr. Owen, da Silverberg, Owen & Company, um grande armazém com diversas filiais. Era dele que comprávamos os nossos mantimentos. Estavam também presentes os sócios de uma grande cadeia de farmácias, a Kowalt & Washburn, e o sr. Asmunsen, proprietário de uma pedreira de granito no condado de Contra Costa. Entre os convidados, havia também muitos homens como eles: proprietários, co-proprietários de pequenas manufaturas, pequenos negócios e pequenas indústrias; em suma, pequenos capitalistas.

Eram homens curiosos, de olhares astutos, que falavam com simplicidade e clareza. Todos se queixavam das corporações e dos monopólios, e o lema desses homens era o fim dos monopólios. Toda opressão vinha dos monopólios, e todos, sem exceção, batiam na mesma tecla. Advogavam o controle governamental sobre monopólios como o das ferrovias e dos telégrafos; advogavam também que essas empresas deveriam pagar um imposto de renda bastante elevado, demasiadamente progressivo, para acabar com a acumulação exagerada de capital.

Da mesma maneira, defendiam, como profilaxia para os males locais, o controle por parte do município de serviços de utilidade pública como água, gás, telefone e bondes.

As histórias do sr. Asmunsen sobre suas tribulações como dono de pedreira foram particularmente interessantes. Ele confessou que nunca obteve lucros com a pedreira, apesar do enorme volume de negócios provocado pela destruição de São Francisco por causa do grande terremoto. Durante seis anos, procedeu-se à reconstrução de São Francisco e seus negócios aumentaram de quatro a oito vezes, e nem por isso ele tinha melhorado de vida.

– A ferrovia conhece mais do meu negócio do que eu mesmo – disse ele. – Sabe para onde vai cada centavo dos meus gastos operacionais e conhece em pormenores os termos de meus contratos. Como sabe? Posso apenas imaginar. Deve ter espiões na minha firma e saber com quem assino os contratos. Veja bem, quando eu assino um contrato importante, cujos termos me proporcionam um bom lucro, a taxa de frete da pedreira para o mercado aumenta em seguida e sem explicações. A ferrovia fica com todo o meu lucro. Nessas circunstâncias, nunca consegui fazer com que a ferrovia reconsiderasse os aumentos. Por outro lado, quando há acidentes, aumento de custos operacionais, ou contratos menos vantajosos, sempre consigo que reduza essas taxas. Conclusão: seja o meu lucro alto ou baixo, a ferrovia sempre fica com ele.

– E o que lhe sobra, depois de tudo – interrompeu Ernest – é quase o mesmo que ganharia como gerente se a ferrovia fosse dona da pedreira.

– Isso mesmo – respondeu o sr. Asmunsen. – Pouco tempo atrás, fiz um balanço contábil dos últimos dez anos e descobri que meus ganhos nesse tempo equivaliam aos salários de um gerente. Era melhor que a ferrovia comprasse a pedreira e me contratasse para dirigi-la.

– Mas dessa forma, a ferrovia teria de assumir os riscos, e isso o senhor faz para ela com toda a gentileza – riu Ernest.

– É verdade – concordou o sr. Asmunsen, meio desanimado.

Depois de deixá-los falar, Ernest começou a fazer-lhes perguntas.

– É verdade que o senhor instalou uma filial aqui em Berkeley seis meses atrás?

– É – respondeu o sr. Owen.

— E observei que desde então três pequenos armazéns de esquina fecharam. A sua filial foi responsável por isso, não foi?

— Eles não tinham a menor condição de lutar contra nós, afirmou o sr. Owen com um sorriso de satisfação.

— Por que não?

— Porque tínhamos um capital bem maior, o que em um grande negócio significa menos desperdício e maior eficiência.

— E sua filial absorvia os lucros das outras três empresas. Entendo. Mas, diga-me uma coisa: o que aconteceu aos donos dessas lojas?

— Um deles é hoje nosso entregador. Os outros dois, não sei que fim levaram.

Ernest voltou-se de repente para o sr. Kowalt.

— O senhor vendeu uma grande quantidade de mercadorias por preço muito baixo[1], não foi? O que aconteceu com os donos das farmácias que o senhor colocou contra a parede?

— Um deles, o sr. Haasfurther, é hoje encarregado de nosso departamento de receitas — respondeu o sr. Kowalt.

— E o senhor absorveu os lucros que eles vinham obtendo?

— Certamente. É para isso que estamos no negócio.

— E o senhor? — Ernest dirigiu-se abruptamente para o sr. Asmunsen. O senhor está indignado pelo fato de a ferrovia absorver seus lucros, não é?

O sr. Asmunsen concordou.

— E o que deseja é que os lucros vão para o senhor?

O sr. Asmunsen concordou de novo.

— Às custas dos outros?

Não houve resposta.

— Às custas dos outros? — insistiu Ernest.

— É assim que se lucra — respondeu o sr. Asmunsen categoricamente.

— Quer dizer que o jogo do comércio é ganhar dinheiro às custas dos outros e evitar que eles façam o mesmo com os senhores, não é?

---

[1] Vender mercadorias a um preço muito baixo, e mesmo abaixo do custo, era um procedimento que favorecia uma empresa grande, pois esta empresa poderia acumular perdas por um período muito maior do que uma companhia pequena, com o objetivo de expulsá-la dos negócios. Tratava-se de um procedimento competitivo.

Ernest teve de repetir a pergunta antes que o sr. Asmunsen respondesse:

– Sim, é isso mesmo, só que não somos contrários a que os outros também lucrem, desde que não seja uma exorbitância.

– Exorbitante é o mesmo que volumoso, e o senhor não seria contra um grande volume de lucros se ele o beneficiasse, não é verdade?

E o sr. Asmunsen, de maneira cordial, confessou a sua fraqueza.

Um outro convidado, o sr. Calvin, que no passado tinha sido dono de um grande laticínio, também foi interrogado por Ernest naquela ocasião.

– Há algum tempo, o senhor estava lutando contra o monopólio do leite, disse-lhe Ernest, e hoje está com a política dos pecuaristas[2]. Como foi que isso aconteceu?

– Ah, eu desisti de lutar – o sr. Calvin respondeu, e parecia bastante hostil. – Luto contra o monopólio no único terreno onde é possível lutar, o terreno político. Deixe-me explicar-lhe. Alguns anos atrás, nós, leiteiros, arranjávamos as coisas do jeito que queríamos.

– Mas os senhores competiam entre si? – interrompeu Ernest.

– Sim, o que mantinha os lucros baixos. Tentamos nos organizar, mas os laticínios independentes sempre acabavam nos passando a perna. Foi quando apareceu o monopólio do leite.

– Financiado por capital excedente da Standard Oil[3] – disse Ernest.

– É verdade – reconheceu o sr. Calvin –, mas não sabíamos disso na época. Seus agentes nos abordaram com a proposta de um clube. "Venha e engorde", era a proposta, "ou morra de fome". A maioria foi; os que não foram minguaram. Foi vantajoso... no começo; o leite subiu um centavo por litro; 25 por cento disso foram para nós; 75 por cento, para o monopólio. Então, o leite subiu mais um centavo e nós não recebemos nem

---

[2] Muitos esforços foram feitos durante esse período para organizar a moribunda classe agropecuária em um partido político. O objetivo era acabar com os monopólios e as corporações por meio de uma legislação rigorosa. Essa tentativa redundou em fracasso.

[3] O primeiro grande monopólio a ser bem-sucedido; estava uma geração à frente do resto.

um por cento disso. E não adiantava reclamar. O monopólio mandava. Descobrimos que éramos apenas peões em um jogo de xadrez. Finalmente, aqueles 25 por cento nos foram negados e o monopólio começou a nos deixar de lado. O que podíamos fazer? Fomos postos para fora. Não existiam mais leiteiros, existia apenas o monopólio do leite.

– Mas com o leite dois centavos mais caro, creio que tinham como concorrer – Ernest sugeriu com esperteza.

– Foi o que pensamos e tentamos fazer – o sr. Calvin parou por um momento. – Isso nos quebrou. O monopólio despejou leite no mercado mais barato do que nós. E enquanto nós tínhamos prejuízo, eles tinham ainda um pouco de lucro. Gastei cinqüenta mil dólares naquela aventura. Muitos de nós foram à falência[4]. E os leiteiros foram varridos do mapa.

– Então o monopólio tirou o lucro dos senhores, e os senhores entraram para a política para criar uma legislação com o objetivo de varrê-los do mapa e pegar o lucro de volta?

O sr. Calvin sorriu:

– É exatamente isso o que digo aos criadores de gado nos meus discursos. A nossa intenção é toda essa.

– E apesar disso o monopólio do leite continua produzindo leite mais barato do que os leiteiros independentes? – perguntou Ernest.

– E por que não produziriam, com a organização que têm, máquinas novas e capital?

– Quanto a isso, não há discussão – respondeu Ernest. – Não apenas produziriam, como de fato produzem.

O sr. Calvin lançou-se em um discurso político para expor seu ponto de vista. Foi calorosamente seguido por outros e todos clamavam a destruição dos monopólios.

– Pobres simplórios – disse-me Ernest ao ouvido. – Eles enxergam claramente até onde a visão alcança; quer dizer: até a ponta do nariz.

Pouco mais tarde, voltou ao assunto, e como lhe era característico, controlou a situação pelo resto da tarde.

– Ouvi atentamente cada um dos senhores – começou –, e

---

[4] Falência: instituição peculiar que permite que um indivíduo, que fracassou na competição industrial, continue a pagar as suas dívidas. A intenção era diminuir as condições, selvagens demais, da encarniçada luta social.

percebo com clareza que participam do jogo do mercado agindo de forma ortodoxa. Nada lhes interessa mais na vida do que os lucros. Acreditam firmemente, e agem segundo esta crença, que foram criados com o único propósito de gerarem lucros. Só há um problema. Quando começam a obter lucro, vêm os monopólios e o retiram dos senhores. É um dilema que interfere bastante na vontade de criar, e a única forma, como lhes parece, seria destruir aquilo que tira os lucros das suas mãos.

– Ouvi-os atentamente, e só há um nome para defini-los. Devo chamá-los por ele. Os senhores são os destruidores de máquinas. Sabem o que significa isso? Vou dizer-lhes. No século XVIII, na Inglaterra, homens e mulheres trabalhavam em teares manuais, em suas próprias casas. Esse sistema caseiro de manufatura era um método lento, rudimentar e dispendioso. Paralelamente, apareceram a máquina a vapor e um maquinário que reduzia o tempo de produção. Mil máquinas de tear colocadas em uma fábrica grande e controladas por um mecanismo central teciam roupas a um custo infinitamente mais baixo da que a confeccionada pelos tecelões em suas máquinas manuais. Na fábrica, ocorreu uma associação, um conglomerado que quase pôs termo à concorrência. Homens e mulheres que trabalhavam em teares manuais por conta própria passaram a trabalhar nas fábricas em máquinas de tear, não para si próprios, mas para os proprietários capitalistas. E isso não era tudo. Crianças pequenas passaram a trabalhar nos teares mecânicos com salários baixos e passaram a ocupar as vagas dos mais velhos. Isso foi um golpe duro para os trabalhadores adultos: seu padrão de vida caiu, começaram a passar fome e a dizer que era tudo culpa das máquinas. Logo, decidiram destruir as máquinas. Eles não tiveram sucesso; eram muito ingênuos.

– Os senhores, no entanto, ainda não aprenderam a lição deles. Ei-los, um século e meio depois, tentando destruir máquinas. Segundo os senhores mesmos, as máquinas dos monopólios fazem o trabalho de maneira mais eficiente e barata do que os senhores fariam. Eis por que não podem competir com eles. E, apesar disso, querem destruir essas máquinas. São ainda mais ingênuos do que aqueles trabalhadores da Inglaterra. E, enquanto resmungam que a concorrência deve ser restaurada, os monopólios os destroem.

– Todos falam a mesma coisa: o fim da concorrência e a

chegada dos conglomerados. O sr. Owen acabou com a concorrência aqui em Berkeley quando sua filial colocou os três pequenos armazéns para fora do ramo. O conglomerado dirigido por ele foi mais eficiente. Apesar disso, sente-se pressionado por outros conglomerados, os monopólios, e se lamenta. Simplesmente por que não possui um monopólio. Se tivesse armazéns espalhados por todo o país, estaria batendo em outra tecla e abençoando os monopólios. E mesmo assim, não apenas a sua empresa não representa um monopólio como também o dono teme a própria fraqueza. Começa a pressentir o próprio fim. Sente-se a si mesmo e à sua empresa como peões em um tabuleiro de xadrez. Vê enormes lucros aumentarem e se tornarem maiores a cada dia; vê mãos que lhe tomam os lucros pouco a pouco: o monopólio ferroviário, o monopólio petrolífero, o monopólio do aço, do carvão; e sabe que elas, no final, o destruirão e lhe tomarão até o último centavo dos seus minguados lucros.

– O senhor é um jogador fraco, sr. Owen. Quando pressionou aquelas três quitandas para fora do negócio, aqui em Berkeley, graças ao seu poderoso conglomerado, encheu o peito, falou sobre eficiência e empreendimento, e mandou sua esposa para a Europa graças ao lucro que o senhor ganhou por engolir aquelas três. Um devora o outro, e o senhor os devorou. Mas, por outro lado, está sendo devorado por feras mais vorazes que o senhor, razão pela qual anda se debatendo. E o que eu digo vale para todos os senhores a esta mesa. Todos gritam desesperados; todos estão participando de um jogo que já perderam e por causa disso se desesperam.

– Mas enquanto esperneiam não expõem o problema diretamente, ao contrário de mim. Os senhores não dizem que gostam de espremer o lucro dos outros, mas que se lamentam pelo fato de outros espremerem os lucros dos senhores. Não, são muito espertos para isso. E dizem mais. Fazem o discurso de pequenos capitalistas como o fez o sr. Calvin. O que disse ele? Eis algumas de suas frases que selecionei: "Nossos princípios originais são corretos". "Esse país precisa é voltar aos métodos americanos fundamentais, o que significa liberdade de oportunidade para todos." "O espírito de liberdade no qual esse nação foi fundada." "Retomemos os princípios de nossos antepassados."

– Quando diz "oportunidade para todos", ele quer dizer liberdade de oportunidade para extrair lucros, liberdade essa que lhe está sendo negada por culpa dos monopólios. E o absurdo por trás disso é que os senhores repetem com tanta freqüência essas frases que acabam acreditando nelas. Querem ter a oportunidade de pilhar seus colegas nos pequenos negócios deles, mas se iludem ao acreditar que aquilo que querem é liberdade. São vorazes e possessivos, mas o encanto de suas frases os leva a acreditar que são patriotas. O desejo que têm por lucros, que é de um egoísmo absoluto, os senhores transformam em uma aspiração altruísta para com a humanidade sofredora. Vamos, pelo menos desta vez sejam honestos para consigo próprios. Encarem o assunto e ponham-no nos seus devidos termos.

Alguns rostos na mesa ficaram corados, outros com raiva, e tudo isso misturado com medo. Estavam um pouco assustados com esse colega imberbe, com o ritmo e as pausas de suas palavras e com a maneira pela qual ele dava nome aos bois. O sr. Calvin respondeu prontamente:

– E por que não? Por que não podemos retomar os métodos de nossos pais, os fundadores da república? O senhor diz muitas verdades, sr. Everhard, difíceis de serem engolidas contudo. Mas deixe que nós falemos um pouco. Tiremos todo disfarce e aceitemos as verdades que o sr. Everhard de maneira tão direta colocou. É verdade que os capitalistas, mesmo os mais insignificantes, estão atrás de lucros, e que os monopólios tiram os lucros de nós. É verdade que desejamos destruí-los para que os nossos lucros permaneçam conosco. E por que não podemos fazê-lo? Por que não? Repito: por que não?

– Ah, chegamos enfim ao que interessa – disse Ernest com ar de satisfação. – Tentarei dizer-lhe por que não, embora isso possa ser um pouco complicado. Os senhores, colegas, estudaram negócios, em um sentido restrito, mas nunca estudaram a evolução social. Os senhores estão no meio de um período de transição econômica, mas não compreendem isso, eis o porquê da confusão. Por que não podem retroceder? Porque não! Não podem fazer a marcha da evolução econômica andar para trás pelo mesmo caminho em que avança, da mesma maneira que não podem fazer a água correr morro acima. Josué fez o sol deter-se sobre Gibeão* e os senhores querem sobrepujá-lo.

---

* Josué 10, 12 .(N.T.)

Fariam o sol andar para trás no céu. Fariam o tempo retroceder seus passos do entardecer para o alvorecer.

– Diante de um maquinário que economiza tempo, de uma produção organizada, do melhoramento da eficiência e diante das fusões, ou conglomerados, fariam o sol voltar atrás toda uma geração, ou mais até o tempo em que não havia grandes capitalistas, grandes maquinarias, estradas de ferro... um tempo em que um exército de pequenos capitalistas travava uma luta anárquica; um tempo em que a produção era primitiva, cheia de desperdícios, desorganizada e cara. Acreditem, a tarefa de Josué era mais simples, e ele ainda contou com Jeová para ajudá-lo. Mas, quanto aos senhores, Deus os abandonou: o sol, para os pequenos capitalistas, está entrando no ocaso e nunca se porá novamente. E os senhores nem sequer possuem o poder de fazê-lo deter-se. Os senhores estão à beira da extinção, e vaticinados a serem varridos da face da sociedade.

– Esse é o decreto da evolução. É a palavra de Deus. A fusão é mais forte do que a competição. O homem primitivo era uma criatura frágil que se escondia nas fendas das rochas. Ele se agrupou para lutar contra os seus inimigos carnívoros. Estes eram feras competitivas. Os homens primitivos eram feras que se fundiram, se agruparam, e por causa disso atingiram a supremacia sobre todos os animais. E o homem tem feito fusões cada vez maiores desde sempre. Trata-se de *fusão* contra *competição*, uma luta de centena de milhares de anos, na qual a competição tem sempre levado a pior. Aqueles que se alistam nas fileiras da competição sempre perecem.

– Mas os próprios monopólios surgiram a partir da competição – interrompeu o sr. Calvin.

– É verdade – respondeu Ernest –, e os próprios monopólios acabaram com ela. De acordo com o senhor mesmo, é por isso que não está mais no mercado do leite.

Pela primeira vez naquela noite, riram à mesa, e mesmo o sr. Calvin contribuiu com as risadas.

– E agora, enquanto ainda estamos falando de monopólios – Ernest continuou –, deixemos claras algumas coisas. Vou fazer certas considerações, e se não estiverem de acordo com elas, pronunciem-se. O silêncio significará consentimento. Não é fato que o tear mecânico produz mais tecido, e a um custo menor do que os teares manuais?

Ele parou um instante, mas ninguém falou nada.

– Não seria então bastante irracional destruir os teares mecânicos e voltar ao método manual, mais precário e dispendioso?

Algumas cabeças concordaram.

– Não é verdade que aquelas fusões, conhecidas como monopólios, produzem com mais eficiência e a um custo menor do que mil pequenas empresas em competição?

Nenhuma objeção.

– Então, não seria irracional destruir essa fusão barata e eficiente?

Ninguém respondeu, durante um longo tempo, até que o sr. Kowalt falou:

– O que faremos então? Destruir os monopólios é a única forma que enxergamos de escapar do seu domínio.

Ernest se inflamava:

– Vou mostrar-lhe outra maneira. Em vez de destruir essas máquinas maravilhosas que produzem com eficiência e pouco gasto, por que não as controlamos? Por que não passamos a lucrar com a eficiência e o pouco gasto? Por que não tirá-las dos proprietários atuais e possuí-las nós mesmos? Isso, cavalheiros, é socialismo, uma fusão muito maior do que os monopólios, uma fusão social e econômica maior do que qualquer outra que já apareceu na face da terra. Pertence ao curso da evolução. Enfrentamos a fusão com uma fusão ainda maior. Esse é o lado vencedor. Juntem-se a nós socialistas e lutem no lado vencedor.

Nesse ponto, surgiram discórdias. Houve um balançar de cabeças e murmúrios começaram a ser ouvidos.

– Muito bem; os senhores preferem o anacronismo – gracejou Ernest. – Preferem cumprir papéis atávicos. Estão condenados a perecer como perecem todos os atavismos. Já se perguntaram alguma vez o que lhes acontecerá quando monopólios ainda maiores que os de hoje aparecerem? Já pensaram aonde irão parar quando os grandes monopólios se fundirem entre si criando gigantescos monopólios sociais, econômicos e políticos?

Voltou-se de súbito para o sr. Calvin, sem muita consideração.

– Diga-me se isso não é verdade – continuou. – O senhor é obrigado a formar um novo partido político porque os velhos estão nas mãos dos monopólios. O maior obstáculo à sua propaganda ruralista são os monopólios. Por trás de cada um dos obstáculos que tem diante de si, de cada golpe que sofre, de

cada derrota, está a mão do monopólio. É verdade ou não? Diga-me.
O sr. Calvin permaneceu em um silêncio constrangedor.
– Vamos! – incitou-o Ernest.
– É verdade – admitiu o sr. Calvin. – Tomamos a legislação do Estado de Oregon e a transformamos em uma magnífica legislação protetora, e ela foi vetada pelo Governador, uma cria dos monopólios. Elegemos o governador do Colorado, e a legislação não permitiu que ele tomasse posse. Por duas vezes, apresentamos uma proposta de imposto de renda e por duas vezes a Corte Suprema esmagou-a como inconstitucional. Os tribunais estão nas mãos dos monopólios. Nós, o povo, não pagamos nossos juízes o suficiente. Mas chegará o dia...
– Em que a fusão dos monopólios controlará todas as leis; em que a fusão dos monopólios será o próprio Governo – interrompeu Ernest.
– Nunca! Jamais! – gritaram.
Todos estavam inflamados e com raiva.
– Digam-me – falou Ernest – o que farão no dia em que isso acontecer?
– Nós nos insurgiremos – gritou o sr. Asmunsen, e muitas vozes o acompanharam.
– Será uma guerra civil – Ernest alertou.
– Que seja – o sr. Asmunsen respondeu em coro com os gritos de todos à mesa. – Não nos esquecemos dos feitos de nossos antepassados. Em nome da liberdade, estamos dispostos a lutar e a morrer.
Ernest sorriu.
– Não se esqueçam – disse ele – de que concordamos tacitamente que liberdade, no caso dos senhores, significa liberdade para espoliar o lucro alheio.
A raiva predominava à mesa, uma raiva ameaçadora, mas Ernest controlou o tumulto e se fez ouvir.
– Mais uma pergunta: quando os senhores se insurgirem pelo fato de o governo estar nas mãos dos monopólios, contra a sua revolta o governo usará o exército, a marinha, a guarda nacional, a polícia; ou seja, toda a máquina de guerra do país. De que adiantará então a sua revolta?
O desânimo transparecia no rosto deles, e antes que pudessem se recuperar, Ernest golpeou-os novamente.

– Os senhores se lembram de quando o nosso exército contava apenas com cinqüenta mil homens? Não faz muito tempo. Foi crescendo ano a ano e hoje conta com trezentos mil homens. Mais um golpe.

– E isso não é tudo. Enquanto os senhores, diligentemente, perseguiam esse fantasma chamado lucro, e faziam discursos moralistas sobre esse objeto venerado chamado concorrência, coisas ainda maiores e mais objetivas estavam sendo realizadas pelas fusões. As milícias.

– A nossa força – gritou o sr. Kowalt. – Com ela repeliremos a invasão das forças regulares.

– Os senhores podem ser convocados para as milícias – foi a réplica de Ernest – e mandados para o Maine, Flórida, Filipinas ou qualquer outra parte para derramar o sangue de seus camaradas nessa guerra civil em nome da liberdade deles. E do Kansas, do Wisconsin, ou de qualquer outro Estado, seus próprios camaradas virão até a Califórnia para derramar o sangue dos senhores.

Estavam todos em choque. Permaneceram calados, até que o sr. Owen murmurou:

– Não entraremos para as milícias. Isso ficaria claro. Não seríamos tão estúpidos.

Ernest começou a rir.

– Os senhores não entendem o tipo de fusão que se estabeleceu. Não teriam como escapar; seriam recrutados pelas milícias.

– Existe uma coisa chamada direito civil – o sr. Owen insistiu.

– Não quando o governo o suspende. No dia em que estiverem falando de insurreição, essa insurreição se voltará contra os senhores. Seriam incorporados às milícias quer queiram quer não. Ouvi alguém falar de *habeas corpus*. Em vez de *habeas corpus* receberia o atestado de óbito. Se se recusarem a participar das milícias, ou deixarem de obedecer quando estiverem engajados, serão julgados por uma corte marcial e fuzilados como cães. Esse é a lei, esse é o direito.

– Não é não – afirmou o sr. Calvin categoricamente. – Não existe uma lei como essa. Jovem, você imaginou tudo isso. Por que fala em mandar milícias às Filipinas? Isso é inconstitucional. A Constituição estabelece especificamente que as milícias não podem ser mandadas para fora do país.

– O que a Constituição tem que ver com isso? – replicou Ernest. – Os tribunais interpretam a Constituição, e os tribunais, como o próprio sr. Asmunsen concorda, são crias dos monopólios. Além do mais, é a lei, como eu disse. E essa tem sido a lei durante anos, durante nove anos, cavalheiros.

– Que podemos ser convocados pelas milícias? – perguntou o sr. Calvin, incrédulo. – Que podemos ser fuzilados por decisão de uma corte marcial se nos recusarmos?

– Exatamente – respondeu Ernest.

– Como é que nunca ouvimos falar dessa lei? – Meu pai perguntou, e pude perceber que isso era uma novidade para ele.

– Por duas razões – disse Ernest. – Primeiro, não houve necessidade de impô-la, caso contrário já teria ouvido falar dela. Segundo, a lei foi levada às pressas para o Congresso e para o Senado em segredo, sem praticamente nenhuma discussão. É claro que os jornais não falaram sobre isso. Mas nós socialistas ficamos sabendo. Reportamos isso nos nossos jornais. Mas os senhores nunca os lêem!

– Eu ainda insisto que você está imaginando coisas – teimou o sr. Calvin. – O país nunca permitiria algo assim.

– Mas o país permitiu – replicou Ernest. – E quanto à minha imaginação... – Colocou a mão no bolso e tirou dali um pequeno panfleto. – Diga-me se isso é imaginário.

Ele abriu o panfleto e começou a lê-lo.

– "Seção I, que passe a vigorar, nã-nã-nã, nã-nã-nã, que as milícias devam ser constituídas de qualquer cidadão capaz, do sexo masculino, dos respectivos Estados, Territórios e do Distrito de Colúmbia, que tenha idade superior a 18 anos e inferior a 45."

– "Seção VII, que todo oficial ou recruta..." Lembrem-se da Seção I, cavalheiros: todos os senhores já estão alistados. "... que qualquer recruta das milícias que se recuse ou deixe de se apresentar à sua junta de alistamento depois de ser convocado, conforme o que está disposto acima, estará sujeito a julgamento em corte marcial e punição de acordo com o que ela sentenciar."

– "Seção VIII, que as cortes marciais, para os julgamentos dos oficiais ou soldados das milícias, serão compostas apenas por oficiais da guarda nacional."

– "Seção IX, que a guarda nacional, quando chamada a servir o país, estará sujeita às mesmas normas e artigos de guerra que as tropas regulares dos Estados Unidos."

– Aqui está, cavalheiros, cidadãos americanos e colegas de

milícia. Nove anos atrás os socialistas acreditavam que a lei era uma imposição contra o operário. Mas parece que ela se dirigia contra os senhores também. O deputado Wiley, em um pequeno debate que foi autorizado, disse que o projeto havia sido "criado para estabelecer uma força de reserva para pegar a gentalha pelo pescoço..." os senhores são essa gentalha, cavalheiros, "... e proteger a vida, a liberdade e os pobres de todo perigo." Assim, quando pegarem em armas, lembrem-se de que estarão lutando contra o direito que os monopólios têm, assegurado por lei, de subtrair os lucros dos senhores. Eles lhes arrancaram as presas, cavalheiros. Cortaram-lhes as garras. No dia em que pegarem em armas, sem presas nem garras, serão tão inofensivos quanto um exército de ostras.

– Não acredito – gritou Kowalt. – Essa lei não existe. É uma fábula inventada por vocês, socialistas.

– Essa lei deu entrada na Câmara dos Deputados no dia 30 de julho de 1902 – respondeu. – Foi proposta pelo deputado Dick de Ohio, foi votada às pressas e aprovada por unanimidade pelo Senado no dia 14 de janeiro de 1903. E, apenas sete dias depois, sancionada pelo Presidente da República[5].

---

[5] Everhard estava certo no essencial, apesar de a data de apresentação da lei estar errada. A lei foi proposta no dia 30 de junho e não no dia 30 de julho. *O Registro das sessões do Congresso* está aqui em Ardis, e faz referência a essa lei nas seguintes datas: 30 de junho, 9, 15, 16 e 17 de dezembro de 1902 e janeiro de 1903. A ignorância revelada pelos empresários durante o jantar não era nada extraordinária. Poucas pessoas sabiam da existência dessa lei. E. Untermann, um revolucionário, em julho de 1903, publicou um panfleto em Girard, no Kansas, sobre o "Projeto de lei das milícias". Alguns exemplares desse panfleto circulou entre os trabalhadores; mas, por causa do aprofundamento da segregação de classes, os membros da classe média não tiveram acesso ao panfleto e, assim, continuaram a ignorar a existência da lei.

Capítulo IX

A MATEMÁTICA DE UM SONHO

Em meio à consternação provocada por ele, Ernest retomou a palavra:
– Vários dos senhores, esta noite, andaram dizendo que o socialismo é impossível. Já que definiram o impossível, deixem-me demonstrar-lhes o inevitável. Não apenas é inevitável que os senhores, pequenos capitalistas, sejam exterminados, mas é também inevitável que os grandes capitalistas, inclusive os monopólios, o sejam. Lembrem-se, a marcha da evolução nunca anda para trás. Segue sempre em frente: caminha da concorrência para as fusões, das pequenas fusões para as grandes fusões, das grandes fusões para as fusões gigantescas e daí para o socialismo, que é a combinação mais gigantesca de todas.
– Dizem que sonho. Muito bem. Revelarei aos senhores a matemática do meu sonho, e, adiantando, desafio-os a demonstrar que meus cálculos estejam errados. Vou demonstrar por que a derrocada do sistema capitalista é inevitável, e provar matematicamente por que esse sistema deverá acabar. Aqui vai, mas tenham paciência comigo se eu parecer irrelevante no começo.
– Vamos, primeiramente, investigar um processo industrial determinado, e sempre que eu afirmar algo com o que não estejam de acordo, interrompam-me, por favor. Imaginemos uma fábrica de sapatos. Ela pega o couro e o transforma em sapatos. Tomemos cem dólares em couro como exemplo. Essa quantia entra na fábrica e sai na forma de sapatos, custando, digamos, duzentos dólares. O que aconteceu? Cem dólares foram acrescentados ao valor do couro. Como foi que isso aconteceu? Vejamos.

– Esses cem dólares foram acrescentados pelo capital e pelo trabalho. O capital fornece a fábrica, as máquinas e paga todos os custos da produção. O trabalho fornece a mão-de-obra. Graças aos esforços combinados de capital e trabalho, cem dólares de valor foram agregados à mercadoria. Até aqui, todos concordam?

Afirmaram que sim com as cabeças.

– Vamos dividir esses cem dólares que o trabalho e o capital produziram. As estatísticas dessa divisão são fracionadas; mas, por conveniência, vamos supor que sejam iguais; assim, o capital fica com cinqüenta dólares e o trabalho, a título de salários, com os outros cinqüenta dólares. Não vamos polemizar a respeito da divisão[1]. Não importa quanta polêmica tenha sido levantada, seja qual for a proporção a divisão é feita. E notemos aqui que aquilo que é verdadeiro nesse processo industrial peculiar é verdadeiro para qualquer outro processo industrial. Está claro?

Mais uma vez, toda a mesa concordou com Ernest.

– Então, suponhamos que o trabalho, tendo recebido os seus cinqüenta dólares, queira comprar de volta seus sapatos. Poderia comprar apenas cinqüenta dólares. Está claro?

– Agora, vamos transferir esse raciocínio para a soma total de todo o processo industrial dos Estados Unidos, o qual engloba o couro, que é a matéria-prima, o transporte, a venda, tudo enfim. Digamos, para arredondar os cálculos, que a produção total de riqueza nos Estados Unidos em um ano seja de quatro bilhões de dólares. Logo, o trabalho terá recebido, em salários, durante o mesmo período, dois bilhões de dólares. Quatro bilhões foram produzidos. Quanto do que foi produzido o trabalho poderá comprar? Dois bilhões. Não há discussão quanto a isso, tenho certeza. Para chegar nesses valores, meus cálculos foram modestos. Devido a toda espécie de sortilégios capitalistas, o trabalho não consegue comprar nem mesmo a metade do que produz.

– Mas, continuando de onde estávamos, diremos que o trabalho tenha comprado dois bilhões. Então, isso significa que

---

[1] Everhard expõe claramente aqui a causa de todos os problemas do trabalho daquela época. Na divisão do produto, o capital procurava ficar com o máximo possível e o trabalho também. Esse disputa sobre a divisão era irreconciliável. Desde os primórdios do sistema de produção capitalista, o trabalho e o capital brigaram pela divisão do produto conjunto de ambos. É um espetáculo ridículo para nós, mas não devemos nos esquecer de que estamos sete séculos na frente.

podemos argumentar que o trabalho pode consumir apenas dois bilhões. Há ainda dois bilhões que devemos considerar, os quais o trabalho não pode comprar de volta e consumir.

– O trabalho não consome mesmo seus dois bilhões – disse o Sr. Kowalt. – Se o fizesse, não haveria nenhum dinheiro depositado nas caixas econômicas.

– O depósito nas caixas econômicas advindo do trabalho representa apenas uma espécie de fundo de reserva que é consumido tão rapidamente quanto é acumulado. Esses depósitos são garantias para a velhice, doença, acidentes e despesas funerárias. Os depósitos bancários são simplesmente um pedaço de pão colocado de volta na gaveta para ser comido no dia seguinte. Não, o trabalho consome todo o produto que seus salários podem comprar de volta. Dois bilhões ficam para o capital. Depois de pagar seus gastos, ele consome o restante? O capital consome todos os seus dois bilhões?

Ernest parou e deixou a pergunta para que alguns a respondessem. Eles acenaram com a cabeça.

– Não sei – disse um deles, com sinceridade.

– É claro que sabem – continuou Ernest. – Parem e pensem. Se o capital consome sua parte, o valor total do capital não poderia crescer. Permaneceria constante. Se olharem para a história econômica dos Estados Unidos, verão que a soma total do capital tem aumentado continuamente. Logo, o capital não consome sua parte. Lembram-se de quando a Inglaterra comprou uma grande quantidade de títulos das estradas de ferro americanas? Alguns anos depois, compramos de volta esses títulos. O que quero dizer com isso? Que uma porcentagem da parte do capital que não foi consumido comprou de volta os títulos. Qual o significado do fato de que hoje os capitalistas dos Estados Unidos possuem milhões e milhões de dólares de títulos mexicanos, russos, italianos e gregos? Isso significa que esses milhões faziam parte daquela quantia do capital que o capital não consome. Além do mais, desde o começo do sistema capitalista, o capital nunca consumiu toda a sua parte.

– Agora, vamos ao ponto. Quatro bilhões de dólares em riqueza são produzidos em um ano nos Estados Unidos. O trabalho compra de volta aquilo que produziu e consome os seus dois bilhões. Contudo, o capital não consome os outros dois bilhões restantes. Por isso resta um grande saldo devido àquilo que não foi consumido. O que é feito com esse saldo? O que pode ser feito com ele? O trabalho não pode consumir nada disso, pois já gastou tudo o que recebeu. Quanto ao capital, não consumirá esse saldo, porque, de acordo com a sua natureza, já terá consumido tudo o que pôde. E ainda assim, o saldo permanece. O que pode ser feito com ele? O que é feito com ele?

– É vendido para o exterior – arriscou o sr. Kowalt.

– É isso mesmo – concordou Ernest. – Por causa desse saldo, surge a necessidade de um mercado externo. É vendido para o exterior. Tem de ser vendido para o exterior. Não há outra maneira de se livrar dele. E aquele excedente que não foi consumido, que foi exportado, torna-se o que chamamos superávit na balança comercial. Todos concordamos até aqui?

– Certamente é uma perda de tempo ficar elaborando esses rudimentos de comércio – disse o sr. Calvin com sarcasmo. – Todos os conhecemos muito bem.

– Mas é por meio desses rudimentos, que elaborei tão cuidadosamente, que vou confundi-los – retrucou Ernest. Aí é que está a beleza disso. Vou confundi-los com eles agora mesmo. Vejamos:

– Os Estados Unidos são um país capitalista que desenvolveu seus próprios recursos. De acordo com seu sistema capitalista industrial, possui um excedente que não foi consumido, do qual deveria se livrar, exportando[2]. O que é verdade para os Estados Unidos é verdade também para qualquer outro país capitalista desenvolvido. Cada um desses países possui um excedente que não foi consumido. Não nos esqueçamos de que eles já comerciaram entre si e de que esses excedentes continuam existindo. O trabalho em todos esses países já gastou seus recebimentos e não pode comprar nem um pouco desses excedentes. O capital

---

[2] Theodore Roosevelt, Presidente dos Estados Unidos, poucos anos antes disso, fez a seguinte declaração pública: "Uma reciprocidade mais ampla e liberal na compra e venda de bens de consumo é necessária, de forma que o excedente do país possa ser posto à disposição dos países estrangeiros de forma satisfatória". É claro que esse excedente mencionado por ele eram os lucros do sistema capitalista sobre e além do poder de consumo dos capitalistas. Foi nessa época que o senador Mark Hanna disse: "A produção de riquezas nos Estados Unidos é um terço maior do que o consumo, anualmente". E o senador Chauncey Depew se expressa assim: "O povo americano produz por ano dois bilhões a mais do que consome".

em todos esses países já consumiu tudo o que podia de acordo com a sua própria natureza. E ainda existem excedentes. Esses países não podem dispor desses excedentes vendendo-os uns para os outros. Como podem se livrar deles, então?

– Vendendo-os para países subdesenvolvidos – sugeriu o sr. Kowalt.

– É isso mesmo. Percebem, o meu argumento é tão claro e simples que os senhores o desenvolvem sozinhos. Vamos em frente. Suponhamos que os Estados Unidos coloquem seus excedentes à disposição de países subdesenvolvidos como, digamos, o Brasil. Lembremo-nos de que esses excedentes estão além do comércio, cujos artigos de consumo já foram comprados. O que, então, os Estados Unidos conseguiriam do Brasil?

– Ouro – disse o sr. Kowalt.

– Mas a quantidade de ouro que existe no mundo já basta – objetou Ernest.

– Ouro em forma de papéis – corrigiu o sr. Kowalt.

– Acertou em cheio – disse Ernest. – Do Brasil, os Estados Unidos, em troca de seu excedente, obtêm letras e títulos. O que isso significa? Significa que os Estados Unidos vão comprar estradas de ferro, fábricas, minas e terras no Brasil. E qual é a contrapartida?

O sr. Kowalt ponderou e balançou a cabeça.

– Vou dizer-lhes, – continuou Ernest. – Significa que os recursos do Brasil estão sendo desenvolvidos. Quando o Brasil estiver sob o sistema capitalista e tiver desenvolvido seus recursos, ele próprio terá um excedente que não foi consumido. Poderia ele se livrar desse excedente nos Estados Unidos? Não, porque os Estados Unidos têm seu próprio excedente. Podem os Estados Unidos fazer o que faziam antes, livrar-se de seu excedente no Brasil? Não, pois o Brasil agora possui o seu. O que acontece, então? Os Estados Unidos e o Brasil devem, os dois, procurar outros países subdesenvolvidos para neles descarregar o seu excedente. Mas devido ao próprio processo de descarregamento de excedentes, os recursos desses países estarão em vias de desenvolvimento. Logo terão também seus próprios excedentes, e estarão também procurando outros países para descarregar os seus. Agora, senhores, acompanhem meu raciocínio. O planeta é limitado. Há um número limitado de países no mundo. O que acontecerá quando todos os países do mundo, até o menor e o último, com um excedente em suas mãos, defrontarem-se com os outros países que também estão com excedentes nas mãos?

Ele parou e observou seus ouvintes. A surpresa que transparecia no rosto deles era deliciosa. Mas também aparentavam medo. Mais do que abstrações, Ernest havia conjurado uma visão e feito com que eles a enxergassem. Naquele momento, ali sentados, eles a enxergavam, e estavam assustados com ela.

– Nós começamos com os rudimentos, sr. Calvin – disse Ernest com certa malícia. – Vamos para o nível mais avançado. É muito simples. Aí está a beleza da coisa. Certamente o senhor está com a resposta na ponta da língua. O que acontecerá, então, quando todos os países do mundo tiverem um excedente que não foi consumido? Como ficará o seu sistema capitalista então?

Mas o sr. Calvin mexeu a cabeça. Ele certamente procurava um erro no raciocínio de Ernest.

– Deixe-me rapidamente recapitular com os senhores alguns rudimentos – disse Ernest. Começamos por um processo industrial particular, uma fábrica de sapatos. Supusemos que a divisão do produto seria semelhante à divisão que ocorre em todos os processos industriais. Supusemos também que o trabalho poderia comprar de volta, com os salários, apenas parte do produto, e que o capital não consumiria todo o remanescente do produto. Supusemos ainda que quando o trabalho consumisse todo o salário e quando o capital consumisse tudo o que queria, ainda haveria um excedente a ser consumido. Concordamos que esse excedente poderia apenas ser exportado. Concordamos, também, que o efeito do descarregamento desse excedente em outro país seria o de desenvolver os recursos daquele país, e que em pouco tempo haveria nele um excedente não consumido. Ampliamos esse processo para todos os países do planeta, até que todos eles estivessem produzindo anualmente, e diariamente, um excedente que não poderia ser consumido, o qual não teriam como descarregar em outro país. Agora, pergunto-lhes novamente: O que faremos com esses excedentes?

Continuaram sem responder.

– Sr. Calvin? – interrogou Ernest.

– Está além de meu entendimento – confessou o sr. Calvin.

– Eu não imaginava que as coisas fossem assim – disse o sr. Asmunsen – e agora tudo parece claro como o dia.

Foi a primeira vez que ouvi uma elaboração da doutrina de Karl Marx[3] sobre a mais-valia, e Ernest o fez de maneira tão simples que eu também fiquei chocada.

– Eu lhes mostrarei como se livrar do excedente – disse Ernest. – Lançando-o ao mar. Jogando todo ano milhões e milhões de dólares em sapatos, trigo, roupa e todos os bens de comércio ao mar. Isso não resolveria o problema?

– Isso certamente resolveria o problema – respondeu o sr. Calvin –, mas é um absurdo falar dessa maneira.

Ernest virou-se para ele instantaneamente.

– É um pouco mais absurdo do que as coisas que os senhores defendem, seus destruidores de máquinas, voltando-se para os métodos antediluvianos de seus antepassados. O que propõem como método para se livrarem do excedente? Os senhores escapariam do problema do excedente não produzindo nenhum excedente? E como pensam evitar a produção de um excedente? Ao voltarem para um método primitivo de produção, confuso, distorcido e irracional, tão desperdiçador e tão custoso que seria impossível produzir um excedente.

O sr. Calvin engoliu seco. O problema retornou ao início. Ele engoliu seco de novo e limpou a garganta.

– O senhor está certo – disse. – Continuo convencido. É um absurdo. Mas temos de fazer algo. É um caso de vida ou morte para nós da classe média. Recusamo-nos a perecer. Preferimos o absurdo de voltar aos métodos de nossos antepassados. Colocaríamos a indústria em uma etapa anterior ao monopólio, por mais rudes e cheios de desperdício que sejam. Destruiremos as máquinas. E o que o senhor fará sobre isso?

– Mas não podem destruir as máquinas – replicou Ernest. – Não podem fazer a marcha da evolução andar para trás. Duas grandes forças se opõem aos senhores, ambas mais poderosas do que a classe média. Os grandes capitalistas, os monopólios, em suma, não os deixarão voltar atrás. Eles não querem que as

---

[3] Karl Marx, o grande intelectual do socialismo, era um judeu alemão que viveu no século XIX. Foi contemporâneo de John Stuart Mill. Parece-nos incrível que toda uma geração tenha se passado após os enunciados das descobertas econômicas de Marx, em cuja época era desprezado pelos pensadores e intelectuais de renome do mundo. Por causa de suas descobertas, foi banido de sua terra natal e morreu no exílio na Inglaterra.

máquinas sejam destruídas. E maior do que os monopólios, e mais poderoso ainda, é o trabalho. O trabalho não os deixará destruírem as máquinas. A posse do mundo, junto com as máquinas, está entre os monopólios e o trabalho. Essa é a linha de batalha. Nenhum dos lados deseja a destruição das máquinas. Mas cada um deles deseja a posse delas. Nessa luta, a classe média não tem lugar. A classe média não passa de um pigmeu entre dois gigantes. Não percebem, pobres representantes de uma moribunda classe média, foram apanhados entre os dentes inferiores e superiores da engrenagem, e justo agora a moenda começou.

– Demonstrei-lhes matematicamente a inevitável derrocada do sistema capitalista. Quando todo país ficar com um excedente que não foi consumido nem vendido em suas mãos, o sistema capitalista quebrará sob a tremenda estrutura dos lucros que ele cultivou. E nesse dia, não haverá nenhuma destruição de máquinas. A luta será pela posse das máquinas. Se o trabalho vencer, o caminho dos senhores será tranqüilo. Os Estados Unidos, e sobretudo o mundo, entrarão em uma nova e tremenda era. Em vez de serem esmagados pelas máquinas, a vida se tornará melhor, mais feliz e nobre para eles. Os senhores da destruída classe média, junto com o trabalho – pois não haverá senão o trabalho – tomarão parte na distribuição eqüitativa dos lucros das maravilhosas máquinas. E não haverá nenhum excedente sem ser consumido, pois não haverá lucros.

– E se os monopólios vencerem essa batalha pela posse das máquinas e do mundo? – perguntou o sr. Kowalt.

– Então – respondeu Ernest, os senhores, o trabalho e todos nós seremos esmagados sob o tacão de ferro de um despotismo tão cruel e terrível como qualquer despotismo que manchou as páginas da história humana. Eis um bom nome para esse despotismo: Tacão de Ferro[4].

Fez-se um longo silêncio, e todos à mesa meditavam séria e profundamente.

– Mas esse seu socialismo é um sonho – disse o sr. Calvin. – É um sonho – repetiu.

– Então, vou mostrar-lhe algo que não é um sonho – retrucou Ernest. – Algo a que chamarei oligarquia. Os senhores

---

[4] Essa foi a primeira vez que se usou esse nome para designar a oligarquia.

chamam a isso plutocracia. Ambos queremos dizer a mesma coisa: os grandes capitalistas ou os monopólios. Vejamos onde reside o poder hoje em dia. E para fazê-lo, vamos dividir a sociedade segundo suas classes.

– Existem três grandes classes na sociedade. A primeira é a plutocracia, composta dos banqueiros ricos, dos magnatas das ferrovias, dos diretores das corporações e dos magnatas dos monopólios. A segunda é a classe média, sua classe, senhores, composta de agricultores, comerciantes, pequenas indústrias manufatureiras e de profissionais liberais. A terceira e última classe é a minha, o proletariado, composta de trabalhadores assalariados[5].

– Não lhes resta senão concordar que os donos da riqueza constituem o poder essencial nos Estados Unidos hoje. Como é distribuída a riqueza entre essas três classes? Eis os dados: a plutocracia possui 67 bilhões em bens; do número total de pessoas com alguma ocupação nos Estados Unidos, apenas nove décimos de um por cento são da plutocracia, ao passo que ela possui 70 por cento de toda a riqueza. A classe média possui 24 bilhões; 29 por cento de toda ocupação é preenchida pela classe média, que possui 25 por cento de todos os bens. Sobra o proletariado. Ele possui quatro bilhões. Do total de pessoas em ocupações, 70 por cento vem do proletariado, e o proletariado possui apenas 4 por cento de toda a riqueza. Em que lugar reside o poder, cavalheiros?

– De acordo com seus próprios dados, nós da classe média somos mais poderosos do que os trabalhadores – observou o sr. Asmunsen.

– Chamar-nos de fracos não os tornará mais fortes em face do poder da plutocracia – retorquiu Ernest. – E, além do mais, ainda não acabei com os senhores. Existe uma força ainda maior do que a riqueza, e é maior porque não pode ser tomada. Nossa força, a força do proletariado, está em nossos músculos; está em nossas mãos promover eleições; em nossos dedos, puxar os gatilhos. Essa força não pode ser arrancada de nós. É

---

[5] Essa divisão da sociedade elaborada por Everhard está de acordo com a divisão de Lucien Sanial, uma das autoridades estatísticas daquela época. O cálculo que fez dos membros dessas ocupações, retirados do censo nacional de 1900, é a seguinte: classe plutocrata: 250.251; classe média: 8.429.845; proletariado: 20.393.137.

a força primitiva, é a força própria da vida, é a força que é mais poderosa do que a riqueza e que a riqueza não pode tomar.

– Mas sua força é descartável. Pode ser tomada dos senhores. Agora mesmo a plutocracia a está tomando dos senhores. E quando terminar de fazê-lo, a classe média deixará de existir. Os senhores hão de descer até a nossa condição, tornar-se proletários, e o interessante é que acabarão somados às nossas forças. Nós lhes daremos as boas-vindas, irmãos, e lutaremos ombro a ombro pela causa da humanidade.

– Percebem, o trabalho não tem nada concreto do que possa ser privado. A sua maneira de dividir as riquezas do país consiste de roupas e móveis aqui e acolá, e, em poucos casos, um imóvel pago. Mas os senhores possuem uma riqueza concreta, 24 bilhões, e a plutocracia a tomará dos senhores. É claro que existe uma grande probabilidade de que o proletariado a tome antes. Não percebem em que posição se encontram, cavalheiros? A classe média é um carneirinho vacilante entre um leão e um tigre. Mas se a plutocracia tomar a sua riqueza antes, será apenas uma questão de tempo até que o proletariado a tome da plutocracia.

– Mesmo a sua presente riqueza não é a verdadeira medida de seu poder. A força de sua riqueza nesse momento não passa de uma concha vazia. Eis por que os senhores soltam este rouco grito de batalha, "retomar os meios de nossos antepassados". Temem a própria impotência. Sabem que a força que têm é uma concha vazia. E lhes mostrarei o conteúdo dela.

– Que poder possuem os agricultores? Mais de cinqüenta por cento são escravos pelo fato de que são meros arrendatários ou têm de pagar uma hipoteca. E todos eles são escravos pelo fato de que os monopólios já possuem ou controlam (o que é o mesmo, só que melhor), possuem e controlam todos os meios de comercializar as colheitas, como os silos, as ferrovias, os elevadores de carga e as rotas dos barcos a vapor. E, além do mais, os monopólios controlam os mercados. Em nada disso os agricultores têm poder. Quanto ao seu poder político e governamental, falarei depois, quando falar do poder político e governamental de toda a classe média.

– Dia a dia, os monopólios espremem os agricultores assim como espremeram o sr. Calvin e os leiteiros. E dia a dia os comerciantes são espremidos da mesma maneira. Lembram-se de como, em seis meses, o monopólio do tabaco espremeu quatrocentas tabacarias apenas na cidade de Nova York? Onde estão os proprietários das minas de carvão de antigamente? Sabem hoje, sem que eu precise lhes dizer, que o monopólio das estradas de ferro possui ou controla todas as minas de carvão, seja de antracito ou do betuminoso. O monopólio da Standard Oil[6] não possui um grande número de linhas marítimas? E não controla ela também o cobre, para não falar de uma pequena fundição que também dirige? Existem dez mil cidades nos Estados Unidos iluminadas agora de noite por companhias que pertencem ou que são controladas pela Standard Oil, e, como ocorre em muitas cidades, todo transporte elétrico – urbano e suburbano – está nas mãos da Standard Oil. Os pequenos capitalistas que estavam nessas centenas de negócios desapareceram. Os senhores sabem disso. E da mesma forma os senhores estão desaparecendo.

– Os pequenos manufatureiros são como os agricultores; e os pequenos manufatureiros e agricultores de hoje estão reduzidos, para todos os efeitos, às glebas feudais. Da mesma forma, pode-se dizer que os profissionais e os artistas são hoje vilões, em tudo menos no nome, e os políticos meros capachos. Por que você, sr. Calvin, trabalha dia e noite para organizar os agricultores, junto com o restante da classe média, em um partido político? Porque os políticos dos velhos partidos não terão nada para fazer com idéias atávicas; e com as idéias atávicas dos senhores eles não terão nada que fazer, pois eles são o que eu disse que eram: inescrupulosos, serventes da plutocracia.

– Falo dos profissionais liberais e dos artistas como vilões. O que mais seriam? Todos eles, professores, sacerdotes e editores trabalham para servir à plutocracia e os seus serviços consistem em propagar apenas as idéias que pareçam inofensivas à plutocracia ou do agrado dela. Sempre que propagam idéias que ameacem à plutocracia, perdem os empregos, e, nesse caso, se não estiverem preparados para dias difíceis, descerão até o proletariado, perecendo ou se tornando agitadores da classe trabalhadora. Não nos esqueçamos de que é a imprensa, o púlpito e a universidade que moldam a opinião pública e a maneira de pensar da nação. Quanto aos artistas, eles simplesmente saciam os gostos pouco mais que ignóbeis da plutocracia.

---

[6] Ver nota 10, sobre a Standard Oil e Rockefeller, na p. 121.

– Mas, ao fim e ao cabo, a própria riqueza não representa o verdadeiro poder; ela é o caminho do poder e o poder é governamental. Quem controla o governo hoje em dia? O proletariado com vinte milhões engajados em diferentes ocupações? Até mesmo os senhores se riem dessa idéia. Seria a classe média, com os seus oito milhões de membros distribuídos em diversas ocupações? Não mais do que o proletariado. Quem, então, controla o governo? A plutocracia, com os seus míseros 250 mil. Mas esses 250 mil não controlam o governo, embora este cumpra apenas uma tarefa de escriturário. É o cérebro da plutocracia que controla o governo, e esse cérebro consiste de sete[7] pequenos e poderosos grupos de homens. E não se esqueçam de que esses grupos trabalham hoje em dia praticamente em uníssono.

– Deixem-me mostrar-lhes o poder de apenas um deles: o grupo ferroviário. Ele emprega quarenta mil advogados para derrotar o povo nos tribunais. Distribui um número incalculável de passagens gratuitas para juízes, banqueiros editores, ministros, universitários, deputados estaduais e senadores. Mantém luxuosos salões[8] em cada uma das capitais dos Estados e na capital do país; e em todas as cidades e vilas emprega um exército imenso de velhacos e pequenos políticos cujos negócios são participar nas eleições e na escolha de candidatos, fazer parte do corpo de jurados, subornar juízes e usar de todos os meios para proteger seus interesses[9].

---

[7] Mesmo em 1907, considerava-se que onze grupos dominavam o país, mas seus membros se reduziram devido à amalgamação de cinco grupos de estradas de ferro em uma fusão suprema de todas as ferrovias. Esses cinco grupos assim amalgamados eram (1) James J. Hill, que controlava o noroeste; (2) o grupo ferroviário da Pensilvânia, administrado pelo grupo financeiro Schiff, com grandes bancos em Nova York e na Pensilvânia; (3) Harriman, com Frick, como conselheiro jurídico; Odell como assistente político; controlava o centro continental do país, o sudoeste e as linhas de transporte da costa sul do Pacífico; (4) os negócios ferroviários da família Gould; e (5) Moore, Reid e Leeds, conhecidos como o "grupo de Rock Island". Essas poderosas oligarquias se retiraram do conflito da concorrência e percorreram o caminho inevitável da fusão.

[8] Trata-se dos *lobbies*, instituição peculiar para subornar, intimidar e corromper legisladores que deveriam representar os interesses do povo. [*Lobby* significa "corredor", "átrio", "vestíbulo", "antecâmara"; nesses locais ocorrem as chamadas "conversas de bastidores", as tramóias políticas. Vale lembrar que *lobby* se refere também ao grande átrio, aberto ao público, onde os deputados falam às pessoas, na Câmara dos Comuns. (N.T.)]

[9] Uma década antes do discurso de Everhard na Câmara de Comércio de Nova York,

— Senhores, eu simplesmente esbocei o poder de um dos sete grupos que constituem o cérebro da plutocracia[10]. Seus 24 bilhões não lhes dão 24 centavos de poder governamental. É

---

circulou um relatório do qual citamos o seguinte: "As ferrovias controlam por completo a legislatura da maioria dos Estados da União; fazem o que querem dos senadores dos Estados Unidos, deputados e governadores, e são elas quem ditam na prática a política governamental dos Estados Unidos".

[10] Rockefeller começou como membro do proletariado e por meio de economia e perspicácia teve sucesso em desenvolver o primeiro monopólio perfeito, a Standard Oil. Não podemos deixar de mencionar essa página notável da história da época, para mostrar como a necessidade que a Standard Oil tinha de reinvestir o seu excedente esmagou os pequenos capitalistas e acelerou a falência do sistema capitalista. David Graham Phillips era um escritor radical do período, e a citação, feita por ele, é tirada de uma cópia do *Saturday Evening Post* (4.10.1902). Essa é a única cópia dessa publicação que chegou até nós e, contudo, devido à sua aparência e conteúdo podemos concluir que se tratava de um dos periódicos populares de grande circulação da época. A citação é esta:
"Por volta de dez anos atrás, a entrada de capital de Rockefeller era dada como sendo de trinta milhões por uma autoridade confiável. Ele havia atingido o limite de investimentos lucrativos com os lucros da indústria petrolífera. Essas somas enormes em dinheiro proporcionavam mais de dois milhões por mês apenas para John Davison Rockefeller. O problema de reinvestir tornou-se sério. Virou um pesadelo. Os rendimentos do petróleo estavam aumentando cada vez mais e o número de grandes investimentos tornou-se limitado, ainda mais limitado do que hoje. Não foi a avidez por maiores lucros que fez com que os Rockefellers começassem a diversificar a sua indústria petrolífera para outros ramos de atividade. Eles foram obrigados, tragados por essa onda envolvente de riqueza que o seu monopólio atraía irresistivelmente como um ímã. Eles desenvolveram um grupo de investidores e investigadores. Dizem que o chefe desse grupo recebia um salário de 124 mil dólares por ano.
"A primeira incursão e excursão digna de nota dos Rockefellers foi no negócio ferroviário. Por volta de 1895 eles controlavam um quinto da malha ferroviária do país. O que eles de fato possuem hoje ou, controlam como acionistas majoritários? Eles são poderosos em todas as grandes ferrovias de Nova York, na norte, na leste e na oeste, com exceção de uma, em que sua parte é de apenas uns poucos milhões. Estão em quase todas as linhas férreas que partem de Chicago. Dominam vários dos sistemas que se estendem até o Pacífico. São seus votos que fazem o sr. Morgan tão potente, embora, podemos acrescentar, precisam dos miolos dele mais do que ele de seus votos — e a combinação dos dois constitui em grande medida a 'comunidade de interesses'.
"Mas apenas as ferrovias não podem absorver com rapidez suficiente essas grandes torrentes de ouro. Hoje, os US$ 2.550.000 que John D. Rockefeller ganhava por mês aumentaram para quatro, cinco, seis milhões de dólares mensais, chegando a 75 milhões ao ano. O óleo de iluminação foi se tornando bastante lucrativo e os reinvestimentos dos lucros contribuíam com a quantia irrisória de alguns milhões ao ano.
"Os Rockefellers entraram no negócio de gás e eletricidade quando essas indús-

uma concha vazia, e logo, logo essa concha vazia lhes será tirada. A plutocracia tem todo poder em suas mãos hoje em dia: é ela quem faz as leis, pois é dona do Senado, do Congresso, dos tribunais e das assembléias estaduais. E não é só. Por trás disso, a lei deve ser forçada a executar a lei. Hoje, a plutocracia faz a lei, e para impor a lei ela conta com a polícia, o exército, a marinha e, por último, com as milícias, que somos os senhores, eu e todos nós.

Pouco se discutiu depois disso e o jantar logo foi servido. Tudo estava silencioso e subentendido, e à meia-voz diziam "deixe estar". Parecia quase como se eles estivessem assustados com a visão dos tempos que anteviam.

– A situação é de fato séria – o sr. Calvin disse a Ernest. –

---

trias atingiram uma etapa segura de desenvolvimento. E, logo mais, assim que o sol se pôr, uma grande parte do povo americano estará enriquecendo os Rockefellers, não importa que tipo de iluminação ela utilize. Os agricultores passaram a hipotecar as suas terras. Diz-se que, há alguns anos, quando uma certa prosperidade permitiu aos agricultores livrarem-se de suas hipotecas, John D. Rockefeller quase chegou às lágrimas; oito milhões, que ele pensava que durante anos renderiam uma boa soma em juros, foram de repente lançados na soleira da sua porta e ali gritavam por um novo destino. Esse inesperado acréscimo às suas preocupações em encontrar um lugar onde investir o dinheiro do seu petróleo para que esse negócio proliferasse cada vez mais, era demais para a equanimidade de um homem que não conseguia digerir...

"Os Rockefellers entraram para as minas: ferro, carvão, cobre e chumbo; para outras companhias industriais; para o transporte urbano, nacional, estadual: bonde e trens; para o transporte marítimo de carga e passageiros; para o telégrafo; para o ramo imobiliário: arranha-céus, residências, hotéis e conjuntos comerciais; no ramo de seguros de vida e bancário. Logo, não havia ramos da indústria onde seus milhões não estivessem em ação...

"O banco dos Rockefellers, o National City Bank, é, de longe, o maior banco dos Estados Unidos. No mundo inteiro perde apenas para o Banco da Inglaterra e o Banco de França. A média dos depósitos ultrapassa os cem milhões diários, e o banco domina todo o mercado de Wall Street. Mas não é só; é a cabeça da cadeia de bancos do grupo Rockefeller, cadeia essa que engloba quatorze bancos e monopólios na cidade de Nova York, e bancos de grande força e influência em todo o centro financeiro do país.

"John D. Rockefeller possui títulos da Standard Oil que valem entre quatrocentos e quinhentos milhões no mercado de ações. Ele possui cem milhões no monopólio do aço, quase tudo em um único sistema ferroviário do oeste, quase a metade em um segundo e assim por diante até onde se pode imaginar. Seu faturamento no ano passado foi de aproximadamente cem milhões de dólares (duvida-se que o faturamento de todos os Rothschilds juntos perfaçam uma soma como essa), e está subindo cada vez mais.

Tenho pouco que discutir sobre a forma com a qual o senhor descreveu as coisas. Discordo do senhor apenas quando prenuncia o juízo da classe média. Nós sobreviveremos e suplantaremos os monopólios.

– E voltarão a fazer as coisas do jeito dos seus antepassados – Ernest completou por ele.

– Nem que seja assim – respondeu o sr. Calvin de forma grave. – Sei que é um procedimento semelhante ao dos destruidores de máquina e isso é absurdo. Mas a vida de hoje parece um absurdo, graças às maquinações da plutocracia. E de qualquer forma, nossa espécie de destruidores de máquinas é pelo menos prática e possível, o que o sonho não é. O seu sonho socialista é... bem, um sonho. Não podemos ir atrás do senhor.

– Eu esperava apenas, companheiros, que soubessem um pouco de evolução e sociologia – Ernest disse com um certo ar melancólico enquanto os cumprimentava. – Teríamos poupado muitos problemas.

Capítulo X
O SORVEDOURO

Como se fossem trovões, uma série de acontecimentos de resultados assustadores ocorreu depois daquele jantar. E eu, coitada, que havia levado uma vida tranqüila no sossego da cidade universitária, encontrei-me e aos meus assuntos pessoais envolvidos no turbilhão dos grandes problemas do mundo. Não sei se foi o amor que eu sentia por Ernest ou se foi a visão clara que ele me proporcionou da sociedade na qual vivíamos que fez de mim uma revolucionária; mas nisso eu me tornei, e fui precipitada em um torvelinho de acontecimentos, algo que três meses antes eu nem podia imaginar.

A crise em meu destino coincidiu com grandes crises sociais. Meu pai foi afastado da universidade. Bem, ele não foi tecnicamente afastado: obrigaram-no a se demitir. Isso, de fato, não conta muito. Papai, na verdade, gostou disso, porque a sua demissão tinha sido apressada pela publicação de seu livro *Economia e educação*, e o fato de ter sido demitido confirmava a idéia que defendia na obra. O que melhor comprovaria que a educação estava dominada pela classe capitalista?

Mas essa prova não levava a lugar algum. Ninguém sabia que ele fora obrigado a se demitir da universidade. Era um cientista de tanto prestígio que algo assim teria criado uma certa agitação no mundo todo. Os jornais o louvaram e elogiaram dizendo que ele havia renunciado ao trabalho árduo das salas de leitura para se devotar integralmente à pesquisa científica.

Primeiro, ele riu; depois, foi se tornando irritado, cada vez mais irritado. Então, seu livro foi recolhido. Isso foi feito em segredo, tão secretamente que no início não nos demos conta. A publicação do livro tinha causado uma certa repercussão no país. Papai foi polidamente insultado pela imprensa capitalista. A tônica desses insultos apontava para o fato de que era uma pena que um eminente cientista abandonasse o seu campo de trabalho para adentrar o da sociologia, na qual era ignorante e dentro da qual acabava se perdendo. Isso durou uma semana, enquanto papai dizia que o livro era um dedo na ferida do capitalismo. E então, os jornais e revistas, de repente, passaram a não dizer mais nada sobre o livro. Além disso, e tão repentinamente, o livro desapareceu de circulação. Nem sequer um exemplar podia ser encontrado nas livrarias. Papai escreveu para os editores, que lhe informaram que as chapas tinham acidentalmente se estragado. Uma correspondência desencontrada se seguiu. Chegando finalmente a um ponto inequívoco, os editores afirmaram que não havia maneira de imprimir o livro novamente, mas que estavam de certa forma dispostos a abdicar dos direitos sobre ele.

– E o senhor não encontrará nenhuma editora no país que se interesse por ele – afirmou Ernest. – E se eu fosse o senhor, buscaria proteção desde já. A experiência pela qual passou é apenas uma amostra do que o Tacão de Ferro é capaz.

Mas papai era, acima de tudo, um cientista. Nunca acreditou em saltar para as conclusões. Uma experiência em laboratório não valia nada se não fosse testada em todos os pormenores. Então, pacientemente, saiu atrás das editoras. Elas lhe deram uma série de desculpas, e nenhuma se interessou pelo livro.

Quando papai se convenceu de que o livro tinha sido de fato recolhido, tentou levar o assunto aos jornais, mas suas denúncias foram ignoradas. Em uma reunião dos socialistas, em que muitos repórteres estavam presentes, papai encontrou a oportunidade que esperava. Ele se levantou e expôs sua história sobre o recolhimento do livro. No dia seguinte, quando leu os jornais, riu, e então ficou tão nervoso que perdeu completamente a cor. Os jornais não mencionaram o livro, mas fizeram um bom trabalho em relação ao seu autor. Torceram-lhe as palavras e as frases, alijando-as do contexto, e transformaram suas observações contidas e controladas em um discurso anarquista vazio. Isso fora feito com malícia. De um exemplo em particular eu me lembro: ele havia utilizado a frase "revolução social"; o repórter simplesmente omitiu "social". Isso foi enviado para todo o país pela Associated Press e em todo o país levantou-se um grito de alerta. Papai foi tachado de niilista e anarquista, e em uma caricatura, que foi bastante divulgada, ele era retratado agitando uma bandeira vermelha à frente de uma multidão cabeluda, de olhos arregalados, portando tochas, facas e dinamites.

Foi atacado sem piedade pela imprensa, em editoriais cheios de abuso, com acusações de anarquismo e insinuações de colapso mental. Esse comportamento por parte da imprensa capitalista não era novidade, contou-nos Ernest. Era costume, disse ele, enviar repórteres a todos os encontros socialistas para o expresso propósito de distorcer e relatar de maneira imprópria o que se dizia nesses encontros, com o objetivo de impedir que a classe média pudesse se afiliar ao proletariado. E várias vezes Ernest alertou o papai para deixar de lutar e procurar proteção.

A imprensa socialista do país assumiu a luta, contudo, e a facção leitora de toda a classe operária sabia que o livro havia sido recolhido. Mas isso não ultrapassou as linhas da classe operária. Logo, uma grande editora socialista, a Appeal to Reason, acertou com papai a publicação do livro. Papai estava exultante, mas Ernest ficou preocupado.

– Estou lhe avisando, estamos entrando num terreno desconhecido – insistiu Ernest. – Coisas de vulto estão acontecendo ao nosso redor sem que saibamos; podemos senti-las; não sabemos o que são, mas que acontecem, acontecem. Toda a máquina da sociedade reverbera com elas. Não me pergunte. Eu mesmo não sei. Mas, fora do fluxo da sociedade, algo está para se cristalizar. O boicote ao seu livro é uma precipitação. Quantos livros foram boicotados? Não temos a menor idéia. Estamos no escuro. Não temos como saber. Observe o que virá a seguir: o boicote à imprensa socialista e às editoras socialistas. Receio que isso já esteja acontecendo. Estamos para ser sufocados.

Ernest tinha um controle do rumo dos acontecimentos muito mais apurado do que o restante dos socialistas, e dentro de dois dias o primeiro golpe foi desferido. O *Appeal to Reason* era um semanário, e sua circulação regular entre os operários era de 750 mil exemplares. Além disso, freqüentemente lançava edições especiais de dois a cinco milhões. Essas grandes edições eram pagas e distribuídas pelo pequeno exército de trabalhadores voluntários organizados em torno do *Appeal*. O primeiro golpe foi desferido sobre essas edições especiais, e foi um golpe esmagador. Devido a uma regra arbitrária dos Correios, decidiu-se que essas edições não representavam a circulação normal do jornal, e por isso os Correios negaram-se a distribuí-las.

Uma semana depois, o Departamento dos Correios regulamentou que o jornal era aliciador e impediu que ele circulasse por intermédio postal. Foi um golpe tremendo na propaganda socialista. O *Appeal* estava desesperado. O jornal planejou atingir seus assinantes por meio de entregas expressas, mas essas companhias se recusaram a fazê-lo. Foi o fim do *Appeal*. Mas não totalmente. O jornal se preparava para publicar o livro. Vinte mil cópias do livro de papai estavam na encadernação e as prensas estavam imprimindo outras mais. De repente, sem nenhum aviso, uma multidão apareceu durante a noite e, agitando a bandeira americana e cantando canções patrióticas, atearam fogo à grande oficina gráfica do *Appeal* e a destruíram por completo.

Naquela época, Girard, no Kansas, era uma cidade calma e tranqüila. Nunca houve problemas com os trabalhadores de lá. O *Appeal* pagava os salários do sindicato; e, de fato, era a espinha dorsal da cidade, empregando centenas de trabalhadores. Não eram os cidadãos de Girard que compunham a turba. Ela surgiu aparentemente do nada, e, praticamente, depois de realizada a sua tarefa, voltou para o nada. Ernest via naquilo um significado bastante sinistro.

– As Centenas Negras[1] estão sendo organizadas nos Estados Unidos – ele disse. – É apenas o começo. Haverá mais. O Tacão de Ferro está se tornando atrevido.

Assim morreu o livro de papai. Ouviríamos falar mais das Centenas Negras nos dias que se seguiram. Semana a semana, outros jornais socialistas foram impedidos de circular por meio dos correios, e em vários casos, as Centenas Negras destruíram as gráficas desses jornais. É claro que a imprensa do país em geral se enquadrava à política reacionária da classe dominante, e a destruída imprensa socialista era deturpada e vilipendiada, enquanto as Centenas Negras eram apresentadas como ver-

---

[1] As Centenas Negras eram massas reacionárias organizadas pela moribunda autocracia na Revolução Russa. Esses grupos reacionários atacavam os revolucionários e também, quando necessário, promoviam badernas e destruíam propriedades para proporcionar à autocracia o pretexto de convocar os cossacos. [Esta nota refere-se à Revolução Russa de 1905. (N.T.)]

dadeiros patriotas e salvadores da sociedade. Tão convincente era essa deturpação que mesmo ministros sinceros no púlpito a elogiavam, embora lamentassem o uso da violência.

A história estava sendo escrita com rapidez. As eleições se aproximavam e Ernest foi nomeado candidato pelo Partido Socialista a uma vaga no Congresso. A possibilidade de se eleger era bastante favorável a ele. A greve dos bondes de São Francisco e, depois, a greve dos carroceiros foram derrotadas. Essas duas derrotas foram um desastre para os trabalhadores organizados. Toda a Federação Portuária e seus aliados estivadores tinham apoiado os carroceiros, e todos foram esmagados vergonhosamente. Foi uma greve sangrenta. A polícia quebrou muitas cabeças com seus cassetetes; e com uma metralhadora, disparando dos celeiros da Marsden Special Delivery Company sobre os grevistas, fez aumentar o número de mortos.

Conseqüentemente, os trabalhadores foram dominados pela raiva e pelo desejo de vingança; queriam sangue. Vencidos no próprio terreno, estavam dispostos a se vingar por meio de ações políticas. Eles ainda mantinham sua organização sindical, e isso lhes dava força na luta política que se desenrolava. A probabilidade de Ernest se eleger aumentava cada dia mais. Dia a dia, sindicatos e mais sindicatos davam apoio aos socialistas. Até mesmo Ernest riu quando os agentes funerários e os depenadores de galinhas se juntaram a ele. Os trabalhadores se tornavam obstinados. Ao mesmo tempo em que lotavam as reuniões socialistas com louco entusiasmo, permaneciam impermeáveis à astúcia dos políticos do velho partido, cujos oradores eram geralmente recebidos por salas vazias, embora ocasionalmente encontrassem salas cheias nas quais eram tão rudemente tratados que muitas vezes era preciso chamar a polícia.

A história estava sendo escrita com rapidez. O ar vibrava com as coisas que aconteciam e que estavam por acontecer. O país estava à beira de uma crise[2]; e a causa dessa crise era a dificuldade de exportar o excedente que não havia sido consumido, excedente esse acumulado ao longo de vários anos de prosperidade. As indústrias estavam trabalhando em turnos reduzidos;

---

[2] Sob o regime capitalista, essas épocas de crise eram tão inevitáveis quanto absurdas. A prosperidade sempre trazia a calamidade. Isso, é claro, se devia ao excesso de lucros não consumidos que estavam se acumulando.

muitas grandes indústrias estavam ociosas à espera da hora em que o excedente seria exportado; e os salários estavam sendo cortados a torto e a direito.

Estourou também uma grande greve de maquinistas. Duzentos mil maquinistas, juntamente com os seus quinhentos mil aliados do comércio de metais, foram derrotados em uma greve sangrenta que manchou como nunca o país. Batalhas campais foram travadas contra os pequenos exércitos dos fura-greves[3] colocados em campo pelos sindicatos patronais: as Centenas Negras, que apareciam em vários lugares espalhados pelo país, destruindo propriedades; e, em conseqüência disso, cem mil soldados americanos do corpo regular foram chamados para pôr um terrível fim ao problema. Uma série de líderes operários foi executada; muitos outros foram condenados à prisão, enquanto centenas de operários grevistas eram colocados em currais[4] e tratados de maneira abominável pelos soldados.

Os anos de prosperidades deveriam ser pagos agora. Todos os mercados estavam saturados; todos os mercados estavam falindo e no meio do esfarelamento geral de preços, o preço do trabalho se esfarelou mais rapidamente que tudo. O país estava convulsionado por dissensões industriais. Os trabalhadores faziam greves em toda parte; e onde não estavam em greve, estavam sendo despedidos pelos capitalistas. Os jornais estavam repletos de histórias de violência e sangue. E em todas elas, as Centenas Negras cumpriam um papel importante. Badernas, incêndios e uma frívola destruição de propriedade eram o seu

---

[3] *Fura-greves*: eram, na prática, exceto no nome, soldados particulares dos capitalistas. Estavam muito bem organizados e armados, e eram mantidos em estado de prontidão para serem colocados em trens especiais para qualquer parte do país onde os trabalhadores entrassem em greve; caso contrário, seriam despedidos pelos patrões. Apenas aqueles tempos curiosos poderiam ter produzido um espetáculo tão espantoso quanto o de Farley, um notório comandante dos fura-greves, que, em 1906, percorreu os Estados Unidos nos trens especiais, de Nova York até São Francisco, com um exército de quinhentos homens, totalmente armados e equipados, para acabar com uma greve dos condutores de bondes de São Francisco. Esses atos violavam por completo as leis do país. O fato de que esse e milhares de atos semelhantes ficavam impunes serve para mostrar que o poder judiciário era uma criatura engendrada dos pés à cabeça pela plutocracia.

[4] *Currais:* durante uma greve de mineiros em Idaho, no último quartel do século XIX, muitos dos grevistas foram confinados em um curral pelas tropas. Essa prática e esse nome continuaram os mesmos no decorrer do século XX.

papel e eles o representavam muito bem. Todo o exército regular estava no campo de batalha, por causa da ação das Centenas Negras[5]. Toda cidade e aldeia se transformaram em verdadeiros campos de batalha, e os trabalhadores eram abatidos a tiros como cachorros. Os fura-greves eram recrutados no vasto exército de desempregados; e quando os fura-greves eram derrotados pelos sindicatos trabalhistas, as tropas sempre apareciam para esmagar os sindicatos. E, então, surgiam as milícias. Até aquele momento não havia sido necessário recorrer à lei das milícias secretas. Apenas as milícias regulares estavam em ação, e agiam em todos os lugares; e, nesses tempos de terror, o governo engrossou o exército regular com um contingente de cem mil homens.

A classe operária nunca havia levado uma surra tão grande. Os grandes capitães da indústria, os oligarcas, tinham, pela primeira vez, lançado todo o seu peso na brecha que as combativas associações operárias tinham aberto. Essas associações eram, na prática, negócios da classe média. E, então, estimuladas pela crise, pela quebra dos mercados, e ajudadas pelos grandes capitães da indústria, deram aos operários organizados uma terrível e decisiva derrota. Era uma aliança muito forte, mas uma aliança entre o leão e o cordeiro, como a classe média logo viria a saber.

O movimento operário estava dominado pela raiva e pelo desejo de vingança, mas estava esmagado. Contudo a sua derrota não pôs fim à crise. Os bancos, que constituíam uma das forças mais importantes da oligarquia, continuavam recebendo depósitos. O grupo de Wall Street[6] transformou a bolsa em um

---

[5] O nome apenas, mas não a idéia, foi importado da Rússia. As Centenas Negras eram uma ampliação dos agentes secretos dos capitalistas, e a utilização que se fazia deles nas lutas operárias do século XIX. Isso não se discute. Ninguém menos que uma autoridade da época, como Carrol D. Wright, Conselheiro dos Estados Unidos para o Trabalho, é responsável pelo enunciado. De seu livro, cujo título é *As batalhas dos trabalhadores*, citamos a declaração de que "em algumas das greves históricas, os próprios patrões instigaram atos de violência"; aqueles manufatureiros deliberadamente provocaram graves com o objetivo de se livrarem dos estoques excedentes; e aqueles carros de carga tinham sido explodidos pelos agentes dos patrões durante a greve ferroviária com o objetivo de aumentar a desordem. Foi do lado de fora desses agentes secretos dos patrões que surgiram as Centenas Negras; e foram eles, por outro lado, que mais tarde se tornariam aquela terrível arma da oligarquia, os agentes de provocação.

[6] *Wall Street*: recebeu esse nome de uma rua na antiga Nova York onde estava situada a bolsa de valores, e onde a organização irracional da sociedade permitia

maelström* no qual os valores de todo o país foram tragados até os alicerces. E sobre as suas ruínas, começou a aparecer a forma da nascente oligarquia, imperturbável, indiferente e segura. Sua serenidade e certeza eram terríveis. Não apenas usou de seu vasto poder, mas de todo o poder do Tesouro americano para levar adiante os seus planos.

Os capitães da indústria se voltaram contra a classe média. A associação dos empregadores, que havia ajudado os capitães da indústria a fraturar e desarticular os trabalhadores, ela mesma foi logo em seguida quebrada e desarticulada pelos seus aliados de antes. Em meio à quebra da classe média, dos pequenos negociantes e manufatureiros, os monopólios se firmaram. Não, os monopólios faziam mais do que se firmar. Agiam. Semeavam vento sem parar, pois sabiam como colher tempestades e tirar lucro disso**. E que lucros! Lucros colossais. Fortes o suficiente para resistir à tempestade, que fomentavam em toda parte, eles se lançavam a pilhar as sobras que flutuavam ao seu redor. Os valores encolhiam lamentável e inacreditavelmente, e os monopólios ampliavam imensamente as suas posses, chegando a estender seus empreendimentos para muitos campos – e sempre às custas da classe média.

Assim, o verão de 1912 representou na prática o golpe de misericórdia na classe média. Até mesmo Ernest ficou surpreso com a rapidez com que isso tinha acontecido. Ele balançou a cabeça preocupado e olhava sem esperanças para as eleições de outono.

– É inútil – disse ele. – Estamos derrotados. O Tacão de Ferro está aqui. Eu tinha esperança em uma vitória pacífica nas urnas, mas estava errado. Wickson é quem tinha razão. Nós seremos despojados da pouca liberdade que nos resta; o Tacão de Ferro pisará em nossas cabeças; nada resta a não ser uma revolução sangrenta da classe trabalhadora. Certamente venceremos, mas tenho medo até de pensar nisso.

---

que se manipulassem, por debaixo dos panos, todas as indústrias do país.
* Gigantesco sorvedouro que aparece ocasionalmente no oceano Ártico, a noroeste da costa norueguesa, ao sul das ilhas Moskenes. Há um conto famoso de Edgar Allan Poe chamado "Uma descida no Maelström". (N.T.)
** Paráfrase da Bíblia: Oséias 8. 7. (N.T.)

E a partir de então, Ernest depositou suas esperanças na revolução. Nisso, ele estava bem à frente de seu partido. Seus companheiros socialistas não puderam concordar com ele. Continuavam insistindo que a vitória seria alcançada por meio das eleições. Não que eles estivessem abalados. Eram muito ponderados e corajosos para isso. Estavam céticos, apenas isso. Ernest não conseguiu fazer com que eles se acautelassem seriamente da chegada da oligarquia. Ele conseguiu deixá-los preocupados, mas estavam muito seguros da própria força. Não havia lugar em sua evolução social teórica para uma oligarquia, logo a oligarquia não podia existir.

– Nós o colocaremos no Congresso e tudo ficará bem – disseram-lhe em uma de nossas reuniões secretas.

– E quando eles me tirarem do Congresso – replicou Ernest friamente –, e me colocarem contra a parede e me estourarem os miolos, o que será?

– Nós lhes mostremos a nossa força, respondeu uma dúzia de vozes simultaneamente.

– Então, serão afogados no próprio sangue – foi a réplica.
– Ouvi a mesma ladainha ser cantada pela classe média, e onde está ela agora com sua força?

Capítulo XI

A GRANDE AVENTURA

O sr. Wickson não havia procurado papai. Os dois se encontraram por acaso na balsa de São Francisco, de forma que o aviso que ele havia dado a papai não tinha sido premeditado. Se não tivessem se encontrado por acidente, não haveria aviso nenhum. Contudo, o resultado teria sido outro. Papai descendia da velha e robusta estirpe do Mayflower[1], para quem o sangue tinha uma importância fundamental.

– Ernest tinha razão – ele me disse assim que voltou para casa. – Ernest é um jovem notável; e prefiro vê-la casada com ele do que com o próprio Rockefeller ou o Rei da Inglaterra.

– O que aconteceu? – perguntei-lhe alarmada.

– A oligarquia está prestes a pisar em nossas cabeças: na de vocês e na minha. Foi o que Wickson insinuou; ele foi muito gentil... para um oligarca. Ele se prontificou a me recolocar na universidade. O que você acha? Justamente ele, um mesquinho sórdido, é quem teria o poder de determinar se eu devo ou não devo ensinar na universidade do Estado. Mas não foi só isso: ofereceu-me o cargo de diretor de alguma faculdade de Física que pretendem abrir; parece que a oligarquia está querendo se livrar de seu excedente de alguma maneira, percebe? E ainda me disse: "Você se lembra do que eu disse àquele socialista,

---

[1] Um os primeiros navios a trazer colonos para a América, depois da descoberta do Novo Mundo. Esses colonos, durante muito tempo, se orgulharam de sua origem; mas, no decorrer dos tempos, seu sangue se difundiu de tal maneira que corre hoje praticamente nas veias de todo americano.

namorado da sua filha? Eu lhe disse que nós pisaríamos nas cabeças da classe operária. E assim o faremos. Mas em relação a você, respeito-o muito como cientista; mas se despejar sua fortuna na classe operária... bem, cuidado com a sua cabeça também: é tudo o que lhe digo". E então, virou-se e foi embora.

– Isso significa que teremos de nos casar antes do que você esperava – foi o que Ernest disse assim que papai lhe contou.

Não entendi suas razões, mas logo as saberia. Foi nessa época que os dividendos do trimestre dos Moinhos Sierra foram pagos, ou melhor, deveriam ser pagos, porque papai não os recebeu. Depois de esperar alguns dias, escreveu ao secretário. A resposta, acompanhada de um pedido de melhores esclarecimentos, não tardou: não havia registro nos livros de que papai possuísse ações daquela companhia.

– Vou mostrar-lhe o que são melhores esclarecimentos – papai declarou e dirigiu-se até o banco para retirar as ações de seu cofre particular.

– Ernest é um homem notável – disse ele ao voltar, enquanto eu o ajudava a tirar o casaco. – Que sujeito notável, esse seu jovem namorado, minha filha.

Eu havia aprendido que, toda a vez que ele tratava Ernest dessa maneira, é porque algum desastre estava para acontecer.

– Eles já me pisotearam a cabeça – explicou. – Não havia ações, o cofre estava limpo. Você e Ernest terão de se casar o mais rapidamente possível.

Papai insistiu, utilizando metodologia de laboratório. Ele levou os Moinhos Sierra aos tribunais, mas não conseguiu que a fiação apresentasse seus livros no tribunal. Ele não controlava os tribunais, quem o fazia eram os moinhos. Isso diz tudo. Ele foi completamente derrotado no processo e o roubo declarado levou a melhor.

Quase tenho vontade de rir, hoje, da maneira como papai perdeu o caso. Ele encontrou-se com Wickson por acaso na rua em São Francisco e chamou-o de canalha. Papai foi detido por tentativa de agressão, obrigado a pagar uma multa no tribunal do distrito e a manter-se longe de encrencas até o julgamento. Foi tudo tão ridículo que ele mesmo riu quando chegou em casa. Mas foi um prato cheio para a imprensa local. Falava-se com gravidade do bacilo da violência que afetava aqueles que abraçavam o socialismo, e papai, que sempre levou uma vida tranqüila, defrontava-se com um claro exemplo de como o bacilo da violência agia. Além disso, mais de um jornal declarou que a mente de papai estava abalada por causa da pressão do estudo científico e sugeriam que ele fosse internado em um sanatório psiquiátrico. Não era apenas conversa fiada. Era um perigo iminente. Mas papai era sábio o suficiente para saber disso. A experiência pela qual o bispo havia passado lhe ensinara alguma coisa, e como! Ele se manteve calado, sem se importar com que injustiças estavam lhe preparando, e creio que chegou a surpreender de fato seus inimigos.

Logo, houve um problema com a casa, nossa casa. Uma hipoteca sobre ela foi executada, e fomos obrigados a abrir mão dela. É claro que não havia nenhuma hipoteca; nunca houve. O terreno havia sido adquirido na sua totalidade e a casa paga enquanto estava sendo construída. Tanto sobre a casa quanto sobre o lote nunca incidiu nenhum débito. Contudo, apareceu uma hipoteca, elaborada e assinada, tudo dentro da lei, com um registro dos pagamentos de juros efetuados durante anos. Papai não se alarmou. Sabia que, da mesma maneira que lhe roubaram o dinheiro, estavam-lhe roubando a casa. Não havia o que fazer. A máquina da sociedade estava nas mãos daqueles que estavam empenhados em acabar com ele. Ele era um filósofo sincero e não estava mais nervoso.

– Estou condenado à ruína – ele me disse –, mas não há razão para que eu não tente me prejudicar o mínimo possível. Esses ossos são frágeis e aprendi a lição. Deus sabe que não desejo passar o resto dos meus dias num manicômio.

Isso me lembrou o bispo Morehouse, que eu deixei de lado por muitas páginas. Mas, antes, deixem-me contar-lhes sobre o meu casamento. Diante de tudo o que aconteceu, meu casamento parece algo sem importância, eu sei, de forma que vou falar apenas um pouco sobre ele.

– Agora, tornamo-nos verdadeiros proletários – disse papai, quando tivemos de deixar a casa. – Muitas vezes, invejei aquele nosso jovem rapaz por que ele conhecia de verdade o proletariado. Agora eu mesmo vou ver e conhecer.

Em papai sempre correu forte o sangue da aventura. Ele viu nossa catástrofe à luz de uma aventura. Nem a raiva nem a amargura tomaram conta dele. Ele era muito filosófico e simples para ser vingativo, e viveu muito tempo no mundo do intelecto para sentir falta do conforto do qual estávamos sendo despojados. Assim, quando nos mudamos para São Francisco e passamos a morar em quatro aposentos miseráveis na parte pobre ao sul da rua do Mercado, embarcamos nessa aventura com a alegria e o entusiasmo de uma criança combinados com a visão clara e a atitude mental de um intelecto extraordinário que era o de papai. Ele de fato nunca se cristalizou mentalmente. Não tinha falso senso de valores. Os valores habituais ou convencionais não significavam nada para ele. Os únicos valores que reconhecia eram fatos matemáticos e científicos. Meu pai era um grande homem; tinha a mente e a alma que apenas os grandes homens possuem. Em certos aspectos, era ainda maior do que Ernest, e eu nunca conheci ninguém como Ernest.

Eu mesma senti um certo alívio com essa mudança de vida. Pelo menos estava deixando um ostracismo organizado que nos dominava cada vez mais na cidade universitária desde que surgira a inimizade da nascente oligarquia. E essa mudança parecia uma aventura para mim, e o melhor de tudo é que se tratava de uma aventura amorosa. A mudança em nosso destino apressou nosso casamento, e foi como esposa que eu passei a viver naqueles quatro aposentos da rua Pell, em São Francisco.

Mas o mais importante de tudo é que fiz Ernest feliz. Entrei em sua vida tumultuada, não para atrapalhar, mas como alguém que chega para proporcionar paz e sossego. Eu lhe dei tranqüilidade. E esse foi o meu presente de casamento para ele. Foi o toque infalível que eu logrei conseguir. Levar esquecimento ou a luz da alegria àqueles pobres olhos cansados, com que maior alegria eu poderia ser abençoada?

Aqueles lindos olhos fatigados. Ele trabalhava como poucos homens já o fizeram, e toda sua vida trabalhou pelos outros. Era a dimensão de sua grandeza. Era uma criatura repleta de humanidade e amor. E ele, que encarnava um espírito de batalha, com um corpo de gladiador e um espírito de águia, era tão gentil e delicado comigo como um poeta. Era um poeta, um cantador em ação; e toda sua vida ele cantou a canção do homem. E o fez por um amor absoluto pelo homem, e pelo homem ele deu a vida e foi crucificado.

E tudo isso ele fez sem nenhuma esperança de recompensa no futuro. Em sua concepção das coisas, o futuro não existia. Ele, em quem a imortalidade resplandecia, negou a si mesmo a imortalidade; esse era o seu paradoxo. Ele, tão cálido de espírito, foi dominado por aquela filosofia fria e proibitiva, o monismo materialista. Eu costumava refutá-lo dizendo-lhe que eu podia medir sua imortalidade pelas asas de sua alma, e que eu teria de viver para sempre para poder medi-la por completo. Ele ria disso e lançava seus braços em mim e me chamava de doce metafísica; e o cansaço deixava seus olhos, e dentro deles fluía um alegre brilho de amor, que era, em si mesmo, um novo e suficiente sinal de sua imortalidade.

Ele também costumava me chamar de dualista, e me explicava como Kant, por meio da razão pura, tinha abolido a razão, para adorar a Deus. E ele traçou o paralelo e fez-me culpada do mesmo delito. E quando reconheci a culpa, mas defendi o ato como algo perfeitamente racional, ele me apertou contra si e riu como apenas um anjo de Deus poderia rir. Eu estava querendo negar que a hereditariedade e o ambiente pudessem explicar a originalidade e o gênio de Ernest, assim como o tato frio da ciência não poderia pegar, analisar e classificar essa essência fugidia que se ocultava na constituição da própria vida.

Eu sustentava que o espaço era uma manifestação de Deus e que a alma era a projeção do caráter divino; e quando ele me chamava de sua doce metafísica, eu o chamava de materialista imortal. E assim nos amávamos e éramos felizes; e eu lhe perdoava o materialismo por causa de sua enorme obra no mundo, realizada sem nenhum intuito de se engrandecer à custa dela, e por causa de sua enorme modéstia que o afastava do orgulho e até mesmo de reconhecer a verdadeira grandeza de si e de sua alma.

Mas ele tinha orgulho sim. Como poderia ser uma águia e não ter orgulho? Ele alegava que era melhor para um pequeno pedaço de vida sentir-se como Deus do que para um deus sentir-se como um deus; e assim ele exaltava a sua mortalidade. Ele gostava de citar um fragmento de um poema. Nunca havia lido o poema inteiro, cujo autor não conseguia se lembrar. Eu reproduzo o fragmento a seguir, não apenas porque ele gostava, mas porque resume o paradoxo que havia em seu espírito, e a concepção que tinha do espírito. Pois como pode um homem, que freme, se inflama e se exalta recitar esse trecho e continuar a ser um simples pedaço de terra, uma energia que se dispersa, uma forma que esvanece? Ei-lo:

Alegria. Alegria. E contentamento.
São meus direitos de nascença.
E canto o louvor de meus dias sem fim
Para que ecoe pelas fronteiras da terra.
Ainda que eu sofra todas as mortes
Até o extremo fim dos tempos,
Esvaziarei meu copo de alegria,
Em todos as épocas e em todos os cantos:
A espuma do Orgulho, o fel do Poder,
A doçura da mulher! De tudo provei.
E beberei até cair, porque não posso parar;
Eu bebo à Vida, eu bebo à Morte,
Eu canto, e não consigo parar.
E se um dia me faltar a vida,
Outras mãos tomarão meu copo
E outros lábios, meu canto.

O homem que expulsastes do paraíso
    Era eu, Senhor, era eu,
E estarei lá quando a terra e quando o ar
    Forem arrancadas do mar para o céu;
Pois este é meu mundo, meu mundo maravilhoso,
    O mundo de meus votos mais caros,
Do choro daquele que é dado à luz e
    E das dores daquela que o dá.

Sinto o pulsar de uma raça que ainda não nasceu,
Dominada por um desejo de mundo.
A torrente que flui com selvageria em minhas veias
Apagaria o fogo no dia do juízo final.
Eu sou Homem, Homem, Homem, da carne latejante
Ao pó que tenho por destino,
Da aconchegante escuridão do ventre materno
Ao brilho de minha alma nua.
Osso de meus ossos e carne de minha carne,
O mundo todo se sobressalta diante de minha vontade,
E a sede não aplacada de um paraíso maldito
Atormenta o planeta até às raízes.
Deus todo-poderoso, quando sorvo o cálice da vida
De todas as cores do arco-íris,

O miserável empenho da noite eterna
Não é nada diante de meus sonhos.

O homem que expulsastes do paraíso
    Era eu, Senhor, era eu,
E estarei lá quando a terra e quando o ar
    Forem arrancadas do mar para o céu;
Pois este é meu mundo, meu mundo maravilhoso,
    O mundo de meus prazeres mais caros,
Do brilho intenso da aurora boreal
    Ao anoitecer de minha própria noite de amor [2].

Ernest sempre trabalhou demais. Sua magnífica compleição fazia com que ele suportasse isso; mas mesmo ela não podia tirar a fadiga de seus olhos. Aqueles lindos olhos cansados! Ele nunca dormia mais do que quatro horas e meia por noite; apesar disso, o tempo nunca bastava para que ele fizesse tudo o que gostaria. Nunca deixou suas atividades de propagandista, e estava sempre preparando, com muito tempo de antecedência, discursos para as organizações operárias. Então, veio a campanha. Ele realizou todo o trabalho sozinho. Com a supressão das editoras socialistas, os magros direitos autorais que recebia deixaram de ser pagos, e ele teve de dar duro para sobreviver; pois além de fazer tudo o que fazia, ainda tinha de sobreviver. Fazia uma grande quantidade de traduções para revistas científicas e filosóficas; chegava tarde em casa, cansado da pressão da campanha, e tinha de trabalhar com afinco nas traduções até de madrugada. E, além de tudo, havia os estudos. Até o dia de sua morte, ele continuou estudando, e estudava prodigiosamente.

E mesmo assim, encontrava tempo de me amar e de me fazer feliz. E isso serviu para que minha vida se fundisse por completo na dele. Aprendi taquigrafia e datilografia e me tornei sua secretária. Ele dizia que eu acabava fazendo metade do serviço; foi assim que me tornei uma profunda conhecedora de sua obra. Nossos interesses se tornaram mútuos e trabalhávamos juntos e brincávamos juntos.

---

[2] A autoria desse poema permanecerá para sempre desconhecida. Esse fragmento é tudo o que chegou até nós.

E ainda havia nossos doces momentos de fuga em meio ao trabalho: apenas uma palavra, uma carícia ou um lampejo de uma luz de amor; e esses momentos eram tão doces porque eram furtivos. Pois vivíamos nas alturas, onde o ar era apurado e cintilante, onde o trabalho era feito para a humanidade, e onde a sordidez e o egoísmo nunca penetraram. Amávamos, e nosso amor nunca foi engalanado por outra coisa que não amar demais. E, acima de tudo, nunca o desapontei. Para ele, que trabalhava tão duramente para os outros, para aquele adorado mortal de olhos cansados, eu levava o repouso.

Capítulo XII

O BISPO

Algum tempo depois do meu casamento, encontrei por acaso o bispo Morehouse. Mas vou contar o que aconteceu, no momento adequado. Depois do seu arrebatamento na Convenção da IPH, o bispo, por ter uma alma generosa, havia cedido à pressão dos amigos e tirado férias. Mas, quando retornou, estava mais decidido do que nunca em pregar a mensagem da Igreja. Para descontentamento de sua congregação, o primeiro sermão que pregou foi bastante parecido com o que pregara à Convenção. Ele disse mais uma vez, desdobrando mais e acrescentando pormenores, que a Igreja havia se afastado dos ensinamentos do Mestre e que servia mais às riquezas do que ao Senhor.

E como resultado disso, ele foi inapelavelmente internado em um sanatório particular para doentes mentais, e os jornais publicaram notas cheias de piedade sobre o colapso mental e a santidade do caráter do bispo. Lá, ele foi mantido prisioneiro. Tentei várias vezes falar com ele, mas nunca me deixaram. Fiquei terrivelmente impressionada pela tragédia de um homem sadio, normal, um homem santo sendo esmagado pela vontade brutal da sociedade. E o bispo era um homem são, puro e nobre. Como Ernest dizia, todo o problema consistiu nas noções equivocadas que o bispo tinha de biologia e sociologia, e por causa dessas noções incorretas ele não cuidou de retificar o problema da forma que lhe convinha.

O que me assustava era a impotência do bispo. Se ele insistisse na verdade da forma que a enxergava, estaria condenado ao pavilhão dos loucos. Mas não havia nada que pudesse fazer.

O dinheiro, a posição social e a cultura que tinha não puderam salvá-lo. Suas opiniões representavam um risco para a sociedade, e a sociedade não podia aceitar que tais opiniões fossem produto de uma mente sadia. Ou, pelo menos, parecia-me ser essa a atitude da sociedade.

Mas o bispo, apesar de sua mansuetude e pureza de espírito, havia caído na armadilha. Entendeu com clareza o perigo que corria. Viu-se preso em uma armadilha e tentou escapar dela. Sem a ajuda que os amigos, como papai, Ernest e eu poderíamos lhe dar, foi abandonado à própria sorte, e na solidão forçada do sanatório ele se recuperou. Tornou-se são novamente. Deixou de ter visões; seu cérebro foi despojado da fantasia de que era dever da sociedade apascentar as ovelhas de Deus.

Como eu disse, ele tornou-se saudável, e os jornais e a gente da igreja saudaram sua volta com regozijo. O sermão foi do mesmo tipo dos que pregava antes de suas visões. Fiquei desapontada... chocada. Teria a sociedade, então, submetido ele? Era um covarde? Teria sido coagido a abjurar? Ou teria sido a pressão tão grande que ele acabou se rendendo complacentemente às cegas determinações da ordem estabelecida?

Fui visitá-lo em sua bela residência. Era triste ver como tinha mudado. Estava mais magro e havia rugas em suas faces que eu nunca tinha visto antes. Estava visivelmente constrangido com a minha presença. Ele puxava nervosamente as mangas da camisa enquanto falava. E os seus olhos ora olhavam para um canto, ora para outro, mas não olhavam para mim. Sua mente parecia preocupada; fazia pausas desconexas enquanto falava; mudava de tema de maneira inesperada, e a falta de coerência na sua fala era desconcertante. Poderia ser esse o homem equilibrado que eu havia comparado a Cristo, de olhos límpidos e puros, com o olhar firme, inabalável como sua alma? Tinha sido agredido; tinha sido constrangido à submissão. Seu espírito era delicado, não era forte o bastante para encarar a alcatéia organizada da sociedade.

Senti-me triste, inexprimivelmente triste. Ele se expressava de maneira ambígua, e estava tão apreensivo em relação ao que eu fosse dizer que não tive coragem de questioná-lo. Falou-me de um jeito tão distante de sua enfermidade, e de maneira tão desencontrada sobre a igreja, os reparos no órgão, as pequenas caridades. E quando parti, ficou tão aliviado que eu teria rido se meu coração não estivesse cheio de lágrimas.

146

Pobre heroizinho. Se eu soubesse! Ele esteve lutando como um gigante, e eu não sabia. Estava só em meio a milhões de colegas; travava sua própria batalha. Dilacerado entre o horror que tinha do manicômio e ser fiel à verdade e ao que era certo, apegou-se firmemente ao que era certo e ao que era verdade, mas estava tão sozinho que não se atreveu a confiar sequer em mim. Ele havia aprendido a lição... e aprendido muito bem.

Mas eu logo saberia. Um dia o bispo desapareceu. Não disse a ninguém que estava indo embora; e à medida que os dias passavam e ele não voltava, os mexericos diziam que ele havia se suicidado em virtude de seu estado mental. Mas essa idéia desapareceu quando se soube que ele havia vendido todas os seus bens: a mansão na cidade, a casa de campo em Menlo Park, seus quadros, suas coleções e, até mesmo, a biblioteca de que tanto gostava. Ficou claro que ele havia se livrado de tudo secretamente antes de desaparecer.

Tudo isso aconteceu na época em que aquele desastre se abateu sobre nossos negócios; e não foi senão quando já estávamos estabelecidos em nosso novo lar que tivemos tempo de especular sobre o que o bispo teria feito. E então tudo ficou claro de repente. Um dia, à tarde, ainda não havia escurecido e eu corria até o açougue para comprar algumas costeletas para a ceia de Ernest. Nós chamávamos, em casa, a última refeição do dia de ceia. Assim que saí do açougue, um homem surgiu de dentro do armazém da esquina. Uma estranha impressão de familiaridade fez-me olhar para ele com mais atenção. Mas o homem tinha se virado e se distanciava com rapidez. Algo na inclinação dos ombros, nos cabelos brancos entre a franja da gola do casaco e o chapéu de abas caídas me era vagamente familiar. Em vez de atravessar a rua, apressei-me em segui-lo. Apertei o passo, para que as imagens não se formassem por conta própria em minha mente. Não, impossível. Não podia ser, não naquele casaco surrado, longo nas pernas e desfiado na barra.

Parei e comecei a rir de mim mesma; quase deixei de segui-lo. Mas como me eram familiares aqueles ombros e aqueles cabelos brancos! Tornei a apertar o passo. Assim que passei por ele, lancei-lhe um olhar; repentinamente virei-me e defrontei-me... com o bispo.

Também parou abruptamente, e estarrecido. Ele tinha na mão direita uma grande sacola de papelão; deixou-a cair na calçada;

ela arrebentou esparramando algumas batatas em redor de nossos pés. Olhou-me surpreso e apreensivo e pareceu-me que empalidecia; abaixou os ombros de maneira depressiva e deu um longo suspiro.

Estendi-lhe a mão; ele apertou a minha, mas a sua mão parecia suada. Pigarreou por embaraço e percebi uma gota de suor que lhe descia da testa. Ele estava evidentemente muito assustado.

– As batatas – murmurou – ... são preciosas.

Recolheu as batatas que estavam entre nós e recolocou-as na sacola rasgada, que passou a segurar com cuidado debaixo do braço. Tentei dizer-lhe o quanto estava feliz por vê-lo e convidei-o para ir à minha casa.

– Papai ficará feliz em ver o senhor – eu disse. – Moramos logo ali.

– Não posso – disse ele. – Tenho de ir. Adeus.

Ele parecia apreensivo consigo mesmo, como se tivesse descoberto algo terrível, e tentou continuar andando.

– Diga-me onde está morando e mais tarde eu passo lá – ele disse quando percebeu que eu caminhava a seu lado e que era meu propósito ficar com ele já que o encontrara.

– Não – respondi com firmeza –, vamos agora.

Olhou para as batatas que deixara cair e para a pequena porção que tinha no outro braço.

– Eu não posso mesmo. Perdoe-me se lhe pareço rude, mas se você soubesse...

Parecia que ia desmaiar, mas logo se recompôs.

– Além disso... a comida – continuou. – É um caso triste, terrível. É uma velhinha. Tenho de levar isso para ela, está sofrendo por causa disso. Devo ir de uma vez. Entende? Eu volto, prometo.

– Deixe-me ir com o senhor – propus. – É longe?

Ele suspirou mais uma vez e aceitou.

– Duas quadras apenas – disse. – Vamos depressa.

Com a ajuda do bispo, aprendi algo sobre nossa vizinhança. Nunca imaginei que ali havia tanta desgraça e tanta miséria. É claro que eu nunca me importei com caridade. Ernest me convencera de que a caridade era apenas um paliativo e por isso a desprezava. Curar a doença era a solução; dar ao trabalhador o que o próprio trabalhador produzia; pagar pensão como a um soldado àqueles que trabalhavam honestamente e envelheciam em seus trabalhos, para que não precisassem de caridade. Convicta disso, engajei-me na revolução, e não gastava minhas energias tentando remediar os males sociais que continuamente eram provocados por um sistema injusto.

Entrei com o bispo em um pequeno aposento, três por quatro, nos fundos de uma casa. Lá encontramos uma velha senhora alemã; tinha 65 anos, de acordo com o bispo. Ficou surpresa em me ver, cumprimentou-me amavelmente com a cabeça e continuou a costurar um par de calças masculinas que tinha no regaço. Ao seu lado, no chão, havia uma pilha de calças. O bispo deu-se conta de que não havia nem carvão nem lenha e saiu para comprar um pouco.

Peguei um par de calças e examinei o trabalho da senhora.

– Seis centavos, dona – disse ela, balançando gentilmente a cabeça enquanto continuava a coser. Cosia devagar, mas nunca parava. Parecia que era movida pelo verbo costurar.

– Por todo este trabalho? – perguntei-lhe. – É isso o quanto pagam? Quanto tempo a senhora leva para fazer tudo isso?

– Sim, é o que pagam – respondeu. – Seis centavos pelo serviço pronto. Duas horas para costurar um par de calças. O patrão não sabe – acrescentou com um certo receio. – Eu trabalho devagar, tenho reumatismo nas mãos. As meninas trabalham mais rápido, levam a metade do tempo. O patrão é um homem bom. Deixa eu fazer o trabalho em casa, porque estou velha e o barulho das máquinas me atrapalha a cabeça. Se não fosse por ele, eu morria de fome. As que trabalham na tecelagem ganham oito centavos. Mas o que se pode fazer? Não há trabalho o bastante sequer para as mulheres mais jovens. O que dizer das de idade? Alguns dias, como hoje, tenho oito pares para terminar antes da noite.

Perguntei a ela quantas horas trabalhava, e respondeu-me que dependia da estação.

– No verão, quando há encomenda, trabalho das cinco da manhã até as nove da noite. Mas no inverno, faz muito frio. As mãos não ajudam tanto. A gente tem de trabalhar até mais tarde: às vezes até meia-noite. Tem sido um verão muito ruim. Tempos difíceis. Deus deve estar zangado. Foi o primeiro trabalho que o patrão me deu esta semana. É verdade que não se pode comer muito quando falta trabalho. Estou acostumada com isso. Costurei durante toda a vida, lá na terrinha e aqui em São Francisco... trinta e três anos. Se assegurar o dinheiro do aluguel, já está bom. O senhorio é gente boa, mas tem que receber. É justo. Ele só cobra três dólares por este quarto. Está barato, mas não é fácil conseguir esse dinheiro todo mês.

Ela parou de falar e, balançando a cabeça, continuou com a costura.

– A senhora precisa ver bem onde gasta o dinheiro – sugeri.

Ela concordou com ênfase:

– Depois que a gente paga o aluguel, as coisas não ficam tão ruins. É claro que não dá pra comprar carne e a gente tem que tomar o café puro, mas dá pr'uma refeição por dia... às vezes duas.

Ela pronunciou essa última frase com orgulho. Havia uma pontinha de satisfação em suas palavras. Mas quando retomou a costura em silêncio, percebi que havia tristeza em seus olhos suaves e que apertava os lábios. Seu olhar tornou-se distante e ela esfregou os olhos com força, o que atrapalhou a costura.

– Não é a fome que nos faz sofrer – explicou. – A gente se acostuma. Tenho dó é da minha menina. A máquina acabou com ela. É verdade que ela trabalhava demais, mas eu não consigo entender. Era uma menina forte. E era nova: 40 anos; e só trabalhou trinta. É verdade que começou a trabalhar cedo na vida, mas meu homem morreu. A caldeira explodiu. O que podíamos fazer? Ela tinha 10 anos, mas era forte. E a máquina acabou com ela. Sim, acabou. Matou-a, e ela era a funcionária mais esperta da tecelagem. Eu tenho pensado muito nessas coisas, e agora entendo. É por isso que não posso trabalhar na tecelagem. A máquina me atrapalha a cabeça. Eu sempre a escuto fazendo este barulho: fui-eu, fui-eu, fui-eu. E faz esse barulho o dia todo, e eu penso na minha filha, e... e... eu não consigo trabalhar.

Seus velhos olhinhos lhe embaçaram a vista de novo; teve de esfregá-los antes de continuar a coser.

Escutei o bispo tropeçar nas escadas e abri a porta. Que cena! Carregava nas costas um saco de carvão com lenha amarrada em cima. Seu rosto estava preto de carvão e o suor corria-lhe pelo rosto. Ele deixou cair o fardo no canto, perto do fogão, e limpou o rosto com um lenço ordinário. Eu mal podia acreditar no que via: o bispo, preto como um mineiro, com uma camisa barata de algodão de trabalhador, na qual faltava o botão da gola, e de macacão. Isto era o mais incongruente de tudo: o macacão, gasto nos fundilhos, esfarrapado na barra e seguro por um cinto de couro apertado em volta da barriga, do jeito que os operários usam.

Embora o bispo estivesse com calor, as pobres e enrugadas mãos da velhinha estavam tremendo de frio. E antes de a deixarmos, o bispo acendeu o fogo e eu descasquei as batatas e as coloquei para cozinhar. Eu aprenderia, com o passar do tempo, que havia muitos casos parecidos com o dela, perdidos nos monstruosos abismos das habitações da vizinhança.

Voltamos e encontramos Ernest preocupado com a minha demora. Depois que Ernest se recuperou da surpresa da visita, o bispo recostou-se na cadeira, esticou as pernas e suspirou aliviado. Éramos os primeiros amigos que encontrava desde o seu desaparecimento, contou-nos; e, durante aquelas semanas tumultuadas ele deve ter sofrido muito de solidão. Contou-nos muita coisa, embora falasse mais da alegria que experimentara ao realizar a obra do Mestre.

– Agora estou mesmo apascentando as Suas ovelhas, ele disse. – E aprendi uma verdadeira lição. A alma não pode ser alimentada antes do estômago. O rebanho de Deus deve ter arroz com feijão e carne com batatas; depois, e apenas depois, seus espíritos estarão preparados para uma nutrição mais elevada.

Comeu com satisfação o jantar que eu havia lhe preparado. Nunca havia demonstrado tanto apetite nas vezes em que jantou conosco. Falamos disso, e ele disse que nunca esteve tão saudável em toda sua vida.

– Eu caminho bastante hoje em dia. – Suas faces ficaram vermelhas ao lembrar do tempo em que andava de carro, como se isso fosse um pecado muito difícil de suportar.

– Meu estado físico está melhor por causa isso – acrescentou em tempo. – E ando muito, muito contente. Finalmente meu espírito está consagrado.

E apesar de haver em sua face uma dor permanente, eram os sofrimentos do mundo que suportava agora. Enxergava a vida por meio das experiências da vida e não mais pelos livros de sua biblioteca.

– E você é o responsável por tudo isso, meu jovem – disse, dirigindo-se a Ernest.

Ernest ficou embaraçado e sem jeito.
– Eu... eu só o avisei – gaguejou.
– Não, você não entendeu – respondeu o bispo. – Eu não disse isso para condená-lo, mas para agradecê-lo. Sou-lhe grato por ter-me feito encontrar o meu caminho. Levou-me das teorias da vida para dentro da própria vida. Retirou para mim os véus dos enganos da sociedade. Iluminou o meu caminho e eu, agora, também enxergo a luz. Estou muito feliz, apenas... – Ele hesitou em dor, e parecia que seus olhos iam saltar das órbitas. – ... a perseguição. Eu não prejudiquei ninguém. Por que não me deixariam em paz? Mas não é apenas isso. É a natureza da perseguição. Não consigo imaginar o que teria sido se tivessem me retalhado vivo, ou me queimado numa estaca, ou me crucificado de cabeça para baixo. Mas é o manicômio que me assusta. Pensem nisso! Eu, num sanatório de doentes mentais. É revoltante. Vi alguns casos no sanatório. Eram violentos. Meu sangue ferve só de pensar. E ficar preso para o resto da vida naquele cenário de uma apavorante insanidade. Não! Não! Isso não! Isso não!

Dava pena. Suas mãos tremiam, o corpo inteiro se agitava e se encolhia de medo do quadro que conjurara. Mas, no momento seguinte, estava calmo.

– Perdão – disse com simplicidade. – Foram meus pobres nervos. E se a obra do Mestre leva até aquele lugar, que assim seja. Quem sou eu para reclamar?

Quase chorei ao olhar para ele:
– Grande bispo! Ó herói, herói de Deus!
À medida que a noite avançava, ficávamos sabendo mais sobre o que tinha se passado com ele.

– Vendi minha casa... minhas casas, melhor dizendo, e tudo o que tinha. Sabia que devia fazer essas coisas em segredo, de outra forma teriam tirado tudo de mim. Isso seria terrível. Muitas vezes me admiro daqueles dias, da enorme quantidade de batatas que comprávamos: dois ou três mil dólares; e pão, e carne, e carvão, e lenha.

Voltou-se para Ernest:
– Você está certo, meu jovem. O trabalho é terrivelmente mal remunerado. Nunca precisei trabalhar nem um pouco em minha vida, exceto para apelar esteticamente aos fariseus, pensava que estava pregando a mensagem, e mesmo assim eu ganhei meio milhão de dólares. Não sabia o que meio milhão de

dólares significava até me dar conta da quantidade de batata, de manteiga e de carne que isso podia comprar. E então me dei conta de mais uma coisa. Percebi que todas aquelas batatas, a manteiga e a carne eram minhas, e eu não havia trabalhado para consegui-las. Então ficou claro para mim que outra pessoa havia trabalhado, produzido essas coisas e eu... bem, eu as havia roubado dela. E quando vim viver entre os pobres, encontrei aqueles que tinham sido roubados e que tinham fome e que viviam na miséria porque tinham sido roubados.

Fizemos com que continuasse a narrativa.

– O dinheiro? Depositei-o em diversos bancos, sob nomes diferentes. Nunca vão tirá-lo de mim, porque nunca vão encontrá-lo. E esse dinheiro é muito bom. Compra muita comida. Eu não sabia para que o dinheiro era bom.

– Espero que consigamos algum para a propaganda – disse Ernest com um ar de esperança. – Faria um bem enorme.

– Você acha? – perguntou o bispo. – Eu não tenho muita fé na política. Na verdade, receio que não entenda muito do assunto.

Ernest era delicado em muitos assuntos. Não repetiu a sugestão que fizera, embora soubesse muito bem do apuro que o Partido Socialista passava por causa da falta de dinheiro.

– Eu durmo em alojamentos baratos – continuou o bispo. – Mas tenho medo e nunca fico muito tempo no mesmo lugar. Além disso, alugo dois quartos em alojamentos de operários em dois diferentes bairros da cidade. É uma extravagância, eu sei; mas é necessário. Compenso isso em parte fazendo minha própria comida, embora algumas vezes eu consiga algo para comer nos botequins. Mas descobri uma coisa. Os tamales[1] são muito bons quando esfria de noite. Só que são muito caros. Porém, descobri um lugar onde os compro por dez centavos. Não são tão bons quanto nos outros lugares, mas esquentam bastante. Assim, descobri qual era a obra que estava destinada para mim neste mundo, graças a você, meu jovem. É a obra do Mestre.

Ele olhou para mim e seus olhos piscaram.

---

[1] Prato mexicano que aparece ocasionalmente na literatura da época. Supõe-se que era bastante apimentado. Sua receita não chegou até nós. [N.T.: Prato mexicano de origem asteca. Cozido de fubá e carne, envolto em uma folha de palha de milho ou de bananeira, parecido com as nossas pamonhas.]

– Sabe, você me encontrou alimentando as ovelhas de Deus. E eu sei que guardarão o meu segredo.

Ele falou sem muito cuidado, mas havia um temor verdadeiro por trás de suas palavras. Prometeu que voltaria a nos procurar. Mas, uma semana depois, lemos no jornal sobre o triste caso do bispo Morehouse, que tinha sido levado para o Sanatório de Napa e para quem ainda havia esperanças. Em vão tentamos vê-lo, para que o seu caso fosse reconsiderado ou investigado. Não pudemos saber nada sobre ele, exceto o sempre repetido diagnóstico de que havia pouca coisa que se pudesse fazer para que ele se restabelecesse.

– Cristo ordenou ao jovem rico que vendesse tudo o que tinha – disse Ernest, com amargura. – O bispo seguiu o ensinamento de Cristo, e acabou trancado num hospício. Os tempos mudaram desde a época de Cristo. Hoje, um homem que vende tudo o que tem e dá para os pobres é louco. Não há o que discutir. Assim falou a sociedade.

Capítulo XIII
A GREVE GERAL

Como já era esperado, Ernest foi eleito para o Congresso e os socialistas tiveram uma vitória esmagadora nas eleições de outono de 1912. Um fator importante que contribuiu para aumentar a quantidade de votos socialistas foi a ruína de Hearst[1]. Isso, foi tarefa fácil para a plutocracia. Hearst gastava 18 milhões de dólares por ano para tocar seus jornais, e essa soma, e mais, ele recebia de volta da classe média vendendo publicidade. Toda fonte de seu poderio financeiro vinha inteiramente da classe média, pois os monopólios não faziam publicidade[2]. Para destruir Hearst, bastava despojá-lo de sua publicidade.

A classe média não tinha sido exterminada por inteiro. Seu esqueleto duro ainda existia; mas não tinha força. Os pequenos empresários e manufatureiros que ainda sobreviviam estavam à

---

[1] William Randolph Hearst, jovem milionário californiano que se tornou o mais poderoso proprietário de jornal do país. Seus jornais se publicavam em todas as grandes cidades e eram direcionados à decadente classe média e ao proletariado. O número de seus seguidores era tão grande que Hearst almejava tomar posse das cadeiras vagas do velho Partido Democrata. Ele assumia uma posição anômala, pregando um socialismo emasculado em combinação com uma espécie de capitalismo pequeno burguês indefinido. Era como misturar água e óleo, e não teve sucesso, embora por um breve período tenha deixado os plutocratas seriamente preocupados.

[2] O custo da publicidade era espantoso naqueles tempos confusos. Apenas os pequenos capitalistas competiam, e por isso faziam propaganda. Como não havia competição onde houvesse um monopólio, não havia necessidade de esse monopólio fazer propaganda.

completa mercê da plutocracia. Não possuíam almas políticas e econômicas próprias. Quando a plutocracia decretou, eles retiraram a publicidade dos jornais de Hearst.

Hearst lutava com bravura. Continuou a imprimir seus jornais com um prejuízo de um milhão e meio de dólares por mês, e publicava anúncios pelos quais não era mais pago. Mais uma vez a plutocracia decretou, e os pequenos negociantes e manufatureiros inundaram Hearst com uma torrente de notificações, exigindo que ele deixasse de publicar seus velhos anúncios. Hearst insistiu. Foi notificado judicialmente. Ainda assim, insistiu. Recebeu seis meses de cadeia por desacato ao tribunal, ao mesmo tempo que ia à falência por incontáveis prejuízos. Ele não tinha como vencer. A plutocracia o havia sentenciado. Os tribunais estavam nas mãos da plutocracia e fizeram cumprir a sentença determinada por ela. E junto com Hearst, caiu também o Partido Democrata que ele fazia pouco tempo havia dominado.

Com a destruição de Hearst e do Partido Democrata, havia apenas dois caminhos a serem seguidos. Um levava ao Partido Socialista; o outro, ao Republicano. Foi assim que nós, socialistas, colhemos o fruto da pregação pseudo-socialista de Hearst; pois a grande maioria de seus seguidores descambou para o nosso lado.

A expropriação dos fazendeiros ocorrida nessa época também teria feito aumentar os nossos votos se não fosse pela breve e inútil ascensão do Partido Ruralista. Ernest e os líderes socialistas trabalharam com determinação para arregimentar os fazendeiros; mas a destruição da imprensa e das editoras socialistas representavam um transtorno muito grande, ao passo que a propaganda boca-a-boca não havia sido ainda organizada. Foi assim que políticos como o sr. Calvin, que se tornaram agricultores depois de serem expropriados, cooptaram os fazendeiros e os lançaram em uma luta política inútil.

– Pobres fazendeiros – escarneceu Ernest. – Os monopólios fazem deles o que bem entendem.

E essa era a situação de fato. Os sete grandes monopólios, trabalhando juntos, uniram seus enormes excedentes e criaram um monopólio agrícola. As ferrovias, controlando o frete, e os banqueiros e os especuladores da bolsa, controlando os preços, tinham, há muito tempo, colocando os fazendeiros em insolvência. Os banqueiros e todos os monopólios relacionados agiam com o mesmo objetivo, emprestando grandes somas de dinheiro aos fazendeiros. Os fazendeiros haviam caído na rede. Tudo o que restava a fazer era jogar a rede. Foi isso o que fez o monopólio agrícola.

A crise de 1912 já tinha provocado uma queda assustadora no mercado agrícola. Os preços estavam sendo deliberadamente pressionados para baixo para levar os fazendeiros à falência, ao passo que as ferrovias, com taxas de frete extorsivas, arrebentavam qualquer um. Assim, os fazendeiros foram obrigados a tomar cada vez mais dinheiro emprestado, ao mesmo tempo que eram cobrados pelos débitos antigos. Em seguida, ocorreu uma grande liquidação de hipotecas e cobrança de notas promissórias. Os fazendeiros simplesmente entregaram suas terras ao monopólio agrícola. Nada mais lhes restava fazer. E tendo perdido suas terras, os fazendeiros passaram, em seguida, a trabalhar para o monopólio agrícola, como administradores, superintendentes, capatazes e trabalhadores comuns. Eram assalariados. Tornaram-se vilões; em suma: servos atrelados ao solo por um salário de sobrevivência. Não podiam deixar seus senhores, pois seus senhores eram membros da plutocracia. Não podiam ir para as cidades, pois lá, a plutocracia mandava. Tinham apenas uma alternativa: deixar a terra e se tornar errantes; ou seja: morrer de fome. E mesmo nisso davam-se mal, pois as leis restringiam rigorosamente a vadiança.

Certamente, aqui e acolá, alguns fazendeiros e mesmo comunidades agrícolas inteiras escaparam da expropriação graças a condições excepcionais. Mas eram poucos e não contavam, e foram absorvidos de qualquer maneira no ano seguinte[3].

Assim, ocorreu que, no outono de 1912, os líderes socialistas,

---

[3] A destruição da classe rural de Roma ocorreu muito menos rapidamente do que a destruição dos fazendeiros e pequenos capitalistas norte-americanos. Havia um ímpeto no século XX que praticamente não existiu em Roma.
Vários fazendeiros, impelidos por um apego irracional ao solo, e desejando mostrar a sua selvageria, tentaram escapar à expropriação se retirando de qualquer acordo comercial. Não vendiam nada. Não compravam nada. Entre eles, passou a existir uma espécie de escambo primitivo. A privação e a necessidade por que passavam eram terríveis, mas eles persistiam. Tornou-se um movimento e tanto. A forma pela qual lutavam era única, lógica e simples. A plutocracia, pelo fato de possuir o governo, elevou os impostos. Era o calcanhar de Aquiles. Não vendiam e não compravam; por isso, não tinham dinheiro; e no final, suas terras foram vendidas para pagar os impostos.

com exceção de Ernest, concluíram que o fim do capitalismo havia chegado. Os tempos difíceis e o conseqüente exército de trabalhadores desempregados, a destruição dos fazendeiros e da classe média e a derrota decisiva sofrida por todas as linhas dos sindicatos trabalhistas deram aos socialistas todas as justificativas de que precisavam para acreditar que o fim do capitalismo havia chegado e que estavam prontos para lançar o jugo sobre os ombros da plutocracia.

Como subestimamos a força do inimigo! Em todos os lugares, os socialistas proclamavam a iminente vitória nas urnas, em termos que não deixavam margem para dúvidas. A plutocracia aceitou o desafio. Foi a plutocracia que, depois de avaliar com cuidado a situação, derrotou-nos ao dividir as nossas forças. Foi a plutocracia que, por meio de seus agentes secretos, difundiu a idéia de que o socialismo era sacrílego e ateu; foi a plutocracia que, conquistando as igrejas, especialmente a Católica, para as suas fileiras, nos roubou uma parte dos votos operários. E foi a plutocracia, por meio de seus agentes secretos, é claro, que estimulou o Partido Ruralista, e até chegou a alastrá-lo, dentro das cidades, para as fileiras da classe média moribunda.

Apesar de tudo, a vitória dos socialistas foi esmagadora. Mas, em vez de conquistar os principais cargos executivos e a maioria em todos os corpos legislativos, encontrávamo-nos em minoria. É verdade que obtivemos cinqüenta cadeiras no Congresso, mas quando as ocupamos na primavera de 1913, vimo-nos sem nenhum poder. Apesar disso, tivemos melhor sorte do que os ruralistas, que conquistaram o governo de uma dúzia de Estados, e, na primavera, não puderam tomar posse dos postos conquistados. Os encarregados se recusaram a abandonar o cargo. E os tribunais estavam nas mãos da oligarquia. Mas estou me adiantando demais. Tenho ainda de falar sobre as agitações do inverno de 1912.

A crise doméstica causara uma enorme diminuição no consumo. Os trabalhadores, sem emprego, não recebiam salários e não tinham dinheiro para comprar. O resultado foi que a plutocracia deparou-se com um excedente maior do que nunca em suas mãos. Esse excedente tinha de ser exportado e, para colocar em marcha esse plano, precisava de dinheiro. Por causa de seus esforços extenuantes para colocar esse excedente no mercado mundial, a plutocracia esbarrou nos interesses da Alemanha. Os confrontos econômicos eram normalmente seguidos de guerras, e esse confronto particular não foi uma exceção. O grande senhor da guerra alemão estava de prontidão, e assim também o fizeram os Estados Unidos.

A sombra da guerra pairou escura e ameaçadora, nos céus. Anunciava-se uma catástrofe mundial, pois os tempos eram difíceis em todo o mundo: a crise de emprego, a derrocada da classe média, um exército de trabalhadores desempregados, confrontos de interesses econômicos nos mercados internacionais e rumores generalizados sobre uma revolução mundial[4].

A oligarquia desejava a guerra contra a Alemanha. E o queria por uma série de razões. No desenrolar dos eventos que uma guerra como essa causaria, na redistribuição internacional de papéis, na costura de novas alianças e no estabelecimento de novos tratados a oligarquia tinha muito o que ganhar. E, além do mais, a guerra consumiria uma boa parte dos insumos nacionais, reduziria o exército de desempregados que ameaçava todos os países, e daria à oligarquia fôlego para aperfeiçoar seus planos e levá-los adiante. Uma guerra como essa, na prática, daria à oligarquia a posse do mercado mundial. Além disso, uma guerra como essa poderia criar um grande exército permanente que não precisaria nunca ser desmobilizado, enquanto na alma dos povos seria substituída a máxima "Socialismo *versus* Oligarquia" por "América versus Alemanha".

---

[4] Esses rumores foram ouvidos durante muito tempo. Em 1906 d.C., Lorde Avebury, um cidadão inglês, fez o seguinte pronunciamento na Câmara dos Lordes: "Inquieta a Europa a ascensão do socialismo e a ameaça do anarquismo. Os governos e as classes dominantes estão preocupados que a condição das classes trabalhadoras na Europa se torne insustentável, e que, se uma revolução tem de ser evitada, alguns passos precisam ser dados para aumentar a quantidade de empregos, reduzir a jornada de trabalho e diminuir o preço dos insumos básicos". O *Wall Street Journal*, uma publicação voltada para o mercado das bolsas, ao comentar o pronunciamento de Lorde Avebury, diz: "Essas palavras foram ditas por um aristocrata, membro do mais conservador organismo de toda a Europa. Isso as torna mais significativas. Elas contêm economia política de mais valor do que na maioria dos livros. Soam como advertência. Prestem atenção, ministros da guerra e oficiais da marinha".
Nessa época, Sydney Brooks, escrevendo para o *Harper's Weekly*, nos Estados Unidos, disse: "Vocês não ouvirão falar dos socialistas em Washington. E por que não? Porque os políticos são sempre os últimos no país a enxergar o que está acontecendo bem debaixo de seus narizes. Eles rirão de mim quando eu profetizar com a maior confiança que, nas próximas eleições para Presidente, os socialistas receberão um milhão de votos".

E de fato a guerra teria causado todas essas coisas não fosse pelos socialistas. Uma reunião secreta dos líderes do Ocidente havia tomado lugar em quatro salas secretas na rua Pell. Ali, foi levantado pela primeira vez o problema de que posição os socialistas deveriam tomar. Não era a primeira vez que nos opúnhamos à guerra[5], mas era a primeira vez que o fazíamos nos Estados Unidos. Depois de terminada a nossa reunião secreta, entramos em contato com a organização internacional, e logo nossas mensagens telegráficas em código passaram a ser enviadas e recebidas através do Atlântico, entre nós e o Escritório Internacional.

Os socialistas alemães estavam prontos para agir conosco. Havia cinco milhões deles, muitos dos quais nos exércitos regulares, e, além disso, eles estavam próximos aos sindicatos. Nos dois países, os socialistas fizeram duras declarações contra a guerra e ameaçaram com uma greve geral. E, durante esses protestos e ameaças, a greve geral já estava sendo preparada. Além do mais, os partidos revolucionários em todos os países declaravam publicamente o princípio socialista de paz internacional, que deveria ser preservada a todo custo, fosse ao custo de uma revolta ou de uma revolução nacional.

A greve geral foi a única vitória de peso que nós, socialistas norte-americanos, conseguimos. No dia 4 de dezembro, o ministro americano retirou-se da capital alemã. Naquela noite, uma frota alemã atacou Honolulu, e afundou três cruzadores e um rebocador norte-americanos, e passou a bombardear a cidade. No dia seguinte, tanto a Alemanha quanto os Estados Unidos declararam-se guerra, e no intervalo de uma hora, os socialistas convocaram uma greve geral nos dois países.

Pela primeira vez, o comando de guerra alemão defrontou-se com os homens que haviam feito seu império prosperar, e

---

[5] Foi bem no começo do século XX d.C. que a organização internacional dos socialistas finalmente formulou uma política, que há muito tempo vinha tomando forma, sobre a guerra. Em resumo, esta era a sua doutrina: "Por que os trabalhadores de um país deveriam lutar contra os trabalhadores de um outro país para beneficiar seus patrões capitalistas?"
No dia 21 de maio de 1905 d.C., quando ameaçou estourar uma guerra entre a Itália e a Áustria, os socialistas italianos, austríacos e húngaros, durante uma conferência em Trieste, levantaram a ameaça de greve geral dos trabalhadores dos dois países, em caso de ser a guerra declarada. Isso se repetiu no ano seguinte, quando o "Caso Marrocos" ameaçou envolver a França, a Alemanha e a Inglaterra.

sem os quais o império não podia ser dirigido. A novidade da situação residia no fato de que a revolta era pacífica. Eles não lutavam. Não faziam nada. E porque nada faziam, atavam as mãos do comando de guerra. Não havia oportunidade melhor para o comando lançar seus cães de guerra contra o proletariado revoltoso. Mas isso não era possível. Ele não podia soltar seus cães de guerra. Tampouco podia mobilizar seu exército para dar prosseguimento à guerra; e nem sequer punir os recalcitrantes. Nenhuma roda se movia no Império. Nenhum trem corria, nenhuma mensagem telegráfica passava pelos fios, pois os telegrafistas e os ferroviários haviam deixado de trabalhar junto com o restante da população.

E da mesma maneira que aconteceu na Alemanha aconteceu nos Estados Unidos. Por fim, os trabalhadores organizados tinham aprendido a lição: derrotados de maneira decisiva em seu próprio terreno de luta, eles abandonaram esse terreno e se voltaram para o terreno político dos socialistas; porque a greve geral foi uma greve política. Além disso, os trabalhadores organizados tinham sido derrotados tantas vezes que nada mais importava. Juntaram-se à greve geral no mais completo desespero. Milhões de trabalhadores largaram as ferramentas e abandonaram o serviço. Dignos de nota foram os maquinistas. Estavam inflamados. Sua organização tinha, aparentemente, sido destruída, e mesmo assim, marchavam ao lado de seus aliados no comércio de metais.

Mesmo os trabalhadores comuns e os trabalhadores que não eram sindicalizados deixaram de trabalhar. A greve interrompeu todos os serviços, de forma que ninguém pôde trabalhar. Além disso, as mulheres provaram ser os promotores mais fortes da greve. Colocaram-se contra a guerra. Não queriam que seus homens morressem na frente de batalha. Então, a idéia da greve geral modificou os ânimos das pessoas, mostrando que tinham senso de humor. Foi contagiante. As crianças pararam em todas as escolas, e os professores, quando iam, voltavam para casa por causa das salas vazias. A greve geral parecia um grande feriado nacional. O espírito de solidariedade dos trabalhadores, tão evidente, despertou a imaginação de todos. E, além do mais, não havia nenhum perigo de envolvimento nessa folia geral. Uma vez que todos eram culpados, como alguém poderia ser punido?

Os Estados Unidos estavam paralisados. Ninguém sabia o que estava acontecendo. Não havia jornais, cartas, nenhum meio de comunicação. Todas as comunidades estavam completamente isoladas como se milhares de quilômetros de mata virgem as separassem do resto do mundo. Para elas, o mundo praticamente tinha deixado de existir. E por uma semana, esse estado de coisas perdurou.

Em São Francisco, nem sequer sabíamos o que se passava do outro lado da baía, em Oakland ou em Berkeley. O efeito que isso causava na sensibilidade das pessoas era misterioso, deprimente. Era como se uma grande energia cósmica deixasse de existir; como se o pulso da terra deixasse de bater; como se a nação tivesse morrido de verdade. Os bondes não faziam barulho nas ruas, não se ouviam os apitos das fábricas, o zumbido da eletricidade no ar, a passagem dos carros, o grito dos jornaleiros... nada além de algumas pessoas que, a raros intervalos, surgiam como fantasmas, oprimidas pelo silêncio que as tornava irreais.

E durante aquela semana de silêncio, a oligarquia aprendeu a lição. E muito bem. A greve geral foi um alerta. Não deveria ocorrer de novo. A oligarquia veria como.

No fim da semana, conforme tinha sido programado, os telegrafistas da Alemanha e dos Estados Unidos voltaram ao trabalho. Por meio deles, os líderes socialistas dos dois países apresentaram um ultimato aos governantes. A guerra deveria cessar, ou a greve geral continuaria. Não demorou muito para que chegassem a um acordo. A declaração de guerra foi retirada e a população dos dois países voltou ao trabalho.

Essa renovação da paz criou uma aliança entre Alemanha e Estados Unidos. Na verdade, foi uma aliança entre o Imperador e a oligarquia com o propósito de combater um inimigo comum, o proletariado revolucionário de ambos os países. E foi essa aliança que a oligarquia, mais tarde, de forma tão traiçoeira, rompeu quando os socialistas alemães se levantaram e depuseram o senhor da guerra de seu trono. Era precisamente isso que a oligarquia havia planejado – a destruição de seu grande rival no mercado mundial. Com o Imperador alemão fora do caminho, a Alemanha não teria excedente para exportar. Pela própria natureza do Estado socialista, a população alemã consumiria tudo o que produzisse. Naturalmente comerciaria com o exterior alguns de seus produtos em troca de outros que não produzia; mas isso era bem diferente de um excedente não consumido.

– Aposto que a oligarquia encontrará uma justificativa – disse Ernest quando se tornou conhecida a traição ao Imperador alemão. – Como de costume, a oligarquia acreditará que fez o que era direito.

Justificou publicamente que tinha agido para o bem do povo americano, cujos interesses procurava defender. Varreu seu odiado rival do mundo do mercado e garantiu aos Estados Unidos a possibilidade de despejar seu excedente naquele mercado.

Ernest comentou:

– E o mais absurdo de tudo é que somos tão impotentes que deixamos que esses idiotas administrem os nossos interesses. Eles nos garantiram a possibilidade de vender mais para o exterior, o que significa que estaremos obrigados a consumir menos dentro do nosso próprio país.

Capítulo XIV

O COMEÇO DO FIM

Em janeiro de 1913, Ernest percebeu a verdadeira tendência dos acontecimentos, mas não conseguiu fazer com que seus líderes irmãos enxergassem a imagem do Tacão de Ferro que lhe havia surgido na mente. Eles estavam muito confiantes. Os acontecimentos se precipitavam rapidamente. Uma crise abalou o mundo. A oligarquia norte-americana estava praticamente de posse do mercado mundial, e muitos países estavam de posse de excedentes, que não podiam consumir nem vender. Só restava a esses países a reorganização. Eles não podiam continuar com os mesmos métodos de produção de excedentes. O sistema capitalista, da maneira que eles o concebiam, havia quebrado irreparavelmente.

A reorganização desses países tomou a forma de uma revolução. Era uma época de sobressalto e violência. Em toda parte, instituições e governos quebravam. Em toda parte, com exceção de dois ou três países, os mestres capitalistas do passado lutavam desesperadamente para manter as suas posses, mas os governos estavam sendo tomados deles pelo proletariado militante. Por fim, concretizou-se a máxima de Karl Marx: "Soou a hora derradeira da propriedade privada capitalista. Os expropriadores são expropriados"*. E assim que os governos capitalistas caíam, as comunidades cooperativas se levantavam em seus lugares.

---

* MARX, *O capital*, vol. I, parte VIII, cap. XXXII: "Tendência histórica da acumulação capitalista". (N.T.)

"Por que os Estados Unidos ficam para trás?" "Revolucionários norte-americanos, agi!" "Qual é o problema com a América?" Essas eram as mensagens que nos enviavam nossos companheiros de outros países que tinham sido bem-sucedidos. Mas nós não pudemos perseverar. A oligarquia permanecia firme. Seu vulto, como o de um monstro terrível, bloqueava nosso caminho.

– Esperem até começarmos a trabalhar na primavera, respondemos, e vocês verão.

Por trás disso, encontrava-se o nosso segredo. Conseguimos colocar os ruralistas do nosso lado, e na primavera, vários Estados passariam para as suas mãos graças às vitórias alcançadas por eles nas últimas eleições. De uma vez, esses Estados passariam a ser comunidades cooperativas. Depois disso, o resto seria fácil.

– Mas, e se os ruralistas não tomarem posse? – perguntou Ernest.

E seus camaradas o chamaram de ave de mau agouro. Mas o fato de não tomarem posse não era o principal perigo que Ernest tinha em mente. O que ele previa era a deserção dos grandes sindicatos e o surgimentos das castas.

– Ghent ensinou os oligarcas como fazê-lo – disse Ernest. – Aposto que elaboraram uma cartilha sobre o *Benevolente feudalismo*[1].

Nunca esquecerei da noite em que, depois de uma acalorada discussão com meia dúzia de líderes operários, Ernest voltou-se para mm e disse:

– Isso põe fim à discussão. O Tacão de Ferro venceu. O fim já pode ser visto.

Essa pequena conferência em nossa casa não foi oficial, mas Ernest estava procurando assegurar, junto com outros companheiros, que os líderes operários se pusessem a convocar todos seus homens para a próxima greve geral. O'Connor, o presidente da Associação dos Maquinistas, foi o primeiro dos seis líderes presentes que se recusou a dar certeza.

---

[1] *Our benevolent feudalism* (Nosso feudalismo benevolente), livro publicado em 1902 d.C. por W. J. Ghent. Insistiu-se sempre que Ghent colocava as idéias da oligarquia na mente dos grandes capitalistas. Essa crença persiste em toda a literatura dos três séculos do Tacão de Ferro, e mesmo na literatura do primeiro século da Irmandade do Homem. Hoje entendemos melhor, mas o conhecimento que temos não se sobrepõe ao fato de que Ghent continua sendo o homem inocente mais insultado da história.

– Vocês viram que derrota estrondosa suas velhas táticas de greve e boicote trouxeram – disse Ernest.

O'Connor e os demais balançaram as cabeças.

– E vocês viram o que faz uma greve geral – continuou Ernest. – Interrompemos a guerra com a Alemanha. Nunca houve uma mostra tão admirável de solidariedade e poder dos trabalhadores. Os trabalhadores podem e irão governar o mundo. Se vocês continuarem conosco, poremos um fim ao reinado do capitalismo. É a sua única esperança. E vocês sabem disso. Não há outra saída. Não importa o que vocês façam com suas velhas táticas, estão fadados ao fracasso; se não for por nenhum outro motivo, será pela simples razão de que seus patrões controlam os tribunais[2].

– Você pensa longe demais, respondeu O'Connor. – Você não conhece todas as saídas. Existem outras. Sabemos com o que estamos lidando. Não suportamos mais as greves. Vimos sofrendo derrota atrás de derrota. Mas eu não creio que precisemos chamar nossos homens novamente.

– Que saída você tem em mente? – Ernest perguntou em seguida.

O'Connor riu e balançou a cabeça:

– Posso dizer-lhe o seguinte: não estamos dormindo. E, neste momento, também não estamos sonhando.

---

[2] Como exemplo das decisões dos tribunais contrárias aos operários, mencionamos os seguintes exemplos: Nas regiões das minas de carvão, era notório o emprego de crianças. Em 1905 d.C., o proletariado teve sucesso na aprovação de uma lei no Estado da Pensilvânia, que dispunha que a prova da idade da criança e de certas qualificações profissionais fosse acompanhada pelo juramento do pai. Logo foi declarada inconstitucional pela Câmara do Condado de Luzerne, com base no fato de que violava a 14ª Emenda e que discriminava indivíduos da mesma classe, ou seja, as crianças com mais de 14 anos e as com menos. O Tribunal estadual manteve a decisão. A Corte de Nova York para Sessões Especiais, em 1905 d.C., declarou inconstitucional a lei que proibia menores e mulheres de trabalhar em fábricas após as nove horas da noite, baseando-se no fato de que uma lei como essa seria uma "legislação de classe". Houve um outro caso: os padeiros daquela época estavam sobrecarregados de serviço; a legislatura de Nova York promulgou uma lei que limitava o trabalho nas padarias a dez horas diárias. No ano de 1906 d.C., a Suprema Corte dos Estados Unidos declarou essa lei inconstitucional. Eis uma parte da decisão: "Não há fundamento razoável para se interferir na liberdade das pessoas ou no direito de livre contratação de determinar as horas de trabalho na profissão de um padeiro".

— Espero que não haja nada para se temer, ou do que se envergonhar — foi o desafio de Ernest.
— Creio que conhecemos bem o nosso ofício — foi a resposta.
— Trata-se de um ofício obscuro, pela maneira que você procura ocultá-lo — disse Ernest com uma raiva cada vez maior.
— Pagamos pela nossa experiência, com suor e sangue, e recebemos o que merecemos. Não fazemos caridade com o chapéu dos outros.
— Se tem medo de dizer qual é a saída, eu mesmo vou dizer-lhe. — O sangue de Ernest fervia: — Vocês estão procurando uma conciliação. Entraram em acordo com o inimigo; foi isso o que fizeram. Venderam a causa dos trabalhadores, de todos os trabalhadores. Abandonam como covardes o campo de batalha.
— Eu não estou dizendo isso — respondeu O'Connor com tristeza. — Acredito apenas que sabemos o que é melhor para nós, um pouco mais do que você.
— E você não dá um vintém por aquilo que seja melhor para o restante dos trabalhadores. Nem se importa com eles.
— Nada digo — replicou O'Connor —, exceto que sou o presidente da Associação dos Maquinistas, e é meu dever levar em consideração os interesses dos homens que represento, isso é tudo.

E então, quando os líderes trabalhistas saíram, Ernest, com resignação, esboçou para mim o curso dos acontecimentos que se seguiria.

— Os socialistas prediziam com alegria a chegada da hora em que o proletariado organizado, vencido no campo industrial, se juntaria no terreno político. Muito bem, o Tacão de Ferro esmagou os sindicatos trabalhistas no terreno industrial e levou-os para o terreno político; e isso, ao invés de representar par nós uma fonte de alegria, será uma fonte de pesar. O Tacão de Ferro aprendeu a lição. Mostramos a ele o poder que tínhamos durante a greve geral. Ele se adiantou para evitar que outra greve geral aconteça.
— Mas como? — perguntei.
— É simples: financiando os grandes sindicatos. Eles não se juntarão à próxima greve geral. Logo, não será uma greve geral.
— Mas o Tacão de Ferro não poderá manter um plano tão dispendioso como esse para sempre — objetei.
— Mas ele não tem que financiar todos os sindicatos. Não é necessário. Eis o que vai acontecer: os salários vão subir e a jor-

nada de trabalho vai diminuir nos sindicatos ferroviários, nos sindicatos trabalhistas da indústria do ferro e do aço e nos dos engenheiros e maquinistas. Nesses sindicatos, condições mais favoráveis continuarão a existir. Os membros desses sindicatos vão se sentir no paraíso.

– Eu ainda não entendi – objetei. – O que vai ser dos outros sindicatos? Existe muito mais sindicatos fora do que dentro desse pacto.

– Os outros sindicatos serão aniquilados. Todos eles. Pois não vê? Os ferroviários, os maquinistas e os engenheiros, os metalúrgicos fazem todo serviço essencialmente vital para a nossa civilização mecânica. Seguro de sua fidelidade, o Tacão de Ferro pode estalar seus dedos para todo o restante do proletariado. Ferro, aço, carvão, maquinaria e transporte constituem a espinha dorsal de todo o sistema industrial.

– Mas e o carvão? – perguntei. – Existem aproximadamente um milhão de mineiros de carvão.

– São trabalhadores praticamente sem qualificação. Não contam. Seus salários cairão e sua jornada aumentará. Serão escravos como todo o resto de nós, e talvez venham a se tornar os mais bestializados de todos. Serão obrigados a trabalhar, da mesma forma que os agricultores são forçados a trabalhar hoje para os mestres que lhes roubaram a terra. E o mesmo acontecerá com todos os outros sindicatos fora desse sistema. Vamos assistir-lhes tremer e caírem aos pedaços, e seus membros se tornarem escravos e trabalharem duro por causa dos estômagos vazios e da lei do campo.

– Você sabe o que vai acontecer com Farley[3] e seus fura-greves? Vou dizer-lhe. Os fura-greves deixarão de existir como ocupação. Não haverá mais greves. Em lugar delas haverá revoltas servis. Farley e seu bando serão promovidos a feitores de escravos. É claro que não serão chamados assim; dirão que fazem cumprir a lei que obriga os trabalhadores a trabalharem. Essa traição feita pelos grandes sindicatos simplesmente prolonga a luta. Só Deus sabe onde e quando a Revolução triunfará.

---

[3] James Farley, conhecido fura-greve do período. Um homem sob ordens do Tacão de Ferro que rapidamente passou a fazer parte da classe oligárquica. Foi assassinado em 1932 por Sarah Jenkins, cujo marido, trinta anos antes, tinha sido assassinado pelos fura-greves de Farley.

— Mas, com uma combinação tão forte como essa da oligarquia e dos grandes sindicatos, haverá alguma razão para se acreditar que a Revolução venha a triunfar? – perguntei. – Essa combinação não durará para sempre?

Ele balançou a cabeça.

— Uma de nossas generalizações é que todo sistema fundado sobre classes e castas contém em si o germe de sua destruição. Quando um sistema é fundado sobre classes, o que se pode fazer para que uma casta não se desenvolva? O Tacão de Ferro não será capaz de evitar isso, e no final a casta destruirá o Tacão de Ferro. Os oligarcas já desenvolveram uma casta contra si mesmos; mas espere até que os sindicatos favorecidos desenvolvam uma. O Tacão de Ferro usará de toda a sua força para evitar que isso aconteça, mas falhará.

— Nos sindicatos favorecidos está a nata dos trabalhadores americanos. Eles são fortes e eficientes. Tornaram-se membros daqueles sindicatos por meio de uma competição. Todo bom trabalhador nos Estados Unidos será possuído pela ambição de se tornar membro dos sindicatos favorecidos. A oligarquia estimulará essa ambição e a conseqüente competição entre eles. Assim, os homens fortes, que poderiam se tornar revolucionários, serão cooptados e sua força será usada para sustentar a oligarquia.

— Por outro lado, as castas operárias, os membros dos sindicatos favorecidos, procurarão transformar suas organizações em corporações fechadas. E terão sucesso. A ocupação de cargos dentro dessas castas será hereditária. Os filhos sucederão os pais, e elas não receberão o fluxo de novas forças daquele eterno repositório de forças que é o povo comum. Isso significará a degeneração das castas operárias, que se tornarão cada vez mais fracas. Ao mesmo tempo, como uma instituição, elas se tornarão temporariamente todo-poderosas. Serão como a Guarda do palácio de Roma; e haverá revoluções palacianas à medida que as castas operárias alcançarem os reinos do poder. E haverá contra-revoluções palacianas dos oligarcas; e algumas vezes uns, outras vezes outros estarão no poder. E por meio disso, ocorrerá o enfraquecimento inevitável das castas, de forma que no final o povo comum entrará em seu próprio palácio.

Esse prenúncio de uma lenta evolução social foi elaborado quando Ernest se encontrava deprimido pela derrota dos grandes sindicatos. Eu nunca concordei com ele nesse ponto, e discordo ainda hoje, no momento em que escrevo estas linhas, mais sinceramente do que nunca; pois agora mesmo, embora Ernest já tenha partido, estamos à beira de uma revolta que varrerá as oligarquias da face da terra. Contudo, descrevi aqui a profecia de Ernest, porque era a sua profecia. Apesar de sua crença nela, trabalhou como um gigante para que ela não se realizasse, e ele, mais do que qualquer outra pessoa, tornou possível a revolta que neste mesmo instante se encontra a espera do sinal que a fará irromper[4].

– Mas se a oligarquia persistir – perguntei-lhe naquela manhã – o que acontecerá com o grande excedente que se acumulará cada vez mais a cada ano?

– O excedente terá de ser gasto de alguma maneira – respondeu-me –, e os monopólios e os oligarcas encontrarão uma maneira. Magníficas estradas serão construídas. Haverá grandes avanços na ciência e, sobretudo, na arte. Quando os oligarcas tiverem dominado por completo o povo, terão tempo para se dedicar a outras coisas e se tornarão adoradores do belo, amantes das artes. E sob a sua direção, e generosamente recompensados, trabalharão os artistas. O resultado será uma arte de grande vulto; pois não mais, como até ontem, os artistas cederão ao gosto burguês da classe média. Será uma arte de vulto, eu lhe digo, e maravilhosas cidades surgirão de forma que as cidades do passado, perto delas, serão consideradas coisa barata e de mau gosto. E nessas cidades novas, os oligarcas residirão e se tornarão adoradores do belo[5].

Assim, o excedente será consumido constantemente enquanto os operários trabalham. A construção dessas grandes obras e cidades significará uma ração de fome para milhões de trabalhadores comuns, pois a enorme quantidade de excedente significará da mesma maneira um gasto fenomenal, e os oligarcas construirão durante mil anos... não, durante dez mil anos.

---

[4] As previsões sociais de Everhard eram notáveis. Ele enxergou, como se já tivessem acontecido, a deserção dos sindicatos favorecidos, a ascensão e a lenta decadência das castas operárias, e a luta entre as oligarquias decadentes e as castas operárias pelo controle da grande máquina governamental.

[5] Não podemos senão nos admirar com as revelações de Everhard. Mesmo antes do pensamento de maravilhosas cidades como Ardis e Asgarde entrarem para as mentes dos oligarcas, Everhard viu essas cidades e a inevitável necessidade de serem criadas.

Construirão de uma forma que nem os egípcios e os babilônios sonharam construir. Mas mesmo os oligarcas passam, e em suas grandes estradas pisará a irmandade de operários que um dia haverá de residir naquelas cidades maravilhosas[6].

– Essas coisas, os oligarcas farão porque não terão outra coisa que fazer. Essas grandes obras serão a forma que seus gastos do excedente tomará, da mesma maneira que as classes reinantes do Egito de tempos atrás gastaram o seu excedente, pilhado do povo, na construção de templos e pirâmides. Sob a oligarquia, florescerá não uma classe sacerdotal, mas uma classe artística. E em lugar da classe mercantil e burguesa estarão as castas operárias. E embaixo estará o abismo, dentro do qual se encontrará o povo, a grande massa da população, apodrecendo na penúria e na desgraça, mas sempre se renovando. E no final, ignoro que dia será, o povo se levantará do abismo; as castas operárias e a oligarquia sucumbirão; e então, por fim, após o decurso dos séculos, chegará o dia do homem comum. Eu pensei que veria esse dia chegar; mas hoje eu sei que nunca o verei.

Ele se deteve e me olhou.

– A evolução social é lenta, exasperadoramente lenta, não é, querida?

Meus braços o envolveram e ele pousou a cabeça no meu colo.

– Cante para eu dormir – murmurou caprichosamente. – Tive uma visão e quero que ela vá embora.

---

[6] E desde aquele dia, já se passaram três séculos do Tacão de Ferro e quatro da Irmandade do Homem, e hoje pisamos as ruas e vivemos nas cidades que os oligarcas construíram. É verdade que construímos hoje cidades mais maravilhosas ainda, mas as magníficas cidades dos oligarcas permanecem, e eu escrevo essas linhas em Ardis, uma das mais belas de todas.

Capítulo XV

OS ÚLTIMOS DIAS

Foi nos últimos dias de janeiro de 1913 que a mudança de atitude da oligarquia em relação aos sindicatos favorecidos tornou-se pública. Os jornais publicavam informações sobre um aumento de salários e uma diminuição da jornada de trabalho sem precedentes para os empregados ferroviários, trabalhadores da indústria do ferro e do aço, engenheiros e maquinistas. Mas as verdadeiras razões não foram reveladas. Os oligarcas não permitiriam isso. Na verdade, os salários tinham subido muito mais, e os privilégios também. Era tudo secreto, mas os segredos acabam sendo descobertos. Os membros dos sindicatos favorecidos contaram para suas mulheres, e logo todo o mundo operário ficou sabendo do que se estava se passando.

Foi apenas o desenvolvimento lógico daquilo que no século XIX era conhecido como participação nos lucros. No sistema industrial daquela época, tentou-se praticar a divisão de lucros. Isto é, os capitalistas almejavam acalmar os trabalhadores fazendo com que se interessassem financeiramente pelo negócio em que trabalhavam. Mas a divisão de lucros, como sistema, era ridícula e impossível. Poderia dar certo apenas em casos isolados no meio de um sistema de disputa industrial; pois se todo o trabalho e todo o capital dividirem os lucros, as condições a serem alcançadas serão as mesmas que as anteriores, ou seja, de quando não havia divisão de lucros.

Dessa forma, da idéia impraticável da divisão dos lucros surgiu a idéia prática de participação nos lucros. "Pague-nos mais e mande a conta para o consumidor", era o lema dos sindicatos fortes. E aqui e ali, essa política egoísta funcionou com sucesso. Mandar a conta para o público consumidor significava sobrecarregar a grande massa de trabalhadores que não era sindicalizada ou que pertencia a sindicatos fracos. Eram esses trabalhadores que na verdade pagavam os altos salários de seus companheiros mais fortes, membros daqueles sindicatos que se transformaram em monopólios trabalhistas. Essa idéia, repito sempre, foi levada a cabo, em larga escala, pela combinação dos oligarcas e dos sindicatos favorecidos[1].

Logo que o segredo da deserção dos sindicatos favorecidos veio a público, começaram a surgir rumores no mundo operário. Em seguida, esses sindicatos se retiraram das organizações internacionais e romperam com os seus afiliados. O resultado foi confusão e violência. Os membros dos sindicatos favorecidos foram tachados de traidores; nas tavernas e nos bordéis, nas ruas e no trabalho e, de fato, em todos os lugares, eles eram agredidos pelos companheiros aos quais tinham abandonado de forma tão traiçoeira.

Houve muita pancadaria e ocorreram muitas mortes. Nenhum membro dos sindicados favorecidos estava seguro. Eles andavam em bandos quando iam trabalhar ou quando voltavam do trabalho. Andavam sempre no meio da rua. Nas calçadas, estavam sujeitos a terem o crânio partido por tijolos ou paralelepípedos lançados das janelas ou dos telhados. Tinham autorização para andarem armados, e as autoridades lhes prestavam auxílio de todas as formas. Os perseguidores desses privilegiados acabavam sendo condenados a vários anos de prisão, onde recebiam os mais severos tratos; e a nenhum

---

[1] Todos os sindicatos ferroviários aderiram ao acordo com os oligarcas, e é interessante notar que a primeira aplicação definitiva da política de participação nos lucros foi feita pelo sindicato ferroviário no século XIX d.C., conhecido como a Irmandade dos Engenheiros de Locomotivas. P. M. Arthur foi durante vinte anos o Grande Chefe da Irmandade. Depois da greve ferroviária na Pensilvânia em 1877, ele elaborou um esquema no qual os engenheiros de locomotiva entrariam em acordo diretamente com as ferrovias, ignorando o restante dos sindicatos trabalhistas. Esse esquema egoísta teve sucesso imediato. E, por causa dele, foi cunhado o termo "arturização" para denotar a participação dos trabalhadores sindicalizados nos lucros. Esse termo "arturização" foi, durante muito tempo, um quebra-cabeças para os etimólogos, mas sua origem, creio eu, está-nos clara hoje em dia.

homem, a nenhum membro dos outros sindicatos era permitido andar armado. A violação dessa lei era considerada uma grave contravenção e punida de acordo.

Os trabalhadores ultrajados continuaram a se vingar dos traidores. Automaticamente formou-se uma linhagem nas castas. Os filhos dos traidores eram perseguidos pelos filhos dos trabalhadores que haviam sido traídos, até que se tornou impossível àqueles brincarem nas ruas ou comparecerem às escolas públicas. Além disso, as esposas e famílias dos traidores eram ignoradas, e se a venda da esquina fornecesse provisões para elas, era boicotada.

O resultado disso foi que, pressionados por todos os lados, os traidores e suas famílias acabaram se isolando. Por acreditarem que era impossível residir em segurança no meio do proletariado traído, mudaram-se para locais habitados apenas por eles mesmos. Para isso, receberam a ajuda dos oligarcas. Boas moradias, modernas e com saneamento, rodeadas de vastos campos e divididas por parques e áreas de recreação foram construídas para eles. Seus filhos freqüentavam escolas exclusivas, especializadas em aprendizado manual e ciências aplicadas. Assim, como era inevitável desde o começo, desse isolamento surgiu uma casta. Os membros dos sindicatos favorecidos tornaram-se a aristocracia operária. Eram separados do resto dos operários. Viviam melhor, vestiam-se melhor, alimentavam-se melhor e eram mais bem tratados. Participavam dos lucros das empresas com entusiasmo.

Enquanto isso, o resto da classe operária era tratado com mais austeridade ainda. Muitos dos pequenos privilégios que tinha foi-lhe retirado, enquanto seu salário e seu padrão de vida diminuíam constantemente. Suas escolas públicas decaíam na mesma proporção. O aumento do número de jovens e de crianças que não sabia ler nem escrever era assustador.

A tomada do mercado mundial pelos Estados Unidos quebrava o resto do mundo. Instituições e governos faliam ou se transformavam em toda parte. A Alemanha, a Itália, a Austrália e a Nova Zelândia estavam empenhadas na formação de comunidades cooperativas. O Império Britânico estava começando a deixar de funcionar. As mãos da Inglaterra estavam cheias do excedente. Na Índia, a revolta foi completa. O clamor da Ásia era "A Ásia para os asiáticos!" E por trás desse grito estava o

Japão, sempre instigando e ajudando as raças amarela e negra contra a branca. E enquanto o Japão sonhava com um império continental e lutava para realizar esse sonho, reprimia sua própria revolução operária. Era uma simples guerra de castas, coles* contra samurais**, e os coles socialistas foram executados aos milhares. Quarenta mil foram mortos em revoltas nas ruas em Tóquio e no inútil assalto ao palácio de Micado. Cobe era um matadouro; o massacre dos fiandeiros de algodão por metralhadoras tornou-se clássico: a mais terrível execução já perpetrada por modernas armas de guerra. A oligarquia japonesa era a mais selvagem de todas as que estavam surgindo. O Japão dominou o Oriente e tomou para si a porção asiática do mercado mundial, com exceção da Índia.

A Inglaterra conseguiu esmagar sua revolução operária e assegurar a Índia, embora tenha se exaurido com isso. Além do mais, ela viu-se obrigada a deixar que suas grandes colônias lhe escapassem ao controle. Foi assim que os socialistas conseguiram transformar a Austrália e a Nova Zelândia em comunidades cooperativas. E foi pela mesma razão que o Canadá separou-se de sua pátria-mãe. Mas o Canadá esmagou sua revolução socialista com a ajuda do Tacão de Ferro. Ao mesmo tempo, o Tacão de Ferro ajudou o México e Cuba a porem um fim em suas revoltas internas. O resultado disso foi que o Tacão de Ferro arraigou-se com firmeza no Novo Mundo. Tornou-se uma massa política compacta na América Setentrional, dominando desde o canal do Panamá até o oceano Ártico.

E a Inglaterra, ao sacrifício de suas grandes colônias, conseguiu manter apenas a Índia. Mas isso foi apenas temporário. A luta contra o Japão e o resto da Ásia pela Índia tinha sido apenas retardada. A Inglaterra logo perderia a Índia, e por trás desse acontecimento aproximava-se a luta entre a Ásia unida e o resto do mundo.

---

* "Coles", *coolie* em inglês. Trabalhadores indianos ou chineses. A primeira vez que esse termo ocorre é em 1554 (BOTELHO, "Estado da Índia", in *Subsídios.*), e se origina do vocábulo tamil *culi*, *k_li*, "contratado", "assalariado". Era, originalmente o nome de uma tribo. (N.T.)

** "Samurai", no sistema feudal japonês, era um membro da casta militar do senhor feudal, ou damiô. O termo significava, originalmente, "aquele que carrega duas espadas". A frase "coles contra samurai" significa "trabalhadores contra exército". (N.T.)

E enquanto todo o mundo se envolvia no conflito, nós dos Estados Unidos não estávamos sossegados nem pacíficos. A traição dos grandes sindicatos serviu para evitar uma revolta operária, mas a violência se generalizou. Além dos tumultos operários e do descontentamento dos agricultores e do restante da classe média, começava a surgir um renascimento religioso. Um ramo dos Adventistas do Sétimo Dia alastrou-se rapidamente, proclamando o fim do mundo.

– Confusão triplicada, gritou Ernest. Como podemos esperar solidariedade com toda essa soma de propósitos e conflitos?

E de fato o renascimento religioso assumiu proporções impressionantes. As pessoas, descontentes e desapontadas com as coisas terrenas, semeavam a idéia de um céu em que os tiranos da indústria só entrariam se um camelo passasse pelo buraco da agulha*. Pregadores itinerantes astutos apareciam em toda parte pelo país; e apesar da proibição das autoridades civis, e do processo por desobediência, as chamas do frenesi religioso se tornavam cada vez mais vivas.

Eram os últimos dias, clamavam; o fim dos tempos. Os quatro ventos haviam sido soprados**. Deus havia conduzido as nações para o conflito. Era uma época de visões e de milagres, em que apareceu uma legião de videntes e profetas. Milhares de pessoas deixavam de trabalhar e fugiam para as montanhas, à espera da iminente chegada de Deus e da subida dos 144 mil*** para o céu. Mas enquanto Deus não vinha, eles morriam de fome. Desesperados, devastavam as plantações à procura de comida, provocando, conseqüentemente, tumulto e anarquia nos distritos rurais e aumentando a desgraça dos pobres agricultores expropriados.

Mas as fazendas e os armazéns eram propriedades do Tacão de Ferro. Tropas armadas foram deslocadas para o campo e os fanáticos foram arrastados de volta na ponta de baionetas para suas tarefas nas cidades, onde acabavam se metendo em revoltas

---

* Mateus 19, 24; Marcos 10, 25; Lucas 18, 25. (N.T.)

** Os quatro ventos (norte, sul, leste e oeste) representam os quatro cantos do céu. Aparecem mencionados onze vezes na Bíblia. Esses ventos são retidos por quatro anjos (Apocalipse 7, 1), e se soprassem ao mesmo tempo, isso significaria uma terrível destruição sobre a terra. (N.T.)

*** Apocalipse 7, 4. (N.T.)

e tumultos. Seus líderes ou eram executados por causa da revolta ou internados em hospícios. Aqueles que eram executados morriam com o brilho do martírio nos olhos. Era uma época de ensandecidos. A intranqüilidade se espalhava. Nos pântanos, nos desertos e nas terras remotas, da Flórida ao Alasca, pequenos grupos de índios que sobreviveram dançavam a dança macabra e esperavam pelo seu próprio messias.

 E no meio de tudo isso, com uma serenidade e uma certeza terríveis, continuava a aumentar o vulto daquele monstro das eras, a oligarquia. Com mãos de ferro e com tacão de ferro, controlou os milhões que se agitavam, da confusão trouxe a ordem, do próprio caos forjou suas fundações e sua estrutura.

 – Conforme dizem os agricultores, "Esperem até que estejamos dentro", disse-nos Calvin nos nossos aposentos da rua Pell. Veja os estados que ganhamos. Nós os faremos dançar conforme a música quando tomarmos posse oficialmente.

 – Os milhões de pobres e descontentes estão do nosso lado – diziam os socialistas. Os ruralistas, os agricultores, a classe média e os operários se aproximam de nós. O sistema capitalista quebrará em pedaços. No mês que vem, mandaremos cinqüenta homens ao Congresso. Mais dois anos e todos os gabinetes serão nossos, desde o presidencial até o da carrocinha.

 Para tudo isso, Ernest balançava a cabeça e dizia:

 – É uma combinação interessante. Mas quantos rifles vocês têm? Sabem onde adquirir munição suficiente? Quando se trata de pólvora, a única combinação que funciona é a química. Podem escrever o que digo.

Capítulo XVI

O FIM

Quando chegou o momento de Ernest e eu irmos para Washington, papai não nos acompanhou. Ele havia se apaixonado pela vida proletária. Via a nossa vizinhança miserável como um fabuloso laboratório sociológico e havia se entregado a uma orgia infindável de investigação. Fez amizade com vários trabalhadores, e era amigo íntimo deles e de suas famílias. Além disso, fazia trabalhos ocasionais e o trabalho era realizado como se fosse uma investigação científica. Papai se deliciava com ele e sempre voltava para casa com várias anotações e ansioso de novas aventuras. Era um perfeito cientista.

Não havia nenhuma necessidade de ele trabalhar, porque Ernest conseguia ganhar, com as traduções que fazia, o suficiente para nós três. Mas papai insistia em perseguir seu fantasma favorito, e, a se julgar pela maneira que ele agia, esse fantasma devia ser uma espécie de Proteu que mudava de forma com muita facilidade. Nunca me esquecerei da noite em que levou para casa um cesto de vendedor ambulante cheio de cordões de sapato e de suspensórios, nem do dia em que fui ao armazém da esquina para fazer algumas compras e fui atendida por ele. Por isso, não me surpreendi depois quando ele serviu de balconista no bar da esquina durante uma semana. Ele trabalhou como vigia noturno, vendedor de batatas na rua, etiquetador em uma loja de embalagens, servente em uma fábrica de caixas de papelão e carregador de água em uma companhia que construía linhas de bonde nas ruas; e, como se não bastasse, filiou-se ao sindicato dos lavadores de pratos pouco antes de esse sindicato ser dissolvido.

Creio que o exemplo do bispo deve tê-lo fascinado; pelo menos na indumentária, pois usava uma camisa de algodão cru como os operários e um macacão amarrado na cintura. Mas manteve um dos hábitos de sua vida antiga: sempre se vestia para o jantar, ou melhor, para a ceia.

Eu podia ser feliz em qualquer lugar com Ernest; e a felicidade de papai naquelas circunstâncias acentuava ainda mais a minha própria felicidade.

– Quando eu era menino – dizia –, eu era curioso. Queria saber por que as coisas existiam e por que deixavam de existir. Foi por isso que me tornei um físico. A vida em mim hoje me desperta tanta curiosidade quanto naqueles tempos e o fato de despertar curiosidade é o que faz valer a pena viver.

Algumas vezes, ele se aventurava ao norte da rua do Mercado, e ia até a zona das compras e do teatro, onde vendia jornais, fazia entregas e abria as portas dos cabriolés para os passageiros. Um dia, quando fechava a porta de um cabriolé, encontrou-se com o sr. Wickson. Naquela mesma noite, papai nos descreveu de maneira divertida o incidente:

– Wickson olhou-me assustado quando fechei a porta para ele e murmurou: "Com a breca!". Sim, assim mesmo: "Com a breca!" Seu rosto ficou vermelho e estava tão confuso que se esqueceu de me dar a gorjeta. Mas deve ter-se recobrado logo, pois o cabriolé mal andou vinte metros, voltou. Ele debruçou-se para fora da janela: "Olhe, professor," ele disse, "isso já é demais! O que posso fazer pelo senhor?" "Fechei a porta do carro para o senhor; de acordo com o senso comum, o senhor deveria dar-me um trocado." "Não é isso, inferno... quis dizer alguma coisa mais substancial."

– Ele devia estar falando sério... um peso na consciência ou algo assim; e por isso considerei seriamente por um instante. Havia um ar de expectativa na expressão dele quando passei a responder, mas deveria vê-lo quando terminei: "O senhor bem que podia devolver-me a casa, e as minhas ações nos Moinhos Sierra".

Papai fez uma pausa.

– O que ele disse? – perguntei avidamente.

– O que podia dizer? Não disse nada. Mas eu disse que ele deveria estar satisfeito. Ele me olhou com curiosidade e eu lhe perguntei: "Diga-me, o senhor está satisfeito agora?"

— Ele mandou o cocheiro prosseguir e foi embora praguejando terrivelmente. E, além disso, nem me deu a gorjeta; quanto mais a casa e as ações. Veja só, querida, a carreira de seu pai como vagabundo está cheia de desapontamentos.

E assim papai continuou a morar na rua Pell quando eu e Ernest fomos para Washington. Exceto pela consumação, a velha ordem tinha terminado, e a consumação estava mais próxima do que eu podia imaginar. Ao contrário do que esperávamos, nenhum obstáculo se levantou para impedir que os deputados socialistas ocupassem suas cadeiras no Congresso. Tudo caminhava tranqüilamente e eu caçoava de Ernest quando ele suspeitava dessa tranqüilidade.

Encontramos nossos companheiros socialistas otimistas e confiantes de sua força e de suas realizações. Alguns ruralistas, que tinham sido eleitos para o Congresso, aumentaram nossa bancada, e um programa estava sendo elaborado pelas forças unidas. A todas essas ações, Ernest se juntava de forma leal e enérgica, ainda que não deixasse de repetir de vez em quando: "Quando se trata de pólvora, a única combinação que funciona é a química. Podem escrever o que digo".

O problema começou a surgir com os ruralistas. Foi nos Estados onde tinham sido eleitos. Em alguns deles, não tiveram permissão de tomar posse. Os antigos parlamentares se recusavam a deixar o cargo. Eles declararam que houve irregularidade nas eleições e arrolaram a situação nos trâmites da justiça. Os ruralistas não tinham força. Os tribunais eram o último recurso, mas os tribunais estavam nas mãos do inimigo.

Era o momento do perigo. Se os ruralistas enganados recorressem à violência, tudo estaria perdido. Os socialistas trabalharam para acalmá-los. Passaram-se três dias e três noites sem que Ernest pregasse os olhos. Os grandes líderes dos ruralistas perceberam o perigo que corriam e ficaram conosco. Mas foi tudo em vão. A oligarquia queria violência e colocou seus agentes de provocação para agir. Foram os agentes de provocação que causaram a revolta camponesa, sem dúvida.

Em alguns Estados, a revolta estourou. Os agricultores expropriados tomaram à força os governos estaduais. É claro que isso feria a Constituição, e é claro também que os Estados Unidos colocariam seus soldados em campo. Em todas as partes, os agentes de provocação conclamavam o povo. Esses emissários do Tacão de Ferro agiam disfarçados de artesãos, agricultores e trabalhadores do campo. Em Sacramento, capital da Califórnia, os ruralistas haviam conseguido manter a ordem. Milhares de agentes secretos correram apressadamente para lá. Grupos compostos exclusivamente por eles incendiaram e saquearam prédios e fábricas. Incitavam o povo que se juntava a eles na pilhagem. Bebidas em grande quantidade eram distribuídas às classes miseráveis para inflamar-lhes os ânimos. E então, quando tudo estava do jeito que queriam, entravam em cena os soldados dos Estados Unidos, que eram, na verdade, soldados do Tacão de Ferro. Onze mil pessoas, entre homens, mulheres e crianças foram abatidas a tiros nas ruas de Sacramento, ou assassinadas dentro de casa. O governo nacional interveio no Estado e acabou com o problema na Califórnia.

E da mesma forma que na Califórnia, assim também ocorreu em outros lugares. Todos os estados ruralistas foram varridos pela violência e banhados em sangue. Primeiro, a desordem era promovida pelos agentes secretos e pelas Centenas Negras; depois, as tropas eram chamadas. Balbúrdia e desordem reinavam nos distritos rurais. Dia e noite, a fumaça das fazendas que queimavam, dos armazéns, das vilas e das cidades enchiam o céu. Surgiu a dinamite. Pontes de estrada de ferro e túneis explodiram e trens foram destruídos. Os pobres agricultores eram fuzilados e enforcados em grande número. Mas a resposta dos agricultores foi implacável, e muitos plutocratas e oficiais armados foram mortos. Sangue e vingança estavam no coração dos homens. As tropas regulares combatiam os agricultores com uma selvageria ainda maior do que aquela que tinha sido usada contra os índios. E motivos não faltavam para elas. Dois mil e oitocentos de seus homens tinham sido mortos em uma série tremenda de explosões de dinamite no Oregon, e vários trens carregados de soldados, em diferentes horas e lugares, foram destruídos da mesma forma. Por causa disso, as tropas regulares lutaram para se salvar da mesma forma que os agricultores.

Quanto às milícias, a Lei das Milícias de 1903 passou a vigorar, e os trabalhadores de um determinado Estado eram obrigados a atirar em seus companheiros trabalhadores de outros Estados, e, caso recusassem, seriam fuzilados sumariamente. Como era de se esperar, a Lei das Milícias não começou agindo com brandura. Muitos oficiais foram mortos, e muitos milicianos executados por ordem da corte marcial. A profecia de Ernest estava se cumprindo de forma notável nos casos do sr. Kowalt e do sr. Asmunsen. Ambos foram convocados para as milícias e designados para servir em uma expedição punitiva enviada da Califórnia contra os agricultores do Missouri. O sr. Kowalt e o sr. Asmunsen se recusaram a servir. Receberam um tratamento bárbaro. A corte marcial foi o quinhão que lhes coube; e o fuzilamento, o fim que tiveram. Foram fuzilados com as costas voltadas para o pelotão.

Muitos jovens fugiram para as montanhas para não servirem nas milícias. Tornaram-se fora-da-lei, e não demorou para receberem punição. E ela foi drástica. O governo publicou um decreto obrigando todos os cidadãos cumpridores da lei a deixarem as montanhas dentro de três meses. Quando esse prazo expirou, meio milhão de soldados foi enviado para os distritos das montanhas. Não houve investigação, nem julgamento. Em qualquer lugar que fosse encontrado um homem, ele era executado sumariamente. Para os soldados, apenas os fora-da-lei permaneciam nas montanhas. Alguns grupos, em posições fortificadas, lutaram com bravura, mas no final todos os desertores das milícias acabaram mortos.

Uma lição mais imediata, contudo, ficou gravada nas mentes das pessoas pela punição imposta às milícias do Kansas. O grande Motim do Kansas ocorreu logo no início das operações militares contra os ruralistas. Seis mil milicianos desertaram. Eles estavam, há várias semanas, muito turbulentos e irritados, e por esse motivo foram mantidos em campo. Mas o fato de se amotinarem abertamente foi sem dúvida obra dos agentes de provocação.

Na noite de 22 de abril, eles se insurgiram e mataram seus oficiais, dos quais apenas alguns escaparam vivos. Isso estava além do esquema do Tacão de Ferro, pois seus agentes de provocação tinham se superado. Mas tudo estava destinado a ser esmagado pelo Tacão de Ferro. Estava preparado para a revolta dos milicianos e para o assassinato de tantos oficiais; foi a justificativa para o que se seguiu. Como que por encanto, 40 mil soldados do exército regular cercaram os descontentes. Era uma armadilha. Os miseráveis milicianos acreditavam que suas metralhadoras estavam adulteradas e que os cartuchos dos cinturões de que tinham se apropriado não serviriam em seus rifles. Eles levantaram a bandeira branca e se renderam, mas isso foi ignorado. Não houve sobreviventes. Todos os 6 mil foram aniquilados. Bombas e projéteis foram lançados contra eles de uma certa distância, e quando, no desespero, investiram contra o cerco, foram retalhados pelas metralhadoras. Conversei com uma testemunha ocular e ela me disse que o miliciano que chegou mais próximo de uma metralhadora se encontrava a mais de cem metros dela. A terra ficou coberta de mortos, e a carga final da cavalaria, com o tropel dos cascos dos cavalos, revólveres e sabres, esmagou os feridos contra o solo.

Simultaneamente à destruição dos agricultores, veio a revolta dos mineiros de carvão. Foi o último suspiro do proletariado organizado. Setecentos e cinqüenta mil mineiros entraram em greve. Mas estavam muito dispersos pelo país para tirarem vantagem da greve. Foram segregados em seus próprios distritos e derrotados. Esse foi o primeiro recrutamento de escravos. Pocock[1] era um escravagista e conquistou o ódio do proletariado. Inúmeras tentativas de assassinato foram perpetradas contra ele, mas ele parecia ser uma espécie de feiticeiro. Foi o responsável pela introdução do sistema de passaporte russo entre os mineiros, o que os impedia de se locomoverem pelo país.

Nesse meio tempo, os socialistas permaneciam firmes. Enquanto os ruralistas expiravam em chamas e sangue, e o proletariado organizado se desmembrava, os socialistas se mantinham calmos e aperfeiçoavam sua organização secreta. A crítica dos ruralistas era inútil. Nós acertadamente sustentávamos que qualquer espécie de revolta era, na prática, suicídio para a Revolução. O Tacão de Ferro, que no começo tinha dúvidas sobre

---

[1] Albert Pocock, outro notório fura-greve dos primeiros anos. Manteve a fama, até o dia de sua morte, de manter os mineiros do país longe das greves. Foi sucedido por seu filho, Lewis Pocock e, durante cinco gerações, essa notável linhagem de senhores de escravos controlou as minas de carvão. O velho Pocock, conhecido como Pocock I, era descrito da seguinte maneira: "Uma cabeça comprida e inclinada, na qual uma franja de cabelos grisalhos e castanhos formava um semicírculo; com ossos da face protuberantes e um grande queixo... rosto pálido, olhos claros e brilhantes, voz metálica e de modos indolentes". Nasceu numa família pobre e seu primeiro emprego foi em um bar. Depois, se tornou detetive particular de uma corporação ferroviária e, galgando passos, tornou-se um fura-greve profissional. Pocock V, o último da linhagem, foi feito em pedaços em um posto de gasolina por uma bomba durante uma revolta insignificante de mineiros no território indígena. Isso aconteceu em 2073 d.C.

como lidar com todo o proletariado de uma vez, logo se deu conta de que a tarefa era mais fácil do que parecia, e não poderia contar com nada melhor do que um levante de nossa parte. Mas conseguimos bloquear essa tática, apesar de os agentes de provocação estarem entre nós. Naqueles primeiros dias, os agentes do Tacão de Ferro usavam métodos muito truculentos. Tinham muito que aprender, e enquanto isso eram ceifados pelos nossos Grupos de Luta. Era um trabalho amargo, sangrento, mas lutávamos pela sobrevivência e pela Revolução, e tivemos de lutar contra o inimigo com as armas do próprio inimigo. Apesar disso, éramos justos. Nenhum agente do Tacão de Ferro era executado sem julgamento. É possível que tenhamos cometido erros, mas, se o fizemos, foram poucos. Os mais valentes, combativos e abnegados de nossos companheiros entravam para os Grupos de Luta. Um dia, depois de dez anos de conflito, Ernest calculou, a partir dos dados fornecidos pelos chefes dos Grupos de Luta, que a vida média de um homem, ou mulher, depois que se tornava membro, era de cinco anos. Os companheiros dos Grupos de Luta eram todos heróis, e uma coisa peculiar sobre eles era que se opunham a tirar uma vida. Violavam suas próprias naturezas, porque amavam a liberdade e sabiam que nenhum sacrifício era grande demais pela Causa[2].

---

[2] Esses Grupos de Luta foram moldados, de alguma forma, a partir dos Grupos de Luta da Revolução Russa e, apesar dos incessantes esforços do Tacão de Ferro, esses grupos persistiram pelo três séculos de domínio do Tacão de Ferro. Compostos de homens e mulheres que agiam por um propósito elevado e que não tinham medo de morrer, os Grupos de Luta exerceram uma tremenda influência e abrandaram a selvagem brutalidade dos governantes. Seu trabalho não se limitou a uma guerra invisível contra os agentes secretos da oligarquia. Os próprios oligarcas eram compelidos a tomar cuidado com os decretos dos Grupos, e muitas vezes, quando desobedeciam esses decretos, eram punidos com a morte, assim como os subordinados dos oligarcas, os oficiais do exército e os líderes das castas operárias. Esses vingadores organizados instituíam uma justiça severa, mas o mais notável de tudo era a maneira fria e justa pela qual procediam. Não havia julgamentos sumários. Quando um homem era capturado, era julgado de forma justa e tinha a possibilidade de se defender. Infelizmente, muitos homens eram julgados e condenados à revelia, como foi o caso do general Lampton. Isso ocorreu em 2138 d.C. Talvez o mais sanguinário e maligno de todos os mercenários que serviram o Tacão de Ferro, foi informado pelos Grupos de Luta que tinha sido julgado, sua culpa reconhecida e, por isso, condenado à morte — mas apenas depois de ter recebido três advertências para que deixasse de usar um tratamento tão feroz em relação ao proletariado. Após sua condenação, ele se cercou

A tarefa de que nos incumbimos era tripla. Primeiro, o extermínio, de nossos círculos, dos agentes secretos da oligarquia. Segundo, organizar os Grupos de Luta e, além deles, a organização geral secreta da Revolução. A terceira parte da tarefa era a introdução de nossos próprios agentes secretos em cada ramo da oligarquia: nas castas operárias, entre os telegrafistas, secretárias e escriturários, no exército, entre os agentes de provocação e entre os senhores de escravos. Era um trabalho demorado e perigoso, e muitas vezes o sucesso pelos nossos esforços custava-nos muito caro.

O Tacão de Ferro havia triunfado na guerra franca, mas nós mantínhamos nossas posições no novo tipo de guerra que havíamos instituído: uma guerra estranha, terrível e subterrânea. Era travada na escuridão, onde a maioria das coisas era imprevista, onde cegos lutavam contra cegos e onde, apesar de tudo, havia ordem, propósito e controle. Penetramos em toda a organização do Tacão de Ferro com os nossos agentes; mas a nossa própria organização, da mesma forma, sofria a penetração dos agentes do Tacão de Ferro. Era uma guerra sombria e pouco tradicional, repleta de intriga, conspiração e tramóias. E por trás disso, a morte, sempre à espreita... violenta e terrível.

---

de uma série de dispositivos de proteção. Os anos se passaram, e os Grupos de Luta em vão tentaram cumprir o decreto. Vários companheiros, homens e mulheres, falharam nas tentativas, e foram cruelmente executados pela oligarquia. Por causa do caso do general Lampton, fez-se reviver a crucificação como método legal de execução. Mas, no final, ele acabou deparando com seu próprio carrasco. Foi uma jovem de 17 anos, Madeleine Provence, que, para cumprir seu propósito, serviu dois anos no palácio onde morava o general como costureira da família. Ela morreu na prisão depois de ter sofrido uma horrível e prolongada tortura; mas, hoje, encontra-se imortalizada com uma estátua de bronze no Panteão da Irmandade, na magnífica cidade de Serles.

Nós, que por experiência pessoal nada sabemos de banhos de sangue, não podemos julgar com muito rigor os heróis dos Grupos de Luta. Eles deram a vida pela humanidade, pois nenhum sacrifício era grande demais para eles. Mas uma inexorável necessidade os obrigava a expressarem em sangue uma época sangrenta. Foram uma pedra no sapato do Tacão de Ferro, pedra essa que ele nunca conseguiu retirar. Everhard foi o pai desse curioso exército, e suas realizações e sucessos, durante trezentos anos, servem como testemunho da sabedoria com a qual ele havia organizado esses grupos e a sólida fundação que ele deixou para as gerações seguintes. Em alguns aspectos, apesar de sua grande contribuição sociológica e econômica, e de seu trabalho como líder geral na Revolução, a organização dos Grupos de Luta deve ser lembrada como sua maior realização.

Homens e mulheres desapareciam, e desapareciam também nossos companheiros mais próximos e queridos. Nós o víamos hoje; amanhã, já não os víamos mais e nunca os tornaríamos a ver, pois sabíamos que estavam mortos.

Confiança era algo que não existia: não se podia confiar em ninguém em nenhum lugar. O homem que conspirava ao nosso lado podia ser um agente do Tacão de Ferro. Todos desconfiávamos disso. Nós minamos a organização do Tacão de Ferro com nossos agentes secretos, mas o Tacão de Ferro fazia o mesmo com a nossa organização. E apesar da ausência de confiança e lealdade, tudo o que fazíamos era baseado na confiança e na lealdade. Éramos obrigados a agir assim, e, por causa disso, éramos traídos com freqüência. Os homens eram fracos. O Tacão de Ferro podia oferecer-lhes dinheiro, diversão e as alegrias e delícias das cidades maravilhosas. Nós, por outro lado, oferecíamos apenas a satisfação de ser fiel a um nobre ideal. E a recompensa disso era o perigo incessante e, muitas vezes, tortura e morte.

Os homens eram fracos, repito, e por causa de sua fraqueza fomos obrigados a aplicar o único castigo que podíamos: a morte. Era preciso punir os traidores. Para cada homem que nos traía, de um a doze vingadores fiéis saíam em seu encalço. Às vezes falhávamos em cumprir a sentença decretada contra os inimigos, como os Pococks, por exemplo; mas em uma coisa podemos dizer que não falhamos: na punição de nossos próprios traidores. Alguns companheiros se fingiam de traidores com nossa permissão; o objetivo deles era se infiltrar nas magníficas cidades e lá executar as sentenças decretadas contra os verdadeiros traidores. Na verdade, tornamo-nos tão terríveis, que era mais perigoso nos trair do que permanecer leal a nós.

A Revolução assumiu em grande parte um caráter religioso. Adorávamos o santuário da Revolução, que era o santuário da liberdade. Era a luz divina que nos iluminava. Homens e mulheres devotaram suas vidas à Causa, e suas crianças eram oferecidas a ela da mesma maneira que eram oferecidas, nas gerações anteriores, ao serviço de Deus. Éramos devotos da Humanidade.

Capítulo XVII

A TÚNICA ESCARLATE

Com a destruição de seus Estados, os ruralistas desapareceram do Congresso. Eles foram acusados de alta traição, e seus assentos tomados por criaturas do Tacão de Ferro. Os socialistas compunham uma pequena minoria, e tinham consciência de que seu fim estava próximo. O Congresso e o Senado eram uma farsa, simples fachadas. Questões públicas eram debatidas com gravidade e resolvidas de acordo com os métodos tradicionais, mas na realidade tudo era feito para dar um aspecto constitucional aos mandatos da oligarquia.

Ernest estava no meio da luta quando o fim chegou. Foi no debate sobre o projeto de assistência ao desempregado. A crise do ano anterior tinha deixado as grandes massas do proletariado sem ter o que comer, e a desordem contínua e de longo alcance agravava ainda mais essa situação. Enquanto milhões de pessoas morriam de fome, a oligarquia e seus patrocinadores engordavam com o excedente[1]. Nós denominamos esse povo miserável

---

[1] As mesmas condições existiram no século XIX d.C., sob o governo britânico na Índia. Os nativos morriam de fome aos milhões, enquanto os governantes roubavam-lhes os frutos de seu trabalho para gastá-los em magníficas cerimônias e bobagens. Forçosamente, nesta era iluminada, nós temos muito do que nos envergonhar desse ato de nossos ancestrais. Nosso único consolo é filosófico. Devemos considerar a etapa capitalista na evolução social como se fosse a era dos primeiros primatas. Os homens deveriam passar por essas etapas para deixar a lama e o lodo de sua vida orgânica primitiva. Era de se esperar que muito da lama e do lodo resistisse e não fosse facilmente removido.

de povo do abismo[2], e era para aliviar seu terrível sofrimento que os socialistas tinham introduzido o projeto de lei dos desempregados. Mas não o fizeram para alegria do Tacão de Ferro. Agindo de uma maneira bem diferente da nossa, preparava-se para colocar esses milhões para trabalhar, e para isso tinha dado ordens aos deputados para que votassem contra o nosso projeto de lei. Ernest e seus companheiros sabiam que seus esforços seriam inúteis, mas estavam cansados do suspense. Queriam que algo acontecesse. Como não tinham como lograr êxito em seu projeto, o melhor que esperavam era colocar um fim à farsa legislativa de que participavam a contragosto. Eles não sabiam qual seria o resultado, mas não imaginavam que desastre estava para acontecer.

Sentei-me na galeria naquele dia. Todos sabíamos que algo terrível iria se passar. Sentíamos no ar; mas tudo ficou mais claro quando vimos soldados armados se colocando de prontidão nos corredores, e os oficiais agrupados nas entradas da própria Câmara. A oligarquia estava pronta para dar o golpe. Naquele momento, Ernest tinha a palavra. Descrevia os sofrimentos dos desempregados, como se em sua mente passasse a estranha idéia de que com isso ele tocaria o coração e a consciência daquelas pessoas; mas os republicanos e os democratas zombavam dele e o desprezavam; e começou a haver tumulto e confusão. Ernest imediatamente mudou de tática.

– Nada do que eu disser fará com que mudem de idéia – disse ele. – Os senhores não possuem almas para que possam mudar. São sacos vazios, seres invertebrados. Denominam-se, com pompa, republicanos e democratas. O Partido Republicano não existe; tampouco o Partido Democrata. Não existem nem republicanos, nem democratas nessa Câmara. São aproveitadores que estão atrás de propinas, criaturas da plutocracia. Falam com verborragia, usando expressões antiquadas sobre o amor à liberdade, enquanto trajam a túnica escarlate do Tacão de Ferro.

---

[2] "Povo do abismo": essa expressão foi cunhada pelo gênio de H. G. Wells, no final do século XIX d.C. Wells era um vidente sociológico, são e normal, e também um ser humano entusiasmado. Muitos fragmentos de suas obras chegaram até nós, e duas de suas grandes realizações, *Antecipations* e *Mankind to Making*, chegaram na íntegra. Antes dos oligarcas, e antes de Everhard, Wells especulava sobre a construção das cidades maravilhosas, embora em seus escritos ele se referisse a elas como "cidades das delícias".

De repente, passaram-se a ouvir gritos de "Ordem! Ordem!" dirigidos à sua fala e ele continuou com um ar de desdém até que os gritos diminuíssem. Fez um gesto com a mão para indicar que incluía a todos; voltou-se para os seus companheiros e disse:

– Ouçam os rugidos das bestas apascentadas.

Houve um pandemônio. O presidente da mesa pediu ordem e olhou com expectativa para os oficiais nas portas. Houve gritos de "Revolta!" e um sujeito gordo, representante do Estado de Nova York, começou a gritar "Anarquista!" para Ernest. E Ernest não se deu ao trabalho de olhar para ele. Todas suas fibras se agitavam, e seu rosto era o de um animal feroz; no entanto, continuava frio e controlado.

– Lembrem-se – disse ele, com uma voz que se fazia ouvir em meio ao barulho – que se os senhores demonstrarem compaixão agora para com o proletariado, um dia esse mesmo proletariado demonstrará compaixão para com os senhores.

Os gritos de "Revolta!" e "Anarquista!" redobraram.

– Sei que votarão contra esse projeto – continuou Ernest. – Receberam ordens de seus senhores para proceder assim, e ainda me chamam de anarquista. Vocês, que destruíram o governo do povo, e que sem nenhuma vergonha exibem suas túnicas escarlates em locais públicos, chamam-me anarquista? Eu não acredito no fogo do inferno e nem no lago de enxofre; mas em momentos como este lamento a minha descrença. Não, em momentos como este, eu quase passo a acreditar. Certamente deve existir um inferno, pois em nenhum outro lugar poderia ser aplicada uma punição justa aos senhores pelos seus crimes. Enquanto existirem, a necessidade de um fogo do inferno será vital para o cosmo.

Ocorreu um movimento nas portas. Ernest, o presidente da mesa e todos os membros voltaram-se para ver o que era.

– Por que não chama seus soldados aqui, senhor presidente, e lhes ordena que ajam? – perguntou Ernest. – Eles vão cumprir os planos do senhor prontamente.

– Existem outros planos em andamento – foi a resposta. – É por isso que os soldados estão presentes.

– Planos nossos, eu suponho – Ernest ironizou. – Assassinato ou algo parecido.

E ao som da palavra "assassinato" o rumor estourou novamente. Ernest não pôde se fazer ouvir, mas permaneceu no lugar à espera de que os rumores diminuíssem. E então aconteceu. De onde eu estava na galeria, vi o brilho de uma explosão. O barulho me deixou surda, e vi Ernest cambaleando e caindo em um redemoinho de fumaça, e os soldados irrompendo por todos os corredores. Seus companheiros estavam a seus pés, dominados pela raiva, capazes de qualquer coisa. Mas Ernest firmou-se por um momento e agitou o braço pedindo silêncio.

– É um complô – sua voz soou avisando seus companheiros.
– Não façam nada ou serão chacinados.

Então, devagar, sentou-se, e os soldados o alcançaram. Em seguida, os soldados limparam as galerias e eu não vi mais nada.

Embora ele fosse meu marido, eu não podia aproximar-me dele. Quando eu dissesse quem era, seria imediatamente presa. E ao mesmo tempo seriam presos todos os parlamentares socialistas em Washington, inclusive o desafortunado Simpson, que tinha ficado no hotel porque estava com febre tifóide.

O julgamento deu-se logo e foi breve. Estávamos condenados de antemão. O estranho é que Ernest não tenha sido executado. Foi uma estupidez por parte da oligarquia e isso lhes custaria muito caro. Mas ela estava muito confiante naqueles dias. Embriagada pelo sucesso, não acreditava que meia dúzia de heróis tivesse forças para fazer tremer suas fundações. Amanhã, quando a Grande Revolta estourar, em todo o mundo repercutirão os passos da marcha de milhões, e a oligarquia entenderá, tarde demais, o quanto um punhado de heróis pode crescer[3].

---

[3] Avis Everhard acreditava que sua narrativa seria lida em sua própria época, e por isso deixou de mencionar o resultado do julgamento por alta traição. Muitas outras omissões desconcertantes são encontradas nos Manuscritos. Cinqüenta e dois parlamentares foram julgados e todos considerados culpados. É estranho de se dizer, mas nenhum deles recebeu a pena de morte. Everhard e outros onze homens, entre eles Theodore Donnelson e Matthew Kent, receberam prisão perpétua. Os outros quarenta receberam sentenças que variavam de trinta a trinta e cinco anos de prisão; Arthur Simpson, mencionado nos Manuscritos como padecendo de febre tifóide na época da explosão, foi condenado a apenas quinze anos. Diz a tradição que ele morreu de fome em sua cela, e esse tratamento se explica por causa de sua teimosa intransigência e de seu ódio irredutível por todos os homens que serviam ao despotismo. Morreu em Cabanas, Cuba, onde três de seus companheiros também estavam confinados. Os cinqüenta e dois parlamentares socialistas foram presos em fortes militares espalhados por todos os Estados Unidos. Assim, Du Bois e Woods foram levados para Porto Rico, enquanto

Como revolucionária e alguém de dentro que conhecia as esperanças, os medos e os planos secretos dos revolucionários, estou preparada para responder, como poucos, sobre a culpa que nos foi imputada por causa da explosão da bomba no Congresso. E posso dizer, sem rodeios, sem comprometimento ou dúvida de qualquer natureza, que os socialistas, no Congresso ou fora dele, não tiveram nada que ver com o acontecido. Quem jogou a bomba, não sabemos, mas uma coisa é absolutamente certa: não fomos nós.

Por outro lado, existem provas para mostrar que o Tacão de Ferro foi o responsável pelo ato. É claro que não o podemos provar. Nós simplesmente concluímos isso. Mas há certos fatos que desconhecemos. Foi relatado ao presidente da mesa, por agentes secretos do Governo, que os parlamentares socialistas estavam preparados para lançar mão de táticas terroristas, e que haviam decidido o dia em que as poriam em prática. Esse dia era o da explosão. Por causa disso, o Capitólio estava repleto de tropas de prevenção. Uma vez que nada sabíamos sobre a bomba, e que a bomba de fato explodiu, e uma vez que as autoridades já estavam preparadas para a explosão, nada nos resta a não ser concluir que o Tacão de Ferro também sabia. Além disso, concluímos que o Tacão de Ferro foi o responsável pelo atentado e que ele o planejou e perpetrou com o propósito de colocar a culpa em nossas costas e provocar assim a nossa destruição.

O presidente da mesa alertou a todos na casa que usavam a túnica escarlate. Eles sabiam, quando Ernest falava, que um ato violento estava para ser cometido. E, sendo justa com eles, eles acreditavam com sinceridade que o ato seria cometido pelos socialistas. Durante o julgamento, e ainda de maneira sincera, muitos afirmaram que Ernest se preparava para jogar a bomba, e ela explodiu antes da hora. É claro que eles não viram nada disso. Viram apenas aquilo que o medo fez com que vissem.

Como Ernest depôs durante o julgamento:

– Se eu fosse jogar uma bomba, por que iria colocar uma bombinha tão fraca quanto aquela? Não havia muita pólvora nela. Levantou um monte de fumaça, mas ninguém se feriu,

---

Everhard e Merryweather ficaram em Alcatraz, uma ilha na baía de São Francisco que há muito tempo servia de prisão militar.

exceto eu. Explodiu bem aos meus pés, e apesar disso não me matou. Creiam-me, quando eu tiver de lançar bombas, causarei muito estrago. Haverá mais do que fumaça em meus explosivos.

A promotoria respondeu a isso argumentando que a bomba era fraca por um erro da parte dos socialistas, assim como a explosão prematura, que foi causada porque Ernest ficou nervoso e a deixou cair. E para sustentar seu argumento, muitos parlamentares testemunharam que Ernest segurava a bomba e a deixou cair.

Quanto a nós, ninguém sabia como a bomba foi lançada. Ernest me disse que um instante antes da explosão viu e ouviu a bomba ser lançada a seus pés. Ele testemunhou isso no julgamento, mas ninguém acreditou nele. Além de tudo, em linguagem popular, ele "estava frito". O Tacão de Ferro tinha se decidido a nos destruir, e nada resistiria a isso.

Há um ditado que reza que a verdade sempre aparece. Duvido disso agora, e apesar de todos os nossos esforços, não conseguimos encontrar o homem que de fato lançou a bomba. Sem dúvida, tratava-se de um emissário do Tacão de Ferro, mas ele escapou. Nunca tivemos a menor idéia de quem foi. E agora, muito tempo depois, nada mais resta a não ser classificar o acontecimento entre os mistérios da história[4].

---

[4] Avis Everhard teria de viver muitas gerações antes que pudesse ver esclarecido esse mistério em particular. Pouco menos de cem anos atrás, e um pouco mais do que seiscentos anos após a sua morte, a confissão de Pervaise foi descoberta nos arquivos secretos do Vaticano. Talvez seja bom contar um pouco desse obscuro documento, que é do interesse principalmente dos historiadores.
Pervaise, americano de ascendência francesa, em 1913 d.C., encontrava-se detido nas Tombs Prison de Nova York, aguardando julgamento por assassinato. De sua confissão, entendemos que ele não era um criminoso. Era um sujeito irritadiço, que se exaltava com facilidade. Em um gesto insano de ciúme, matou a esposa – algo bastante comum naquela época. Pervaise foi dominado pelo medo da morte, e isso foi recontado extensamente em sua confissão. Para escapar da morte ele faria qualquer coisa, e os agentes da polícia prepararam-no dizendo-lhe que possivelmente ele não escaparia da condenação por assassinato em primeiro grau quando o seu julgamento terminasse. Naquela época, o assassinato em primeiro grau era punido com a pena capital. O culpado, fosse ele homem ou mulher, era colocado em uma cadeira da morte especialmente construída, e, sob a supervisão de médicos competentes, era morto por uma corrente elétrica que percorria a cadeira. Isso era chamado de eletrocussão, e era muito popular nesse período. A anestesia, como um meio de morte compulsória, só seria introduzida mais tarde.

O TACÃO DE FERRO

Esse homem, no fundo, era uma pessoa de bom de coração, mas, superficialmente, um ser dotado de uma brutalidade feroz. Colocado na prisão e à espera da morte, foi fácil para os agentes do Tacão de Ferro convencê-lo a colocar a bomba na Câmara dos Deputados. Em sua confissão, ele relata explicitamente que lhe haviam avisado para que a bomba fosse fraca e que não matasse ninguém. Isso combina diretamente com o fato de que a bomba tinha pouca carga e que a explosão aos pés de Everhard não fora mortal.

Pervaise fora colocado em uma galeria aparentemente fechada para reforma. Ele devia escolher o momento certo para jogar a bomba e, ingenuamente, chegou a confessar que, interessado no discurso veemente de Everhard e na comoção geral que este causava, quase se esqueceu de sua missão.

Além de ser libertado da prisão, como recompensa pelo seu feito, passou a receber uma pensão vitalícia. Mas não desfrutou dela por muito tempo. Em 1914 d.C., no mês de setembro, foi atacado de reumatismo cardíaco e viveu por mais três dias apenas. Sabendo que ia morrer, mandou chamar o padre católico Peter Durban, com quem se confessou. Tão importante pareceu sua confissão ao padre que este a redigiu e juramentou. Podemos conjecturar o que aconteceu em seguida. Devido à sua importância, o documento acabou em Roma. Influências poderosas devem têm-lo visto e, conseqüentemente, impedido que fosse divulgado. Durante séculos, nenhum sinal de sua existência veio à luz. Apenas no século passado, Lorbia, o brilhante erudito italiano, deparou com ele quase por acaso em suas pesquisas no Vaticano.

Não há dúvidas, hoje em dia, de que o Tacão de Ferro foi o responsável pela bomba que explodiu na Câmara dos Deputados em 1913 d.C. Mesmo que a confissão de Pervaise nunca tivesse vindo à luz, não havia dúvida: o ato em questão, que mandou cinqüenta e dois deputados para a cadeia, era apenas mais um dos incontáveis atos cometidos pelos oligarcas, e, antes deles, pelos capitalistas.

Existe um exemplo clássico de selvageria e maldade que foi o assassinato judicial de inocentes conhecidos como os anarquistas de Haymarket, em Chicago, na penúltima década do século XIX d.C. Em uma categoria a parte, podemos mencionar o incêndio deliberado e a destruição de propriedades capitalistas pelos próprios capitalistas. A culpa por esses atos era imputada a homens inocentes que eram freqüentemente punidos — "ferrados", na expressão da época.

Durante as revoltas operárias na primeira década do século XX d.C., entre capitalistas e a Federação de Mineiros do Oeste, táticas semelhantes, mas mais sangrentas, foram empregadas. A estação de trens em Independence foi explodida por agentes dos capitalistas. Treze homens morreram e muitos outros ficaram feridos. Os capitalistas, controlando a máquina legislativa e judiciária do Estado do Colorado, imputaram o crime aos mineiros e quase chegaram a condená-los. Romaines, um dos instrumentos nesse caso, como Pervaise, estava encarcerado em outro Estado, no Kansas, à espera do julgamento, quando foi abordado por agentes dos capitalistas. Mas, ao contrário de Pervaise, a confissão de Romaines acabou sendo conhecida em sua própria época.

Durante esse mesmo período, ocorreu o caso de Moyer e Haywood, dois fortes e temíveis líderes operários. Um era presidente e o outro secretário da Federação de Mineiros do Oeste. O ex-governador do Estado de Idaho tinha sido misteriosamente assassinado. O crime, na época, foi abertamente imputado aos donos de minas, tanto pelos socialistas quanto pelos mineiros. Mesmo assim, violando a Constituição nacional e estadual, e por meio de conspirações da parte dos governadores de Idaho e do Colorado, Moyer e Haywood foram capturados, colocados na cadeia e processados pelo assassinado. Foi esse exemplo que provocou em Eugene V. Debs, líder nacional dos socialistas dos Estados Unidos na época, as seguintes palavras: "Os dirigentes operários que não podem ser subornados nem intimidados, devem ser caluniados e assassinados. O único crime de Moyer e Haywood foi sua inabalável fidelidade à classe operária. Os capitalistas roubaram nossa terra, corromperam nossos políticos, mancharam nosso judiciário e montaram sobre nós com esporas, e agora pretendem matar aqueles que não se renderem abjetamente ao seu domínio brutal. Os governadores do Colorado e de Idaho estão apenas executando as ordens de sua senhora, a plutocracia. A palavra de ordem é 'os trabalhadores contra a plutocracia'. Se eles derem o primeiro golpe violento, nós daremos o último".

Capítulo XVIII
À SOMBRA DE SONOMA

Sobre mim, durante esse período, não há muito que falar. Durante seis meses, fui mantida na prisão, embora não fosse acusada de nada. Eu estava entre os suspeitos; e suspeito era um termo assustador que todos os revolucionários logo viriam a conhecer. Mas o nosso próprio serviço secreto, recentemente criado, começava a agir. Quando eu estava para completar dois meses de prisão, um dos carcereiros apresentou-se a mim como contato de nossa organização, e algumas semanas depois, Joseph Parkhurst, membro dos Grupos de Luta, foi nomeado médico do presídio.

Assim, por toda a organização da oligarquia, nossa própria organização se alastrava como uma rede. Dessa forma, eu ficava sabendo de tudo o que se passava do lado de fora, e nossos dirigentes que estavam na prisão mantinham contato com nossos bravos companheiros disfarçados de agentes do Tacão de Ferro. Embora Ernest permanecesse em uma prisão situada na costa do Pacífico, a quase cinco mil quilômetros dali, eu me comunicava com ele constantemente, e a nossa correspondência era regular.

Os dirigentes, estivessem presos ou em liberdade, conseguiam elaborar e conduzir a campanha. Seria possível, dentro de poucos meses, efetivar a fuga de alguns deles; mas, uma vez que a prisão não representava uma barreira para as nossas atividades, decidiu-se evitar qualquer ação que pudesse ser prematura. Cinqüenta e dois parlamentares e outros trezentos dirigentes estavam na prisão, e tinha sido deliberado que eles deveriam escapar simultaneamente. Se parte deles escapasse, a vigilância dos oligarcas redobraria para evitar a fuga dos outros. Por outro lado, sabíamos que uma grande escapada causaria uma enorme influência psicológica sobre o proletariado. Isso mostraria nossa força e inspiraria confiança.

Quando fui posta em liberdade, depois de seis meses de prisão, o partido deliberou que eu deveria desaparecer e procurar um refúgio seguro para Ernest. Contudo, desaparecer não era algo fácil. Tão logo me vi em liberdade, os espiões do Tacão de Ferro passaram a ficar em meu encalço como cães perdigueiros. Era preciso despistá-los para que eu chegasse à Califórnia. E o jeito com que o fizemos foi muito engraçado.

O sistema de passaportes, elaborado à maneira russa, já estava funcionando. Eu não me atrevia a cruzar o país com minha própria identidade. Era necessário que eu desaparecesse se quisesse voltar a ver Ernest, pois ele seria preso de novo se os espiões continuassem em meu encalço. Por outro lado, eu não poderia viajar disfarçada sob um traje proletário. Restava então o disfarce de membro da própria oligarquia. Os grandes oligarcas não passavam de meia dúzia, ao passo que havia uma infinidade de oligarcas de menor importância, como por exemplo, o sr. Wickson: eram pessoas que possuíam alguns milhões e viviam à sombra dos grandes oligarcas. As esposas e filhas desses oligarcas de menor vulto formavam uma verdadeira legião, e, por isso, foi decidido que eu deveria me disfarçar em uma dessas mulheres. Alguns anos mais tarde, isso teria sido impossível, porque o sistema de passaportes se tornaria tão aperfeiçoado que todo homem, mulher ou criança, de qualquer lugar que fosse, teria todos os seus movimentos registrados.

Em um determinado momento, os espiões perderam minha pista. Uma hora depois, Avis Everhard não mais existia. Foi quando Felice van Verdinghan, na companhia de duas governantas e de um cachorrinho, com uma babá só para ele[1], entrou no

---

[1] Esse quadro ridículo ilustra bem a conduta daqueles senhores sem coração. Enquanto pessoas morriam de fome, os animais de estimação tinham babás. Foi um disfarce interessante de Avis Everhard. Vida e morte, e a Causa, entraram em sua elaboração, por isso o quadro deve ser aceito como realista. Trata-se de um comentário avassalador sobre a época.

quarto de vestir do carro Pullman[2] e, poucos minutos mais tarde, partia para Oeste.

As três governantas que me acompanhavam eram revolucionárias. Duas eram membros dos Grupos de Luta, e a terceira, Grace Holbrook, passou a fazer parte de um grupo no ano seguinte. Seis meses mais tarde, seria executada pelo Tacão de Ferro. Era ela quem cuidava do cachorro. Das outras duas, Bertha Stole desapareceria doze anos depois, e Anna Roylston continua viva e cumpre um papel cada vez mais importante para a Revolução[3].

Sem nenhum problema, atravessamos os Estados Unidos até a Califórnia. Quando o trem parou na Estação da rua Dezesseis, em Oakland, descemos e Felice van Verdighan, as duas governantas, o cachorrinho e sua babá desapareceram para sempre. As governantas foram levadas por companheiros de confiança. Outros camaradas se encarregaram de mim. Meia hora depois de ter deixado o trem, eu estava a bordo de um barco pesqueiro na baía de São Francisco. O vento nos desnorteava e ficamos à deriva a maior parte da noite. Mas eu podia enxergar as luzes de Alcatraz, onde Ernest estava preso, e o pensamento de estar próxima a ele me reconfortava. Ao anoitecer, graças ao vigor dos remadores, alcançamos as ilhas Marin. Ali permanecemos escondidos todo o dia, e, na noite seguinte, levados pela correnteza e por um vento fresco, cruzamos a baía de San Pablo em duas horas e adentramos o Petaluma Creek.

Ali, um companheiro nos aguardava com os cavalos selados, e, sem demora, partimos sob a luz das estrelas. Ao norte, avultava o monte Sonoma, esbatido pela névoa, que era para

---

[2] Designação dos carros mais luxuosos dos trens do período; o nome vem do seu criador.

[3] Apesar dos perigos contínuos e quase inconcebíveis, Anna Roylston viveu até a idade de 91 anos. Da mesma maneira que os Pococks desafiaram os executores dos Grupos de Luta, ela desafiava os executores do Tacão de Ferro. Levou uma vida encantadora, e prosperou em meio aos perigos. Ela era executora nos Grupos de Luta e, conhecida como a Virgem Vermelha, tornou-se uma figura inspiradora para a Revolução. Quando tinha 69 anos, matou a tiros Halcliffe, o Sanguinário, diante de sua escolta, e conseguiu escapar ilesa. No final, morreu em paz, na velhice, em um refúgio secreto dos revolucionários nas montanhas de Ozark.

onde nos dirigíamos. Deixamos a velha cidade de Sonoma à direita e atravessamos um desfiladeiro desenhado no meio das montanhas. A estrada de rodagem continuava no meio da floresta e, mais à frente, se transformava numa trilha de gado que continuava até se misturar aos pastos da região montanhosa. Seguimos direto pelas montanhas de Sonoma. Era a rota mais segura. Não havia ninguém para notar nossa passagem.

Alcançou-nos a luz do amanhecer na parte norte da montanha, e na penumbra descemos por um chaparral até os íngremes desfiladeiros de sequóias encarnadas, acalentados pela brisa do final do verão. Era a minha terra querida que eu conhecia e amava, e logo me tornei o guia da incursão. O refúgio era meu. Eu o escolhi. Abrimos uma porteira e cruzamos uma pradaria elevada. Em seguida, subimos uma colina coberta de carvalhos e descemos para uma pradaria menor. Transpusemos um outeiro, cavalgando por entre *madroños* e *manzanitas** de um vermelho profundo. Os primeiros raios de sol batiam em nossas costas à medida que subíamos, e uma revoada de codornas troou sobre o bosque. Uma lebre cruzou nosso caminho, saltando com rapidez e silenciosamente como um gamo. E então, um gamo de enorme galhada, em cujo pescoço e em cujo lombo o sol fazia refletir uma coloração vermelha e dourada, subiu as encostas diante de nós e desapareceu.

Seguimos em seu encalço um certo tempo; descemos em ziguezague uma trilha que o gamo havia ignorado até um conjunto de magníficas sequóias que, rubentes, rodeavam uma lagoa cujas águas se encontravam enegrecidas por culpa dos minerais que caíam das encostas. Eu conhecia cada palmo daquele caminho. Uma vez, um escritor, amigo meu, havia comprado um rancho por aqui; mas ele, assim como eu, tornou-se um revolucionário, embora com menos sorte, pois ele já havia morrido e ninguém sabia onde nem como. Apenas ele, quando era vivo, sabia o segredo dos refúgios que eu buscava. Ele havia comprado o rancho por causa da beleza, e pago um preço elevado por ele, o que desagradou os fazendeiros do

---

* *Madroño*, "Medronheiro" (*Arbustus unedo*); *manzanita*, "maçanilha" (*Arctostaphylos sp.*). Duas árvores pequenas; a primeira apresenta frutos semelhantes ao morango, a segunda, frutos que se parecem com pequenas maçãs. (N.T.)

lugar. Ele costumava contar, de maneira divertida, como eles balançavam as cabeças com desgosto por causa do preço, e depois de fazerem mentalmente algumas contas, diziam:

– Estas terras não lhe renderão nem seis por cento disso.

Mas ele já havia morrido então, e o rancho não ficou para os seus filhos. Curiosamente, o rancho era agora propriedade do sr. Wickson, que havia adquirido todas as propriedades a leste e ao norte das montanhas de Sonoma, que se estendiam desde a quinta dos Spreckles até a divisa do vale de Bennett. Ali, ele tinha feito um magnífico parque para os gamos, onde, por uma extensão de milhares de acres de leves declives, clareiras e gargantas, o gamo corria em um estado quase selvagem. Os antigos donos da terra tinham sido forçados a deixá-la. Um sanatório estadual para doentes mentais também fora demolido para dar espaço para os gamos correrem.

Além de tudo, a cabana de caça de Wickson ficava a uns quatrocentos metros de onde eu cavalgava. Mas isso, em vez de ser perigoso, representava uma segurança para nós. Estávamos refugiados sob a égide de um dos pequenos oligarcas. Devido à natureza da situação, ninguém suspeitaria de nada. O último lugar do mundo em que os espiões do Tacão de Ferro iram me procurar, e a Ernest quando se juntasse a mim, era o parque de Wickson.

Amarramos os cavalos entre as sequóias perto da lagoa. De um nicho no buraco em uma árvore podre, meu companheiro retirou uma série de coisas: um saco de farinha de 25 quilos, comida enlatada de toda espécie, utensílios para cozinhar, cobertores, um encerado, livros, papel e tinta, um pacote de cartas, um tambor de querosene e, o mais importante, um rolo grande de corda. O suprimento era tão vasto que tinham sido necessárias várias viagens para levá-los até ali.

O refúgio estava bem perto. Tomando a corda e seguindo o caminho, tomei a frente, transpondo uma clareira de vinhas e arbustos emaranhados que corria entre dois outeiros de árvores. A clareira terminava abruptamente no barranco de um riacho. Era um pequeno arroio alimentado por fontes, que nunca secava, mesmo no verão mais quente. Por todo o lado, elevavam-se outeiros cobertos de vegetação, que pareciam terem sido deixados ali pelas mãos descuidadas de um gigante. Não repousavam sobre um leito rochoso; elevavam-se desde as bases até dezenas de metros de altura, e eram compostos de terra vermelha de origem vulcânica, a famosa terra de vinhas de Sonoma. Por entre esses montes, o pequeno arroio havia cavado um leito profundo e escarpado.

Era um caminho bastante difícil até o leito do arroio. Quando o atingimos, tivemos de descer seu curso mais uns trinta metros até chegarmos à grande gruta. Não havia sinais de que ali existisse uma gruta; tampouco era uma gruta na acepção da palavra. Era necessário arrastar-se por um emaranhado de ramos e espinhos até atingir a borda, de onde se enxergava um manto verde. Tinha uns trinta metros de comprimento e de largura, e a metade disso de altura. Talvez por causa de alguma falha que se abriu quando os outeiros começaram a se elevar, e certamente pela ajuda da erosão, um grande buraco foi se formando no decorrer de centenas de anos pela corrente do arroio. Não se podia ver um pedaço de terra sequer. Tudo estava coberto pela vegetação: das pequenas avencas e fetos dourados até as enormes sequóias e abetos de Douglas. Essas árvores enormes saltavam das encostas da gruta. Algumas chegavam a atingir uma inclinação de quarenta e cinco graus, mas a maioria se elevava como uma torre perpendicular ao fundo de terra macia.

Era um esconderijo perfeito. Ninguém passava por ali, nem mesmos os rapazes do vilarejo de Glen Ellen. Se esse buraco estivesse no leito de uma garganta de um ou de vários quilômetros de comprimento, seria bastante conhecido. Mas aquilo nem era uma garganta. Do começo até o fim, o comprimento do arroio não passava de quinhentos metros. Trezentos metros rio acima, em relação à gruta, o arroio nascia em uma fonte ao pé de uma campina na baixada. Cem metros rio abaixo, o arroio corria a céu aberto, para desaguar em um rio que flui por um terreno verde com pequenas depressões.

Meu companheiro desceu-me com a ajuda de uma corda presa a uma árvore. Logo cheguei ao fundo. E, em pouco tempo, ele carregou todos as coisas que estavam escondidas na árvore e desceu-as para mim. Recolheu a corda e escondeu-a; e, antes de ir embora, despediu-se de mim com alegria.

Antes de continuar, quero dizer algumas palavras sobre esse companheiro, John Carlson, uma personagem humilde da Revolução, um dos incontáveis fiéis de nossas fileiras. Ele trabalhou para Wickson nos estábulos perto da cabana de caça. Por sinal, foi com os cavalos de Wickson que cavalgamos pelas montanhas de Sonoma. Durante quase vinte anos, John Carlson tem sido o guardião de nosso refúgio. Nenhum pensamento desleal, estou certa, passou por sua mente durante todo esse tempo. Traição era algo que não lhe ocorria nem em sonhos. Era uma pessoa calma e impassível que não se podia imaginar que significado a Revolução tinha para ele. E apesar de tudo, o amor à liberdade iluminava de maneira melancólica e constante sua alma ensombrecida. De certa forma, era bom que ele não fosse muito imaginativo. Nunca perdia a cabeça. Conseguia obedecer ordens sem ser curioso nem falador. Uma vez, perguntei-lhe como ele havia se tornado revolucionário.

– Quando eu era moço, fui soldado – respondeu. – Foi na Alemanha. Lá, todos os jovens deviam servir o exército. Por isso também servi o exército. Havia um outro soldado lá, jovem que nem eu. O pai dele era aquilo que se podia chamar de agitador, e foi preso por crime de lesa-majestade, quer dizer, por falar a verdade a respeito do Imperador. E o rapaz, o filho dele, contou-me muitas coisas sobre o povo, o trabalho e a espoliação das pessoas pelos capitalistas. Fez-me enxergar as coisas de outra maneira, e eu me tornei socialista. Sua conversa era muito boa e verdadeira, e nunca me esqueci disso. Quando vim para os Estados Unidos, procurei os socialistas e tornei-me membro de uma seção; foi na época do SLP. Então, mais tarde, quando houve o racha, juntei-me ao PS. Eu trabalhava em um estábulo em São Francisco na época. Isso foi antes do terremoto. Paguei minha cota durante vinte e dois anos. Ainda sou membro, e continuo cotizando, mas isso é segredo. Vou continuar pagando minha cota, e, quando a comunidade cooperativa chegar, eu vou ser feliz.

Depois que ele partiu, comecei a preparar o café da manhã em um fogão a óleo e a arrumar meu novo lar. Muitas vezes, pela manhã, ou pouco antes do anoitecer, Carlson descia até o refúgio e trabalhava por algumas horas. No começo, minha casa era só um encerado. Mais tarde, tornou-se uma pequena tenda. E depois, quando tivemos certeza de que o local era perfeitamente seguro, uma casinha foi levantada. Essa casa estava completamente fora da vista de alguém que, porventura, olhasse para o fundo da gruta. A densa vegetação daquele esconderijo representava um abrigo natural. Além disso, a casa foi construída contra a parede perpendicular; e na própria encosta, escorada por troncos de madeira, escavamos dois pequenos quartos bem arejados e secos. Creiam-me, havia muito conforto. Quando Biedenbach, o terrorista alemão, se alojou ali algum tempo depois, instalou um dispositivo exaustor de fumaça que nos permitia sentar perto do fogo nas noites de inverno.

Mas agora gostaria de falar um pouco sobre esse terrorista de bom coração, o mais injustiçado de todos os companheiros na Revolução. O companheiro Biedenbach não traiu a causa. Nem foi executado pelos companheiros, como se supõe normalmente. Essa calúnia foi divulgada por membros da oligarquia. O companheiro Biedenbach era distraído, esquecido. Levou um tiro de nossos vigias no refúgio de Carmel, por ter-se esquecido da senha. Foi um lamentável engano. E que ele tenha traído nosso Grupo de Lutas é pura mentira. Jamais serviu a Causa homem tão íntegro e leal[4].

Durante dezenove anos, o refúgio que eu escolhera ficou quase sempre ocupado, e todas as vezes, com uma única exceção, nunca foi descoberto por ninguém de fora, apesar de estar a apenas quatrocentos metros da cabana de caça de Wickson e a pouco mais de um quilômetro do vilarejo de Glen Ellen. Todas as manhãs e todas as noites, eu podia ouvir os trens que chegavam e partiam, e costumava acertar meu relógio pelo apito de uma olaria[5].

---

[4] Não encontramos nada a respeito de Biedenbach no material sobre a época que chegou até os dias de hoje. Nenhuma menção é feita a ele, a não ser nos Manuscritos de Everhard.

[5] Se um viajante curioso for para o sul a partir de Glen Ellen, encontrará uma avenida idêntica à velha estrada de aldeia de setecentos anos atrás. A quatrocentos metros de Glen Ellen, depois de atravessar a segunda ponte, à esquerda verá um barranco que corta o terreno como uma cicatriz ao longo do campo ondulado perto de um grupo de outeiros com árvores. O barranco é o local do antigo direito de passagem, que no tempo da propriedade privada atravessava as terras de um tal de Chauvet, um pioneiro francês na Califórnia, que veio de sua terra natal durante a febre do ouro. Os outeiros com árvores são os mesmos mencionados por Avis Everhard.

O grande terremoto de 2368 d.C. fez com que uma das encostas desmoronasse para dentro do local onde os Everhards se esconderam. Com a descoberta dos Manuscritos, a casa, os dois quartos talhados na encosta e o lixo acumulado durante a longa ocupação também foram descobertos por meio de escavações.

O TACÃO DE FERRO

Muitas relíquias valiosas foram encontradas, entre elas, é curioso dizer, o dispositivo para exaustão de fumaça de Biedenbach mencionado na narrativa. Os estudantes interessados nesses assuntos deveriam ler os cadernos de Arnold Bentham que logo serão publicados.
A um quilômetro e meio a noroeste do outeiro, fica o local do abrigo de Wake Robin no encontro do riacho Bravo com o riacho Sonoma. Deve-se notar, de passagem, que o riacho Bravo se chamava anteriormente riacho Graham, e levava esse nome nos primeiros mapas do local. Mas o último nome predominou. Foi no abrigo de Robin que Avis Everhard viveria por curtos períodos, quando, disfarçada de agente de provocação do Tacão de Ferro, foi-lhe permitido cumprir seu papel com impunidade entre os homens e os eventos. A autorização oficial para ocupar o abrigo de Wake Robin continua nos registros, assinada por ninguém menos do que Wickson, o pequeno oligarca do Manuscrito.

Capítulo XIX
TRANSFORMAÇÃO

"Você deve assumir um novo aspecto", escreveu-me Ernest. "Deve deixar de ser o que é e tornar-se outra mulher; não apenas mudando a maneira de se vestir, mas a própria pele, por debaixo das roupas. Deve assumir um aspecto tal que nem mesmo eu a reconheça: a voz, os gestos, o comportamento, a maneira de se apresentar, de andar, tudo."

Obedeci a essas determinações. Todo dia eu treinava durante horas para que pudesse sepultar de vez a antiga Avis Everhard sob a pele de uma outra mulher, a qual eu pudesse chamar meu outro eu. Foi apenas depois de uma muita prática que pude atingir esses resultados. Pratiquei quase que ininterruptamente o simples pormenor da entonação de voz até que pudesse fixar a voz do meu novo eu, automaticamente. Era imperativo que eu assumisse esse papel de forma automática, e precisava fazê-lo com tal perfeição que enganasse até a mim mesma. Era como aprender uma nova língua, o francês por exemplo. No começo, aprender francês é uma prática muito dura, uma questão de vontade. O aluno pensa em inglês e depois traduz para o francês, ou lê em francês e depois traduz para o inglês antes de compreender. Mais tarde, quando estiver seguro, será automático; o estudante vai ler, escrever e pensar em francês, sem ter de recorrer ao inglês de forma alguma.

Assim seria com o nosso disfarce. Precisávamos treinar até que o papel assumido se tornasse real, de forma que para voltar aos papéis originais seria preciso um forte e atento exercício de vontade. No começo, a maior parte disso era uma experiência desatinada. Estávamos criando uma nova arte, e tínhamos muito o que descobrir. Mas o trabalho repetia-se em todos os lugares; estávamos nos tornando mestres na arte e acumulando um repertório de truques e expedientes. Esse repertório era uma espécie de guia que passava a ser divulgado: uma parte do programa da escola da Revolução[1].

Foi nessa época que meu pai desapareceu. Suas cartas, que eu recebia regularmente, não chegaram mais. Ele não aparecia mais pelos arredores da rua Pell. Nossos companheiros o procuraram por toda parte. Por meio de nosso serviço secreto, vasculhamos cada prisão do país. Mas era como se a terra o tivesse engolido completamente, e até hoje nenhuma pista de seu desaparecimento foi encontrada[2].

Passei seis solitários meses no esconderijo, mas não foram meses de ócio. Nossa organização crescia rapidamente, e havia sempre uma quantidade enorme de trabalho por fazer. Ernest e seus companheiros de liderança, de suas prisões, decidiam o que devia ser feito; e cabia a nós, do lado de fora, fazê-lo. Tínhamos de organizar a propaganda de boca a boca, o sistema de espionagem e todas as suas ramificações, o funcionamento de nossas gráficas secretas e o estabelecimento de nossas ferrovias subterrâneas, para entrelaçar milhares de lugares de refúgio e estabelecer novos esconderijos para quando faltassem elos de comunicação entre os já existentes por todo o país.

Por isso afirmo que o trabalho nunca acabava. No final de seis meses, minha solidão foi interrompida pela chegada de duas

---

[1] O disfarce tornou-se uma verdadeira arte durante aquele período. Os revolucionários mantinham escolas de atuação em seus próprios esconderijos. Não utilizavam acessórios como perucas e barbas, sobrancelhas falsas e outros recursos de atores de teatro. O jogo da revolução era um jogo de vida ou morte, e simples acessórios representavam armadilhas. O disfarce era fundamental, intrínseco, parte e aparência da pessoa, sua segunda natureza. Conta-se que a Virgem Vermelha era um dos maiores representantes dessa arte, e por isso teve uma carreira longa e de sucesso.

[2] O desaparecimento era um dos horrores daquela época. Motivo de canções e histórias. Algo que ocorria concomitantemente com a guerra subterrânea travada durante esses três séculos. Esse fenômeno era quase tão comum nas classes oligárquicas e nas castas operárias quanto entre as fileiras dos revolucionários. Sem aviso, sem pista, homens e mulheres, e mesmo crianças, sumiam e nunca mais eram vistos, e os seus desaparecimentos permaneciam um mistério.

companheiras. Eram garotas jovens, valentes e movidas por um grande amor pela liberdade: Lora Peterson, que desapareceu em 1922, e Kate Bierce, que se casou com Du Bois[3]. Kate continua conosco e, como todos nós, tem os olhos voltados para o sol do amanhã, prenúncio da nova era.

As duas garotas, antes de chegar, passaram por um grande apuro, no qual correram perigo de morte. Entre a tripulação do barco pesqueiro que as levou pela baía de San Pablo, havia um espião. Um agente do Tacão de Ferro, disfarçado de revolucionário e que conhecia a fundo os segredos da nossa organização. Sem dúvida, ele estava à minha procura, pois há muito tempo sabíamos que o meu desaparecimento tinha sido causa de grande consternação para o serviço secreto da oligarquia. Por sorte, como os acontecimentos viriam a provar depois, ele não tinha divulgado suas descobertas a ninguém ainda. Certamente demorou-se a relatar o que descobrira, porque queria primeiro ter certeza da localização do meu esconderijo e me capturar. As informações morreram com ele. Depois que as garotas desembarcaram na enseada de Petaluma e pegaram os cavalos, ele arrumou um pretexto para deixar o barco.

A meio caminho para as montanhas de Sonoma, John Carlson fez as garotas prosseguirem a cavalo, e voltou a pé. Suspeitava de algo. Capturou o espião e nos deu uma idéia do que tinha acontecido.

– Dei um jeito nele – era a forma de Carlson descrever o acontecimento. – Dei um jeito nele – repetiu, enquanto uma luz sombria surgia em seus olhos, e suas mãos enormes e calejadas se abriam de forma quase eloqüente. – Ele não fez nenhum ruído. Escondi o corpo e de noite vou voltar para enterrá-lo bem fundo.

Durante esse período, fui ficando cada vez mais admirada com a minha própria metamorfose. Às vezes, parecia impossível para mim que eu tivesse levado uma vida calma e tranqüila numa cidade universitária, e tivesse me tornado uma revolucionária acostumada a cenas de morte e violência. Uma dessas duas coisas não podia ser verdade. Uma era real, a outra um

---

[3] Du Bois, o atual bibliotecário de Ardis, é um descendente em linha direta desse revolucionário.

sonho, mas eu não sabia qual era qual. A vida de uma revolucionária, escondida numa gruta, seria um pesadelo? E a existência de uma pessoa em Berkeley, levada entre o chá das tardes, bailes, debates sociais e as salas de aulas, não seria o sonho de uma revolucionária com uma vida anterior, como se de alguma forma ela a tivesse vivido? Concluí então que isso era uma experiência comum a todos aqueles que sustentam o estandarte vermelho da irmandade do homem.

Recordo-me sempre de pessoas da minha outra vida: e, curiosamente, elas aparecem e desaparecem vez por outra em minha nova vida. O bispo Morehouse, por exemplo. Procuramos muito por ele depois que nossa organização já estava desenvolvida. Mas não conseguimos encontrá-lo. Ele era transferido de um asilo a outro. Seguimos sua pista desde o hospício estadual em Napa até o de Stockton; e de Stockton até o do vale de Santa Clara, conhecido como Agnews; foi aí que perdemos a sua pista. Não havia registros de sua morte. De alguma forma, ele deve ter conseguido escapar. Nem imaginava de que forma terrível voltaria a vê-lo: um vislumbre fugaz no turbilhão da carnificina da Comuna de Chicago.

Jackson, aquele que teve um braço decepado por uma máquina nos Moinhos Sierra e que tinha sido a causa de minha conversão em revolucionária, nunca tornei a ver; mas todos nós sabemos o que fez antes de morrer. Ele nunca se juntou aos revolucionários. Amargurado com o destino, chocado com seus próprios enganos, tornou-se anarquista – não um anarquista filosófico, mas um simples animal, louco, com ódio e ávido de vingança. E praticou uma bela vingança. Depois de passar despercebido pelos guardas, uma noite em que todos estavam dormindo, ele explodiu o palácio de Pertonwaithe. Ninguém escapou com vida, nem mesmo os guardas. E, na prisão, enquanto aguardava o julgamento, asfixiou-se nas cobertas.

O dr. Hammerfield e o dr. Ballingford encontraram destinos bem diferentes do de Jackson. Tinham sido fiéis à própria sagacidade, e correspondentemente recompensados com palácios eclesiásticos dentro dos quais viviam em paz com o mundo. Ambos eram apologistas da oligarquia. Ambos tinham feito crescer o próprio bolo. "O doutor Hammerfield", como disse Ernest uma vez, "metamorfoseou sua metafísica para dar sansão divina ao Tacão de Ferro, à adoração do belo e para reduzir a um espectro invisível o vertebrado gasoso descrito por Haeckel* – a diferença entre o dr. Hammerfield e o dr. Ballingford era que o último tinha feito o deus dos oligarcas um pouco mais gasoso e um pouco menos vertebrado."

Peter Donnelly, o capataz dos Moinhos Sierra que tinha uma cicatriz, aquele que encontrei quando investigava o caso de Jackson, foi uma surpresa para todos nós. Em 1918, participei de uma reunião do 'Frisco Reds. De todos os Grupos de Luta, esse era o mais formidável, feroz e impiedoso. Não era de fato parte de nossa organização. Seus membros eram fanáticos, desvairados. Nós não nos atrevíamos a encorajar esse tipo de espírito. Por outro lado, embora não pertencessem a nós, mantínhamos boas relações com eles. Foi um assunto de importância capital que me levou para lá naquela noite. Eu, em meio a um bando de homens, era a única pessoa que não estava disfarçada. Depois de ter resolvido o assunto que me levara até lá, um deles me acompanhou na saída. Ao passarmos por um corredor escuro, esse homem riscou um fósforo, levou-o para perto do rosto e colocou a máscara de lado. Por um momento, pude enxergar os traços de Peter Donnelly, moldados pela paixão. Então, o fósforo apagou.

– Eu só queria que soubesse que era eu – disse no escuro. – Você lembra do Dallas, o superintendente?

Eu acenei com a cabeça ao lembrar-me do rosto lupino do superintendente dos Moinhos Sierra.

– Bem, eu o peguei primeiro – disse Donnelly com orgulho. – Foi depois disso que eu me juntei aos Reds.

– Mas como você veio parar aqui? – perguntei. – E sua esposa e seus filhos?

– Morreram, respondeu. Eis o porquê. Não – continuou apressadamente –, não foi por vingança. Eles morreram em paz na cama; de doença, um depois do outro. Apertavam minhas mãos enquanto morriam. E agora que eles partiram, estou atrás de vingar a humanidade. Uma vez fui Peter Donnelly, o capataz

---

* Ernest Haeckel, em *O monismo*, conceituou que Deus seria um ser imaterial, puramente espiritual, uma vez que a idéia de um Deus antropomórfico tinha sido há muito abandonada. No entanto, a atividade física desse espírito faz dele não um ser imaterial, mas um ser invisível, gasoso. Assim, Haeckel chega ao paradoxo do vertebrado gasoso. Haeckel (1834-1919) foi um naturalista alemão defensor do darwinismo. (N.T.)

dos fura-greves. Mas, esta noite, sou o número 27 dos 'Frisco Reds. Vamos, que vou tirá-la daqui.

Ouviria mais sobre ele depois. De alguma maneira, ele havia me dito a verdade quando afirmou que todos os seus filhos haviam morrido. Um deles, Timothy, vivia, mas o pai o considerava morto. Timothy se tornou membro dos Mercenários[4] do Tacão de Ferro. Um membro dos 'Frisco Reds comprometia-se a realizar doze execuções por ano. Se falhasse, morria. Um membro que deixasse de cumprir esse número cometeria suicídio. Essas execuções não eram casuais. Esse grupo de loucos encontrava-se com freqüência e julgava por atacado membros ofendidos e servidores da oligarquia. No final, o cargo de executor era determinado por sorteio.

Na verdade, o negócio que me levou àquele local, na noite de minha visita, era um julgamento. Um de nossos próprios companheiros, que durante anos tinha se mantido com sucesso em uma posição clerical no escritório local do serviço secreto do Tacão de Ferro, tinha caído nas mãos dos 'Frisco Reds e estava sendo julgado. É claro que ele não estava presente, e é claro que os seus juízes não sabiam que se tratava de um de nossos homens. Minha missão era testemunhar sua identidade e lealdade. Pode-se imaginar como viemos a saber do caso. A explicação é simples. Um de nossos agentes secretos era membro dos 'Frisco Reds. Precisávamos ficar de olho tanto no amigo quanto no inimigo, e esse grupo de loucos não era tão sem importância para escapar à nossa vigilância.

Mas, voltando a Peter Donnelly e seu filho, tudo corria bem com Donnelly até que visse, no ano seguinte, entre as execuções que lhe cabiam, o nome de Timothy Donnelly. Foi então que aqueles laços de ternura o apertaram; sua dedicação à família atingia um grau tão extraordinário na sua pessoa que acabou por prevalecer. Para salvar o filho, traiu seus companheiros. Conseguiram detê-lo em parte, mas vários membros do 'Frisco Reds foram executados, e o grupo quase totalmente destruído.

---

[4] Além das castas operárias, surgiu uma outra casta, a militar. Um exército permanente de soldados profissionais foi criado, tendo como oficiais membros da oligarquia, e era conhecido como Mercenários. Essa instituição substituiu as milícias, que se tinham provado impraticáveis sob o novo regime. Além do serviço secreto regular do Tacão de Ferro, foi mais tarde estabelecido um serviço secreto dos Mercenários, que formava uma ligação entre a polícia e o exército.

Em retaliação, os sobreviventes condenaram Donnelly à morte como pena pela sua traição.

Tampouco Timothy Donnelly sobreviveria por muito tempo. Os 'Frisco Reds juraram executá-lo. A oligarquia fez de tudo para salvá-lo. Ele era transferido de um lugar a outro do país. Três dos Reds morreram ao tentar capturá-lo. O Grupo era composto apenas por homens. No final, chamaram uma mulher, uma de nossas companheiras, ninguém menos do que Anna Roylston. Nosso Círculo Interno proibiu-a, mas era muito voluntariosa e desdenhava a disciplina. Além do mais, era uma pessoa muito agradável e de muito talento, e nunca a poderíamos disciplinar de qualquer maneira. Ela pertence a uma classe à parte e não se enquadrava aos padrões normais dos revolucionários.

Apesar de nossa recusa em autorizá-la à missão, ela foi em frente. Anna Roylston era uma mulher extremamente sedutora; tudo o que tinha a fazer era estalar os dedos. Partiu os corações de muitos jovens companheiros nossos, e de outros que havia conquistado como o objetivo de ganhá-los para a nossa organização. Apesar disso, ela se recusava terminantemente a casar. Adorava crianças, mas sentia que um filho exigiria muito dela em detrimento da Causa, e era para a Causa que a vida dela estava devotada.

Seria uma tarefa fácil para Anna Roylston conquistar Timothy Donnelly. A consciência dela não a perturbava, pois foi na mesma época em que ocorreu o Massacre de Nashville, no qual Mercenários, sob o comando de Donnelly, mataram oitocentos tecelãos naquela cidade. Mas ela não matou Donnelly: levou-o como prisioneiro para os 'Frisco Reds. Isso aconteceu no ano passado, e já estão tratando de chamá-la por outro nome. Os revolucionários, em todos os lugares, a chamam de Virgem Vermelha[5].

Mais tarde, eu viria a encontrar duas figuras mais familiares: o coronel Ingram e o coronel Van Gilbert. O coronel Ingram ascendeu na oligarquia e tornou-se embaixador na Alemanha.

---

[5] Os 'Frisco Reds voltaram a ganhar força apenas depois que a Segunda Revolta foi massacrada. E, por duas gerações, o Grupo floresceu. Então, um agente do Tacão de Ferro infiltrou-se no grupo, passou a conhecer todos os seus segredos e provocou a sua aniquilação total. Isso ocorreu em 2002 d.C. Os membros foram executados um de cada vez, em intervalos de três semanas, e seus corpos expostos no gueto operário de São Francisco.

Ele era odiado do fundo da alma pelo proletariado dos dois países. Quando estive com ele em Berlim, eu me passava por espiã internacional de confiança do Tacão de Ferro; fui recebida por ele, que me prestou muita assistência. A propósito, o meu papel de agente duplo permitiu-me arranjar algumas coisas importantes para a Revolução.

O coronel Van Gilbert tornou-se conhecido como Van Gilbert, o Raivoso. Representou um papel importante ao escrever o novo código depois da Comuna de Chicago. Mas, antes disso, ele já havia sido sentenciado à morte pela sua terrível maldade. Eu fui uma das pessoas que o julgaram e sentenciaram. Anna Roylston cuidou da execução.

Uma outra lembrança de minha vida antiga, o advogado de Jackson, também viria a aparecer. Entre todas as pessoas, era a que eu menos esperava tornar a ver: Joseph Hurd. Foi um encontro estranho. Tarde da noite, dois anos depois da Comuna de Chicago, Ernest e eu chegamos juntos ao esconderijo de Benton Harbour. Ficava em Michigan, atravessando o lago, partindo de Chicago. Chegamos bem no final do julgamento de um espião. A sentença de morte tinha sido dada, e ele estava sendo levado embora. Essa era a situação quando chegamos. O pobre coitado, quando me viu, livrou-se e correu até mim; abraçou-me os joelhos, gritando desesperadamente por piedade. Quando voltou sua face agonizante para mim, reconheci-o: era Joseph Hurd. De todas as coisas terríveis que testemunhei, nunca tinha visto ninguém tão amedrontado quanto essa criatura ensandecida, que implorava por sua vida. Estava apavorado; dava pena. Ele se recusava a afastar-se de mim, apesar das mãos de vários companheiros que o puxavam. E quando, por fim, conseguiram soltá-lo, com ele gritando, eu caí no chão, sem sentidos. É mais fácil ver homens valentes morrerem do que ouvir um covarde implorar pela vida[6].

---

[6] O esconderijo de Benton Harbour era uma catacumba, cuja entrada tinha sido planejada com perspicácia para parecer-se com um poço. Encontra-se ainda hoje em razoável estado de preservação, e o visitante curioso pode caminhar em seus labirintos até a sala da assembléia, lugar onde, sem dúvida alguma, ocorreu a cena descrita por Avis Everhard. Mais adiante, vai encontrar as celas dos prisioneiros e a câmara de execução. Mais além, fica o cemitério: longas e sinuosas galerias cortadas na rocha, onde há tantos anos eram depositados por seus companheiros os corpos dos revolucionários que morriam.

Capítulo XX

UM OLIGARCA PERDIDO

Mas as lembranças da minha antiga vida afastaram-me da história de minha nova vida. A fuga em massa dos nossos dirigentes ocorreu durante o ano de 1915. Era uma empresa complexa, mas foi realizada sem muito embaraço, e, como uma façanha louvável, nos animou a trabalhar. Em uma única noite, livramos das grades das prisões militares e das fortalezas, desde Cuba até a Califórnia, 51 de nossos 52 parlamentares e, além deles, mais de trezentos outros dirigentes. Nada deu errado. Todos os que escaparam conseguiram alcançar o refúgio a ele destinado, com segurança; tudo como havia sido planejado. O único parlamentar que não conseguimos rever foi Arthur Simpson – ele já havia sido morto em Cabanas depois de sofrer as mais cruentas torturas.

Os dezoito meses que se seguiram foram talvez os mais felizes de minha vida com Ernest. Durante aquele período, nunca nos separamos, enquanto mais tarde, quando tivemos de voltar ao mundo exterior, ficávamos muito tempo longe um do outro. Esperei aquela noite a chegada de Ernest com a mesma ansiedade que espero hoje as chamas da revolta de amanhã. Eu não o via já há muito tempo, e a idéia de que um embaraço ou tropeço em nossos planos fizesse com que ele continuasse na prisão quase me deixava louca. Cada hora parecia uma eternidade. Biedenbach e três rapazes que estavam abrigados no refúgio percorriam as montanhas, armados dos pés à cabeça e preparados para tudo. Não devia haver ninguém dentro de nenhum dos nossos refúgios, naquela noite, imaginei.

Assim que o céu começou a se tornar mortiço com a chegada da manhã, ouvi o sinal de cima e respondi. No escuro, quase abracei Biedenbach, que foi o que desceu primeiro; mas, logo, eu estava nos braços de Ernest. E, naquele instante, descobri que apenas com muito esforço eu poderia agir como a velha Avis Everhard, com os mesmos gestos e sorrisos de antes, as mesmas frases e a mesma entonação de voz, tão completa tinha sido a minha transformação. Era difícil manter a velha identidade; eu não podia me distrair por um instante sequer, tão automaticamente imperativa eu construíra minha nova personalidade.

Uma vez dentro da pequena cabana, vi o rosto de Ernest na luz. Com exceção da palidez adquirida na prisão, não havia nenhuma mudança nele; pelo menos, não muita. Ele era o mesmo marido de sempre: meu herói querido. Contudo, havia um certo ascetismo nas linhas de seu rosto. Mas ele podia muito bem suportar aquilo, pois dava um ar de nobreza à sua vida excessivamente tumultuada. Talvez tenha sido um pouco mais grave do que antes, mas aquele brilho de alegria continuava em seu olhar. Ele tinha emagrecido dez quilos, mas estava em excelente forma física. Ele fazia exercícios durante o período de confinamento, e seus músculos estavam rígidos como ferro. Na verdade, estava em melhor condição agora do que antes de ser preso. Passaram-se horas antes que sua cabeça tocasse o travesseiro e que eu o fizesse dormir. Eu, no entanto, não dormiria. Eu estava muito feliz; e, afinal, não tinha sido eu a participar da fuga e da longa cavalgada até aqui.

Enquanto Ernest dormia, troquei de roupa, arrumei meus cabelos de forma diferente e voltei à minha nova e automática personalidade. Quando Biedenbach e os outros companheiros acordaram, com a ajuda deles, planejei uma pequena conspiração. Nós estávamos no cômodo da caverna que servia de copa e cozinha quando Ernest entrou. Tudo já estava preparado. Biedenbach chamou-me pelo nome de Maria e eu lhe respondi. Então, olhei para Ernest com uma certa curiosidade, como se estivesse vendo pela primeira vez um famoso herói da Revolução. Ernest olhou para mim e passou a dar voltas impacientemente pelo cômodo como se procurasse alguém. Pouco depois, fui-lhe apresentada como Mary Holmes.

Para completar a brincadeira, colocamos um prato extra na mesa e, quando nos sentamos, uma das cadeiras ficou vazia.

Eu quase chorei de alegria ao perceber como Ernest estava ansioso e impaciente. Por fim, não pôde controlar a impaciência:
– Onde está minha esposa? – perguntou asperamente.
– Ela continua dormindo – respondi.

Era o momento crítico. Mas minha voz era estranha, e ele não percebeu nada de familiar nela. A refeição prosseguiu. Falei bastante e com entusiasmo, como uma admiradora de um herói deveria falar, e era óbvio que era ele o meu herói. Cheguei a um clímax de entusiasmo e admiração, e, antes que ele pudesse adivinhar minhas intenções, lancei os braços em torno de seu pescoço e beijei-lhe os lábios. Ele me afastou de si e se manteve a uma certa distância, perplexo e espantado. Os quatro homens caíram na risada e tudo se explicou. No começo, ele permaneceu cético. Olhou-me com cuidado e quase se convenceu, então, balançou a cabeça e não acreditou. Mas foi apenas quando eu me tornei a velha Avis Everhard e lhe sussurrei segredos íntimos no ouvido que ele aceitou-me como sua verdadeira esposa.

No fim do dia, quando me tomou nos braços, manifestou um grande embaraço e acusou-me de provocar-lhe emoções polígamas.

– Você é a minha Avis – disse –, e mais alguém. Duas mulheres. Por isso, faz parte de meu harém. Por enquanto, estamos seguros. Mas se os Estados Unidos se tornarem perigosos demais para nós, podemos fugir para a Turquia, pois acabo de me tornar um turco[1].

Passei a ser feliz no refúgio. É verdade que trabalhávamos pesado, mas trabalhávamos juntos. Tivemos um ao outro por dezoito meses; e não estávamos sós, pois havia sempre outros líderes e camaradas que vinham e partiam – estranhas vozes do submundo da intriga e da revolução, que nos traziam as histórias mais estranhas de conflitos e guerras de nossas linhas de batalha. E havia muita alegria e prazer. Não éramos simples conspiradores frios. Trabalhávamos duro e sofríamos demais; preenchíamos as lacunas em nossas fileiras seguindo em frente e, em meio aos problemas da vida e na presença da morte, encontrávamos tempo para rir e amar. Entre nós, havia artistas, cientistas, intelectuais, músicos e poetas; e naquele buraco no chão a cultura era mais refinada e elevada do que nos grandes

---

[1] Naquela época, a poligamia ainda era praticada na Turquia.

palácios das cidades maravilhosas dos oligarcas. Na verdade, muitos de nossos companheiros trabalharam na edificação da beleza desses mesmos palácios e cidades maravilhosas[2].

Tampouco ficávamos confinados no refúgio. Muitas vezes, durante a noite, cavalgávamos pelas montanhas para nos exercitar, e montávamos os cavalos do próprio Wickson. Se ele soubesse quantos revolucionários seus cavalos transportaram! Fazíamos piqueniques em lugares ermos, onde permanecíamos todo o dia. Partíamos antes do amanhecer e retornávamos após o anoitecer. Fazíamos uso também da manteiga e do leite[3] de Wickson; e Ernest não tinha receio de caçar as codornas e as lebres de Wickson, chegando, uma vez, a matar um dos jovens gamos da propriedade.

De fato, era um refúgio seguro. Eu havia dito que esse refúgio tinha sido descoberto uma vez apenas, e isso me leva a esclarecer o mistério do desaparecimento do jovem Wickson. Ele já morreu, por isso tenho liberdade de dizer. Havia um canto no fundo do grande buraco onde o sol brilhava por várias horas e que estava escondido do alto. Para lá, nós havíamos carregado uma grande quantidade de pedras do leito do riacho, de forma que o lugar ficou seco e fresco, um local agradável para se aquecer; e, uma tarde, eu estava ali, sonolenta, quase dormindo sobre um volume de Mendenhall[4]. Eu estava tão aconchegada e segura que nem mesmo seus versos inflamados conseguiam mexer comigo.

Fui despertada por um punhado de terra que caiu aos meus pés. Então, do alto, ouvi o barulho de alguém que se arrastava. Em seguida, um jovem, deslizando pela parede do

---

[2] Não era fanfarronice de Avis Everhard. A fina flor dos artistas e intelectuais era formada por revolucionários. Com a exceção de uns poucos músicos e cantores, e de uns poucos oligarcas, todos os grandes criadores do período cujos nomes chegaram até nós eram revolucionários.

[3] Ainda naquele período, o leite era cruelmente extraído da vaca. Não se preparavam alimentos em laboratório naquela época.

[4] Por toda a literatura e documentos que chegaram até nós daquele período, aparecem contínuas referências aos poemas de Rudolph Mendenhall. Ele era chamado de "A Chama" pelos seus companheiros. Era, sem dúvida, um grande gênio; contudo, além dos estranhos e assombrosos fragmentos de seus versos, citados nos escritos de outros, nada de sua autoria chegou até nós. Ele foi executado pelo Tacão de Ferro em 1928 d.C.

precipício, apareceu perto de mim. Era Philip Wickson, embora eu não o conhecesse naquela época. Ele olhou-me com frieza e soltou um ligeiro assobio de surpresa.

– Bem – disse ele, e com o boné na mão, continuou: – peço-lhe desculpas. Não esperava encontrar ninguém aqui.

Não me mantive totalmente fria. Agi como um principiante diante de uma situação desesperadora como aquelas. Mais tarde, quando me tornasse uma espiã internacional, eu seria menos desajeitada, tenho certeza. Assim, levantei-me e dei o sinal de alarma.

– Por que fez isso? – perguntou, olhando de maneira investigativa.

Era evidente que ele não suspeitava de nossa presença quando desceu ali. Dei-me conta disso com alívio.

– Por que você acha que eu fiz isso? – retruquei. Eu era de fato desajeitada naquela época.

– Não sei – respondeu, mexendo a cabeça. – A menos que você tenha alguns amigos por perto. De qualquer maneira, você me deve explicações. Não gosto do jeito disso. Você está invadindo. Essas terras são do meu pai e...

Mas, naquele instante, Biedenbach, todo educado e gentil, falou por trás dele, em voz baixa:

– Mãos ao alto, meu jovem.

Primeiro, o jovem Wickson pôs as mãos para cima, depois se voltou para Biedenbach, que lhe apontava uma espingarda. Wickson permaneceu impassível.

– Ora, ora, um ninho de revolucionários, um verdadeiro ninho de vespas. Bem, eu garanto que não permanecerão muito tempo aqui.

– Acho que quem vai ficar muito tempo aqui é você... para reconsiderar essa afirmação – disse Biedenbach calmamente. – Mas enquanto isso, vamos entrar.

– Entrar? – o jovem estava de fato atônito. – Vocês têm uma catacumba aqui? Já ouvi falar disso.

– Entre e verá – respondeu Biedenbach com seu sotaque adorável.

– Mas isso é ilegal – protestou.

– Sim, de acordo com as suas leis – replicou o terrorista de maneira significativa. – Mas, de acordo com a nossa, creia-me, é bastante legal. Você deve se acostumar ao fato de que está em um mundo diferente do mundo da opressão e da brutalidade no qual tem vivido.

– Sobre isso, há muito o que discutir – murmurou Wickson.

– Então fique conosco e discuta o assunto.

O jovem riu e acompanhou seu raptor até o lado de dentro. Ele foi levado ao salão interno, e um dos jovens companheiros ficou de guarda, enquanto discutíamos a situação na cozinha.

Biedenbach, com lágrimas nos olhos, opinava que Wickson deveria morrer e sentiu-se aliviado quando os outros discordaram de sua terrível proposta. Por outro lado, nem sonhávamos em permitir que o jovem oligarca partisse.

– Vou dizer-lhes o que fazer – disse Ernest. – Ficaremos com ele e o reeducaremos.

– Eu me reservo então o privilégio de ilustrá-lo em jurisprudência – gritou Biedenbach.

E chegamos a uma decisão de forma bastante engraçada. Manteríamos Philip Wickson prisioneiro e o educaríamos em nossa ética e sociologia. Mas, enquanto isso, havia trabalho a ser feito. Todo o vestígio do jovem oligarca deveria ser apagado. Havia as marcas deixadas por ele ao descer pelo barranco até o buraco. Essa tarefa coube a Biedenbach, que, pendurado em uma corda, trabalhou com destreza até o fim do dia para apagar os sinais. Do alto do desfiladeiro até a nascente do riacho, todas as marcas foram igualmente removidas. Então, ao crepúsculo, chegou John Carlson, que pediu os sapatos de Wickson.

O jovem não queria entregar os sapatos e estava disposto a lutar por eles, até que sentiu a força das mãos de Ernest. Mais tarde, Carlson queixou-se das bolhas e ferimentos que os sapatos lhe causaram nos pés, porque eram pequenos demais para ele; no entanto, concluiu sua nobre tarefa. Saindo pela borda do buraco, onde terminava de apagar a trilha do jovem, Carlson calçou os sapatos e partiu para a esquerda. Caminhou quilômetros, por colinas, montes e desfiladeiros e, finalmente, fez a trilha terminar nas águas correntes do leito do riacho. Ali, retirou os sapatos, e, ainda escondendo a trilha por uma certa distância, colocou seus próprios sapatos. Uma semana mais tarde, devolveu os sapatos de Wickson.

Naquela noite, os cães de caça foram soltos e pouco se dormiu no refúgio. No dia seguinte, várias vezes, os latidos dos cachorros chegaram ao desfiladeiro, mas se voltaram para a esquerda seguindo a trilha que Carlson havia feito para eles, até que os latidos desapareceram nos desfiladeiros. E todo o tempo nossos homens esperavam no refúgio, armados, com pistolas automáticas e rifles, sem falar da meia dúzia de máquinas infernais fabricadas por Biedenbach. Posso imaginar como ficariam surpreendidos os homens que estavam à procura do jovem Wickson se deparassem com o nosso esconderijo.

Agora, vou revelar o verdadeiro fim de Philip Wickson, outrora um oligarca e, mais tarde, um companheiro revolucionário, pois o convertemos afinal. Seu espírito era jovem e maleável, e, por natureza, era muito ético. Vários meses mais tarde, nós o fizemos cavalgar em um dos cavalos de seu pai, pelas montanhas de Sonoma até a enseada de Petaluma, e o colocamos em um pequeno barco de pesca. Depois de algumas baldeações, nós o despachamos pelas nossas ferrovias subterrâneas, até o refúgio de Carmel.

Lá ele permaneceu oito meses. Depois, não quis partir, por duas razões: uma delas era Anna Roylston, por quem se havia apaixonado; a outra era o fato de ter-se tornado um de nós. Quando, finalmente, se convenceu de que sua paixão não tinha futuro, atendeu ao nosso desejo e voltou para seu pai. Embora se passasse por oligarca até o final da vida, ele era, na verdade, um dos nossos agentes mais valiosos. Muitas e muitas vezes o Tacão de Ferro se surpreendeu pela falha de seus planos e operações contra nós. Se ele ao menos soubesse o número de membros seus que são, na verdade, agentes nossos! O jovem Wickson nunca hesitou em sua lealdade à Revolução. Na verdade, morreu por causa do empenho que devotava à sua tarefa. Durante os grandes temporais de 1927, enquanto assistia a uma reunião de nossos dirigentes, contraiu pneumonia. Por causa dela, veio a morrer[5].

---

[5] O caso desse jovem não era incomum. Muitos jovens da oligarquia, impelidos pelo sentido de justiça, ou tomados pela glória da Revolução, fosse de maneira ética ou romântica, devotaram sua vida a ela. Semelhantemente, muitos filhos da nobreza russa cumpriram papéis importantes na primeira e prolongada revolução daquele país.

Capítulo XXI

O RUGIDO DA FERA DO ABISMO

Durante o longo período em que permanecemos no refúgio, mantivemo-nos informados de tudo o que se passava pelo mundo, e pudemos compreender melhor a força do nosso inimigo, a oligarquia. Devido às enormes mudanças que estavam ocorrendo na sociedade, as novas instituições passaram a adquirir uma forma mais definida, tomando a feição e os atributos da permanência. Os oligarcas conseguiram criar uma máquina governamental que funcionava, apesar de vasta e intrincada – e isso a despeito de todos os nossos esforços contrários.

Foi uma surpresa para muitos revolucionários. Eles não acreditavam que isso seria possível. Todavia, o trabalho continuava a ser feito em todo o país. Pessoas se exauriam nos campos e nas minas – não passavam de escravas. Mas em relação às indústrias capitais, tudo prosperava. Os membros das grandes castas operárias estavam contentes e trabalhavam com satisfação. Pela primeira vez na vida, conheciam a paz industrial. Não tinham de se preocupar com períodos de queda na produção, com greves, piquetes e com as determinações sindicais. Viviam em casas mais confortáveis e em cidades sublimes – sublimes se comparadas aos lugares imundos e guetos no qual viviam antes. Alimentavam-se melhor, trabalhavam menos, tinham um período de férias maior, o salário era bom, e passaram a ter interesses e prazeres mais variados. E com os seus irmãos menos afortunados, os trabalhadores desfavorecidos, o povo sem vontade do abismo, eles não se importavam. Uma época de egoísmo começava a surgir para a humanidade. Mas isso não é totalmente verdadeiro. As castas trabalhadoras estavam cheias de agentes nossos infiltrados – homens cujos olhos enxergavam, além do umbigo, a radiante figura da liberdade e da fraternidade.

Uma outra grande instituição que havia adquirido forma e estava agindo com facilidade era a dos Mercenários. Esse corpo de soldados se desenvolveu a partir dos antigos exércitos regulares e agora contava com um milhão de homens, além das forças coloniais. Os Mercenários constituíam uma raça à parte. Viviam em cidades próprias praticamente governadas por eles mesmos, e gozavam de muitos privilégios. Consumiam uma considerável porção do embaraçoso excedente. Estavam perdendo todo contato e simpatia com o resto do povo, e, de fato, estavam desenvolvendo sua própria moral e consciência de classe. E, apesar disso, tínhamos milhares de agentes entre eles[1].

Os próprios oligarcas caminhavam para um notável e inesperado desenvolvimento, devemos confessar. Como classe, eram disciplinados. Todo membro tinha uma tarefa no mundo, a qual era obrigado a cumprir. Não havia mais jovens ricos desocupados. Sua força era usada para dar unidade à oligarquia. Eles serviam como comandantes de tropas e como capatazes e chefes da indústria. Seguiam carreira nas ciências aplicadas e muitos deles se tornaram grandes engenheiros. Entravam para as múltiplas divisões do governo, serviam nas colônias, e milhares deles ingressavam nos diversos serviços secretos existentes. Eram, atrevo-me a dizer, aprendizes de ensino, da arte, religião, ciência e literatura; e nesses campos cumpriam a importante função de moldar o processo do pensamento da nação no sentido de perpetuar a oligarquia.

Eram ensinados que o que faziam era o certo, e mais tarde transmitiam essa doutrina aos seus discípulos. Assimilavam as idéias aristocráticas desde criança, quando começavam a receber as primeiras impressões do mundo. As idéias aristocráticas eram tecidas no seu desenvolvimento até se transformarem em sua carne e nos seus ossos. Eles se viam como domesticadores de

---

[1] Os Mercenários, nos últimos dias do Tacão de Ferro, cumpriram um importante papel. Constituíam o equilíbrio de poder nas lutas entre as castas operárias e os oligarcas; e ora para um lado, ora para o outro, movimentavam o fiel da balança por meio de intrigas e conspirações.

animais selvagens, domadores de feras. Sob seus pés levantavam-se sempre os rugidos subterrâneos da revolta. A morte violenta sempre se esgueirava entre eles. Bombas, facas e balas eram as presas da fera que rugia do abismo, e eles deviam dominá-las para que a humanidade continuasse a existir. Eles eram os salvadores da humanidade, e enxergavam a si próprios como trabalhadores heróicos e abnegados que agiam pelos princípios mais elevados.

Como classe, acreditavam que apenas eles sustentavam a civilização. Acreditavam que, se fraquejassem, as bestas-feras os engoliriam e toda a beleza, maravilha, alegria e bondade acabaria no bucho asqueroso delas. Sem eles, a anarquia acabaria predominando e o mundo retrocederia à primitiva noite da qual tinha emergido em tanta dor. O medonho quadro de anarquia era colocado sempre diante dos olhos de seus filhos até que estes, por sua vez, obcecados por esse medo cultivado, sustentassem o quadro diante dos olhos dos filhos que os seguiam. Era essa a besta-fera que devia ser esmagada, e a mais elevada tarefa do aristocrata era fazê-lo. Em suma, apenas eles, pela perseverança e sacrifício, se colocavam entre a fraca humanidade e as feras vorazes; e acreditavam nisso, acreditavam firmemente.

Eu não disse tudo a respeito da integridade moral da classe oligárquica inteira. Ela era a força do Tacão de Ferro, e muitos dos companheiros ou não entendiam isso, ou eram reticentes em aceitá-lo. Muitos deles creditam a força do Tacão de Ferro ao seu sistema de recompensa e punição. Isso é um engano. O céu e o inferno podem ser o fator principal de zelo na religião de um fanático; mas, para a grande maioria dos religiosos, o céu e o inferno são incidentais em relação ao certo e o errado. Amar a justiça, desejar o bem, rejeitar tudo o que não seja completamente bom; em suma, fazer o que é direito, esse é o fator elementar da religião. E também da oligarquia. Prisões, banimentos e degradação, honras e palácios e cidades maravilhosas, tudo isso é incidental. A grande força propulsora dos oligarcas é a crença de que fazem o que é direito. Não importam as exceções, nem a opressão e nem a injustiça em meio às quais o Tacão de Ferro foi concebido. Já sabemos de tudo isso. O que importa é que a força da oligarquia reside hoje no fato de que estão satisfeitos com a sua própria concepção de justiça[2].

---

[2] Pelo fato de a ética do capitalismo não ter consistência e nem ser coerente, os

No entanto, a força da Revolução, durante esses terríveis vinte anos, residiu também em um senso de justiça: sua justiça. De nenhuma outra forma o nosso sacrifício e martírio poderiam ser explicados. Por nenhuma outra razão Rudolph Mendenhall inflamar-se-ia pela Causa e cantaria seu selvagem canto de cisne naquela noite derradeira de sua vida. Por nenhuma outra razão Hubert morreria torturado, recusando-se até o último momento a trair seus companheiros. Por nenhuma outra razão Anna Roylston se recusaria a ser abençoada pelo matrimônio. Por nenhuma outra razão John Carlson manter-se-ia como um guarda de confiança no refúgio de Glen Ellen, e sem receber nenhum centavo por isso. Não importa, jovem ou velho, homem ou mulher, alto ou baixo, gênio ou estúpido, onde quer se encontre um companheiro da Revolução, sua força motriz será o enorme e permanente desejo de justiça.

Mas acabei me afastando do assunto. Ernest e eu tínhamos consciência, antes de deixar o refúgio, de como a força do Tacão de Ferro estava se desenvolvendo. As castas operárias, os Mercenários e as grandes hordas de agentes secretos e policiais de várias espécies estavam todos atrelados à oligarquia. Apesar da perda da liberdade, estavam em melhor situação do que antes. Por outro lado, a grande massa desesperada da população, o povo do abismo, estava afundando em uma apatia brutal, satisfeita com a miséria. Sempre que surgiam operários de valor em meio às massas, os oligarcas os transformavam em membros das castas operárias ou em Mercenários. Assim, os descontentes se acalmavam e o proletariado era despojado de suas lideranças naturais.

A condição do povo do abismo dava dó. A educação em escolas comuns, quando isso era possível, deixou de existir. Eles viviam como animais em grandes e esquálidos guetos operários, exasperados em meio à miséria e à degradação. Todas as suas antigas liberdades haviam desaparecido. Eram escravos do trabalho. Não havia, para eles, escolha de serviço. Da mesma forma,

---

oligarcas criaram uma nova ética, coerente e bem definida, pungente e severa como aço: a mais absurda e anticientífica e, ao mesmo tempo, a mais potente já possuída por uma classe tirana. Os oligarcas acreditavam em sua ética, apesar de a biologia e a evolução a desmentirem; e, por causa dessa fé, durante três séculos, represaram a torrente poderosa do progresso humano. Isso significou um problema profundo, estarrecedor e desconcertante para o moralista metafísico; para o materialista, causa de muitas dúvidas e mudanças de opinião.

era-lhes negado o direito de se mudarem de um local para outro, ou de portarem ou possuírem armas. Não eram servos da gleba como os agricultores, eram servos das máquinas e servos do trabalho. Quando surgiam necessidades esporádicas, como a construção de estradas e de linhas aéreas, de canais, túneis, passagens subterrâneas e fortificações, trabalhadores eram recrutados nos guetos operários e vários milhares deles, por bem ou por mal, eram transportados para o canteiro de obras. Um verdadeiro exército deles trabalha agora na construção de Ardis, alojado em barracas miseráveis onde a vida familiar não pode existir, e onde a decência é substituída por uma degradante bestialidade. Na verdade, é nos guetos operários que vivem as feras do abismo, feras que os próprios oligarcas criaram, mas cujo rugido eles tanto temem. E eles não permitirão que se extingam o macaco e o tigre que vivem dentro delas.

Recentemente, foi determinado que novas levas sejam arrebanhadas para a construção de Asgarde, uma cidade maravilhosa projetada para ser mais magnífica do que Ardis[3]. Nós, os revolucionários, continuaremos essa grande obra, mas ela não será realizada por servos miseráveis. As muralhas, as torres e os fossos dessa encantadora cidade serão erguidos ao som do cantar, e sua beleza e maravilha não serão tecidas nem com suspiros, nem com gemidos, mas com canções e contentamentos.

Ernest estava muito impaciente por voltar ao mundo exterior e à ativa, pois a nossa malfadada Primeira Revolta, que resultaria no desastre da Comuna de Chicago, estava amadurecendo com rapidez. Apesar de tudo, Ernest controlava o espírito com a paciência, e enquanto Hadly, que tinha sido enviado de Illinois, o transformava em um outro homem[4], Ernest elaborava em sua

---

[3] Ardis ficou ponta em 1942 d.C., enquanto Asgarde só ficou pronta em 1984 d.C. Demorou 52 anos para ser construída e, durante esse tempo, um exército permanente de meio milhão de servos foi empregado. Às vezes, esse número passava de um milhão – sem contar as centenas de milhares de pessoas, entre artistas e os que vinham das castas operárias.

[4] Entre os revolucionários, havia muitos cirurgiões, que se tornaram mestres na vivissecção. Nas palavras de Avis Everhard, eles podiam literalmente transformar um homem em outro. Para eles, a eliminação das cicatrizes e deformações era trivial. Mudavam as características com um cuidado tão microscópico que não deixavam nenhum vestígio. O nariz era o seu órgão favorito. Enxertos de pele e transplante de cabelo estavam entre as suas práticas mais comuns. Eles modifi-

mente grandes planos para a organização do proletariado instruído, e para a manutenção de pelo menos os rudimentos de uma educação entre as pessoas do abismo – tudo isso, é claro, na eventualidade de a Primeira Revolta fracassar.

Apenas em janeiro de 1917 deixamos o refúgio. Tudo tinha sido preparado. Tomamos lugar entre os agentes de provocação no esquema do Tacão de Ferro. Eu fingia ser irmã de Ernest. O lugar tinha sido arranjado para nós pelos oligarcas e companheiros infiltrados que ocupavam postos elevados. Estávamos de posse de todos os documentos necessários e até mesmo nosso passado era levado em consideração. Com ajuda de dentro, não era difícil, pois naquele mundo sombrio do serviço secreto a identidade era uma coisa nebulosa. Como fantasmas, os agentes vinham e partiam, obedecendo ordens, preenchendo tarefas, fazendo relatórios para oficiais com quem nunca se encontravam ou cooperando com outros agentes que nunca tinham visto e que nunca voltariam a ver.

---

cavam a expressão das pessoas como por encanto. Olhos e sobrancelhas, lábios, bocas e ouvidos eram radicalmente alterados. Por delicadas operações na língua, na garganta, na laringe e nas cavidades nasais, toda a maneira de enunciar e de falar de uma pessoa podia ser modificada. Uma época de desespero era remediada com desespero, e os cirurgiões da Revolução atendiam a essa necessidade. Entre outras coisas, eles podiam aumentar a estatura de um adulto até em dez centímetros e diminuí-la uns cinco. O que faziam é hoje uma arte esquecida. Não temos necessidade dela.

Capítulo XXII

A COMUNA DE CHICAGO

Como agentes de provocação, podíamos percorrer grandes distâncias, o que nos colocava em contato com o proletariado e com os nossos companheiros revolucionários. Dessa forma, estávamos nos dois campos ao mesmo tempo, servindo ostensivamente ao Tacão de Ferro e trabalhando em segredo, com toda a força que tínhamos, pela Causa. Havia muitos de nós infiltrados nos vários serviços secretos da oligarquia, e apesar de excluírem e remanejarem agentes, eles nunca conseguiram se livrar de nós por completo.

Ernest tinha trabalhado muito no planejamento da Primeira Revolta, e ela aconteceria no começo da primavera de 1918. No outono de 1917, no entanto, ainda não estávamos prontos; havia muito a ser feito e, se nos precipitássemos, a revolta estaria condenada ao fracasso. A trama era terrivelmente intrincada, e qualquer coisa de prematura certamente a destruiria. O Tacão de Ferro previu isso e preparou-se de acordo.

Tínhamos planejado dar nosso primeiro golpe no sistema nervoso da oligarquia. Esta tinha na memória a greve geral, e se preveniu contra a deserção dos telegrafistas, instalando postos de rádio controlados pelos Mercenários. Mas nós já contávamos com esse movimento. Quando o sinal fosse dado, de todos os refúgios, por todo o país, em todas as cidades, vilas e acampamentos, companheiros devotados tratariam de explodir esses postos de rádio. Dessa forma, logo no primeiro confronto, o Tacão de Ferro seria lançado por terra e praticamente desmembrado.

No mesmo instante, outros companheiros deveriam explodir pontes e túneis e interromper toda a rede de estradas de ferro. Outros grupos de companheiros, ao receber um sinal, deveriam capturar os oficiais dos Mercenários e da polícia e todos os oligarcas de habilidades especiais ou que ocupavam cargos executivos. Assim, os líderes do inimigo seriam removidos do campo de batalha que inevitavelmente deveria se formar por todo o país.

Muitas coisas ocorreriam simultaneamente quando o sinal fosse dado. Os patriotas canadenses e mexicanos, que eram muito mais fortes do que imaginava o Tacão de Ferro, copiavam nossas táticas. Além disso, algumas companheiras deveriam afixar os decretos de nossos órgãos secretos (eram mulheres, pois os homens estariam ocupados em outras tarefas). Os nossos agentes que ocupavam cargos elevados dentro do Tacão de Ferro deveriam agir imediatamente para provocar confusão e anarquia em todos os departamentos. Entre os Mercenários, havia dezenas de companheiros nossos. Seu trabalho era explodir os depósitos e destruir os mecanismos de todas as máquinas de guerra. Programas semelhantes seriam levados a cabo nas cidades dos Mercenários e das castas operárias.

Em resumo, um golpe colossal, repentino e surpreendente estava para ser desferido. Antes que a oligarquia paralisada pudesse se recuperar, o seu fim teria chegado. Isso significava terror e uma enorme perda de vidas, mas nenhum revolucionário hesitaria em relação a isso. Nosso plano contava com o desorganizado povo do abismo. Eles seriam soltos nos palácios e nas cidades de seus senhores. Não importava a destruição de vida e de propriedade. Não importava que as bestas-feras rugissem! Não importava que a polícia e os Mercenários matassem! As bestas-feras rugiriam de qualquer maneira, e a polícia e os Mercenários matariam de qualquer maneira. Isso significava que os vários perigos que nos ameaçavam destruir-se-iam reciprocamente. Enquanto isso, realizaríamos nosso intento sem muitas dificuldades, adquirindo o controle de toda a máquina da sociedade.

Era esse o plano. Cada pormenor tinha de ser trabalhado em segredo, e, quando o dia estivesse próximo, seria comunicado a um número cada vez maior de companheiros. Esse era o ponto perigoso, o nó da conspiração. Mas esse ponto não chegou a ser alcançado. Através de seu sistema de espiões, o Tacão de Ferro ficou sabendo da Revolta e preparou-se para dar-nos mais uma de suas sangrentas lições. Chicago foi a cidade escolhida para a lição, e que lição nós levamos!

De todas as cidades, Chicago[1] era a mais propícia – Chicago, que antigamente era considerada uma cidade sangrenta, estava na iminência de voltar a sê-lo. Lá, o espírito revolucionário era forte. Muitas greves sofridas foram derrotadas ali na época do capitalismo; e isso os trabalhadores não podiam esquecer, nem perdoar. Mesmo as castas operárias da cidade se entusiasmaram com a revolta. Entre elas, muitas cabeças haviam rolado nas primeiras greves. Apesar de suas condições terem mudado e lhe serem agora mais favoráveis, o ódio das castas operárias pelas classes patronais não havia desaparecido. Esse espírito tinha infectado também os Mercenários, dos quais três regimentos em particular estavam prontos para unir-se a nós em massa.

Chicago sempre foi o centro da tormenta dos conflitos entre o trabalho e o capital; uma cidade de conflitos de rua e de mortes violentas, onde capitalistas e operários possuíam uma consciência de classe e onde, nos velhos tempos, os professores se formavam nos sindicatos e eram filiados à Federação Operária Americana, ao lado dos pedreiros e ajudantes de obra. E Chicago tornou-se o centro de uma revolta prematura, a Primeira.

A calamidade foi precipitada pelo Tacão de Ferro com muita esperteza. Toda a população, incluindo as favorecidas castas operárias, recebeu um tratamento ultrajante. Promessas e acordos foram rompidos, e as mais drásticas punições foram aplicadas mesmo sobre os delitos mais pequenos. O povo do abismo foi retirado de sua apatia. O Tacão de Ferro estava se preparando para fazer as feras do abismo rugir. Contudo, no que diz respeito às medidas de precaução em Chicago, o Tacão de Ferro foi bastante descuidado. Os Mercenários que perma-

---

[1] Chicago era o inferno industrial do século XIX d.C. Uma curiosa anedota de John Burns, um líder operário inglês e membro do Gabinete Britânico, chegou até nós. Em Chicago, durante uma visita pelos Estados Unidos, um repórter perguntou ao inglês que opinião este tinha da cidade. "Chicago é uma edição de bolso do inferno", respondeu ele. Algum tempo depois, quando embarcava no vapor de volta para a Inglaterra, outro repórter quis saber dele se tinha mudado sua opinião a respeito de Chicago. "Mudei sim, ele disse. Acredito agora que seja o inferno uma edição de bolso de Chicago."

neceram relaxaram a disciplina, e, além do mais, vários regimentos foram retirados do local e enviados para outras partes do país.

Não demorou muito para que esse programa fosse levado adiante: apenas algumas semanas. Nós, revolucionários, percebíamos que havia algo no ar, mas nada muito definido para se entender. Na verdade, pensamos que fosse um espírito espontâneo de revolta que precisava ser tratado com cuidado por nós, mas nunca imaginamos que esse espírito não era espontâneo, mas que tinha sido deliberadamente engendrado. Tinha sido engendrado tão secretamente, no círculo mais restrito do Tacão de Ferro, que não percebemos nada. A contra-revolta foi uma proeza planejada e realizada com competência.

Eu estava em Nova York quando recebi a ordem de me dirigir imediatamente a Chicago. O homem que me deu a ordem era um oligarca; percebi isso por causa de sua fala, embora eu não soubesse seu nome nem tivesse visto seu rosto. Suas instruções foram tão claras para mim que não havia engano. Li claramente nas entrelinhas que nossa trama tinha sido descoberta, que nossa ação fora frustrada. A resposta seria dada logo, e isso ficaria a cargo de agentes do Tacão de Ferro que seriam mandados para lá, como eu, ou de agentes locais. Eu me orgulhava de poder manter-me fria sob os olhares ávidos do oligarca que me passava as instruções, mas o meu coração estava agitado demais, e quase gritei de raiva e voei em sua garganta com as mãos nuas antes que ele terminasse.

Assim que saí de sua presença, calculei o tempo que eu teria para entrar em contato com algum dos dirigentes locais, se eu tivesse sorte, antes de pegar o trem. Tomando cuidado para não ser seguida, corri até o Hospital de Emergência. A sorte estava a meu lado, e consegui encontrar o companheiro Galvin, o médico-chefe. Comecei a dar-lhe a informação, mas ele me interrompeu:

– Já sei de tudo – disse calmamente, embora houvesse um brilho em seus olhos irlandeses. – Não estranhei a sua chegada. Recebi a notícia quinze minutos atrás e já a passei adiante. Tudo deve ser feito aqui para manter os companheiros calmos. Chicago está para ser sacrificada, mas será apenas Chicago.

– Você tentou se comunicar com Chicago? – perguntei.

Ele balançou a cabeça:

— Não há comunicação por telégrafo. Chicago está isolada. Aquilo vai virar um inferno.

Ele parou um instante, e percebi que cerrava o punho. Então, prorrompeu:

— Por Deus! Eu gostaria de ir para lá!

— Há ainda uma possibilidade de parar com isso – disse eu –, se nada acontecer de errado com o trem e eu puder chegar lá em tempo. Talvez algum companheiro nosso já esteja sabendo o que vai acontecer e tenha conseguido chegar à cidade.

— Vocês, como agentes infiltrados, foram pegos de surpresa – ele disse.

Balancei a cabeça resignada.

— Era algo bastante secreto – respondi. Apenas os chefes sabiam até há pouco. Não conseguimos chegar tão profundamente, por isso ignorávamos o que iria acontecer. Se pelo menos Ernest estivesse aqui. Talvez esteja em Chicago agora, e tudo corra bem.

O dr. Galvin meneou a cabeça:

— As últimas notícias que ouvi dele era que estava sendo mandado para Boston ou New Haven. Trabalhar como agente secreto do inimigo deve ser embaraçoso, mas é melhor do que ficar no refúgio.

Eu me preparava para partir, mas Galvin segurou-me com força pela mão.

— Seja forte – foram suas palavras de despedida. – Se a Primeira Revolta estiver perdida, haverá uma segunda, e teremos mais cautela dessa vez. Adeus e boa sorte. Não sei se tornarei a vê-la. Aquilo vai virar um inferno, mas daria dez anos da minha vida para estar lá.

O Século XX[2] deixava Nova York às seis da tarde e devia chegar em Chicago às sete da manhã. Mas se atrasou naquela noite por causa do trem da frente. Entre os viajantes de meu carro Pullman estava o companheiro Hartman que, como eu, era agente infiltrado no Tacão de Ferro. Foi ele quem me contou sobre o trem que estava à nossa frente. Era uma duplicata perfeita do nosso, embora não contivesse passageiros. A razão disso era que, se tentassem explodir o Século XX, explodiriam o trem

---

[2] Era um trem muito famoso e tido como o mais rápido do mundo na época.

da frente. No entanto, havia poucas pessoas ali: apenas uma dúzia em nosso vagão.

– Deve haver pessoas muito importantes a bordo – concluiu Hartman. – Percebi que há um vagão particular na traseira.

A noite havia caído quando fizemos a primeira baldeação, e eu caminhei pela plataforma para tomar um pouco de ar e ver se descobria alguma coisa. Pelas janelas do vagão particular pude ver três homens e reconhecê-los. Um era o general Altendorff; os outros dois eram Mason e Vanderbold, os cabeças do círculo interno do serviço secreto da oligarquia.

Era uma bonita noite de luar, mas eu estava inquieta e não podia dormir. Às cinco da manhã, vesti-me e deixei o leito.

Perguntei à arrumadeira na cabina quanto tempo estávamos atrasados, e ela me disse que em duas horas. Era mulata e percebi que seu rosto demonstrava sinais de cansaço, com olheiras, apesar de seus olhos serem grandes e parecerem assustados.

– O que aconteceu? – perguntei-lhe.

– Nada, senhora. Acho que não dormi direito – respondeu.

Olhei mais de perto e fiz-lhe um de nossos sinais secretos. Ela respondeu e se revelou.

– Algo terrível vai acontecer em Chicago – ela disse. – É aquele trem de mentirinha[3] que vai à frente. Ele e mais o trem das tropas estão nos atrasando.

– Trem das tropas? – perguntei.

Ela balançou a cabeça:

– A linha está cheia deles. Estivemos passando por eles toda a noite, e todos se dirigem para Chicago. E estão sendo conduzidos pela via elevada, isso significa encrenca.– Tenho um namorado em Chicago – disse apologeticamente. – É um dos nossos. Está infiltrado nos Mercenários. Tenho medo.

Pobre garota. Seu namorado estava em um dos três regimentos desleais.

Hartman e eu tomamos o café da manhã juntos no carro-restaurante, e eu me esforcei para comer. O céu estava cheio de nuvens, e o trem avançava como um triste corisco através da mortalha cinza do dia que avançava. Até os negros que nos

---

[3] Falso.

serviam sabiam que algo terrível estava para acontecer. A opressão os assolava; a luz de sua natureza havia ensombrecido; eles estavam lassos e distraídos em seu serviço, e cochichavam tristemente entre si no fundo do vagão. Hartman não tinha esperanças quanto à situação.

– O que podemos fazer? – ele perguntou pela décima nona vez, encolhendo os ombros em sinal de desesperança.

Apontou a janela:

– Está vendo? Tudo está pronto. Pode apostar que eles estão se posicionando desta maneira, uns cinqüenta quilômetros fora da cidade, em todas as linhas.

Ele se referia ao trem das tropas no trilho ao lado. Os soldados preparavam o desjejum em fogueiras acesas ao lado da linha, e olhavam curiosamente para nós que passávamos como um trovão a uma enorme velocidade, sem diminuir.

Tudo estava calmo quando entramos em Chicago. Era evidente que nada havia acontecido ainda. Quando atingimos os subúrbios, os jornais da manhã chegaram a bordo do trem. Não havia nada neles, embora houvesse mais para os que liam nas entrelinhas do que para os leitores normais. O toque sutil do Tacão de Ferro estava aparente em cada coluna. Um ponto fraco na armadura da oligarquia se revelava. É claro que não se tratava de algo muito definido. A intenção era que o leitor fosse levado a enxergar esse ponto. Isso foi feito com esperteza. Aqueles jornais matutinos do dia 27 de outubro eram verdadeiras obras-primas de ficção.

Faltavam as notícias locais. Isso, em si, era um golpe de mestre. Envolvia Chicago em mistério, e dava a entender para o leitor comum da cidade que a oligarquia não se atrevia a publicar as notícias locais. As notícias insinuavam, mentirosamente é claro, que atos de insubordinação estavam ocorrendo em todo o país; e cruelmente disfarçavam sua mentira referindo-se de maneira complacente às medidas punitivas que deveriam ser tomadas. Havia notícias de que numerosos postos de rádio tinham sido explodidos, e que pesadas recompensas eram oferecidas para quem denunciasse os autores. Evidentemente nenhum posto de rádio tinha sido explodido. Muitos ultrajes semelhantes, que combinavam com a trama dos revolucionários, foram noticiados. A impressão que essas notícias queriam causar na mente dos companheiros de Chicago era de que a revolta geral estava começando, apesar de alguns fracassos reportados de maneira confusa. Era impossível para alguém desinformado deixar de sentir que a revolta estava amadurecendo em todo o país, apesar de esse sentimento ser vago e cheio de incerteza.

Foi noticiado que o motim dos Mercenários da Califórnia tinha sido tão sério que meia dúzia de regimentos tinha debandado e se desfeito, e que os membros desses regimentos e suas famílias acabaram sendo expulsos de suas próprias cidades e indo parar nos guetos operários. E os Mercenários da Califórnia eram, na verdade, os mais fiéis de todos! Mas como Chicago, isolada do resto do mundo, poderia saber? Então, chegou um telegrama truncado descrevendo um levante da população na cidade de Nova York, ao qual as castas operárias se juntaram, concluindo com o enunciado (cuja intenção era que fosse aceito como um blefe[4]) de que as tropas tinham a situação sob controle.

E da mesma forma que os oligarcas fizeram com os jornais matutinos, também o fizeram por milhares de outras maneiras. Mais tarde, viríamos a saber, por exemplo, que os oligarcas enviaram várias mensagens telegráficas no começo da noite, com o único propósito de que chegassem até os ouvidos dos revolucionários.

– Eu imagino que o Tacão de Ferro não precisa de nossos serviços – notou Hartman, abaixando o jornal que estava lendo, quando o trem entrou na central. – Eles perdem tempo nos mandando para cá. Seus planos têm evidentemente prosperado, mais do que eles esperavam. Isso aqui vai virar um inferno de uma hora pra outra.

Ele se voltou para observar o trem à medida que ganhávamos a plataforma.

– Foi o que eu pensei – murmurou. – Eles desengataram o vagão particular na mesma parada em que os jornais chegaram a bordo.

Hartman estava deprimido e sem esperanças. Tentei animá-lo, mas não me deu atenção, falando desabaladamente em voz baixa, conforme passávamos pela estação. No começo, não consegui entendê-lo.

---

[4] Um logro.

– Eu não tinha certeza – ele dizia –, e não contei a ninguém. Estive trabalhando nisso durante semanas, e não pude ter certeza. Cuidado com Knowlton. Não confio nele. Ele conhece o segredo de vários esconderijos nossos. Ele tem a vida de centenas de companheiros nas mãos, e acredito que ele seja um traidor. Pensei ter notado nele uma mudança, pouco tempo atrás. Há o perigo de que ele tenha nos vendido, ou que venha a nos vender. Tenho quase certeza disso. Eu não revelaria essa suspeita a ninguém, de forma alguma, mas não acredito que vou sair com vida de Chicago. Fique de olho em Knowlton. Encontre um meio de lhe preparar uma armadilha. Não tenho provas. É apenas uma intuição, e até agora não encontrei sequer uma pista.

Ganhamos a calçada e ele continuou:

– Lembre-se – concluiu com prudência –, mantenha os olhos em Knowlton.

E Hartman estava certo. Antes que um mês se passasse, Knowlton pagaria sua traição com a vida. Ele foi formalmente executado por nossos companheiros em Milwaukee.

Tudo estava calmo nas ruas, muito calmo. Chicago parecia morta. Não havia nenhum ruído, nenhum barulho de tráfego. Nem mesmo os cabriolés circulavam pelas ruas. Os carros de superfície e os elevados não corriam. Apenas ocasionalmente, nas calçadas, viam-se alguns pedestres, que logo desapareciam. Seguiam seu caminho com muita pressa e determinação; mas se notava que seus movimentos eram curiosamente indecisos; era como se tivessem medo de que as casas desmoronassem sobre eles e de que as calçadas afundassem sob seus pés ou saíssem voando pelo ar. Alguns meninos que brincavam na rua apresentavam uma ânsia contida nos olhos, como se antecipassem coisas maravilhosas e estimulantes.

De algum lugar, pelo sul, chegou-nos o som ensurdecedor de uma explosão. Foi tudo. Sobreveio o silêncio, mas os meninos se assustaram e se detiveram para ouvir, como jovens gamos, o ruído. As saídas de todas as casas estavam fechadas e as portas das lojas, abaixadas. Mas havia muita polícia e muito vigilante e, uma vez ou outra, passava um patrulha de Mercenários em automóveis apressadamente.

Hartman e eu concordamos que seria inútil nos reportarmos aos chefes locais do serviço secreto. Sabíamos que essa falha seria perdoada, por causa dos eventos que se seguiriam. Dirigimo-nos então para os guetos operários no lado sul na esperança de entrar em contato com algum dos nossos companheiros. Era tarde! Sabíamos disso. Mas não podíamos ficar parados sem fazer nada naquelas ruas assustadoramente silenciosas. Onde estaria Ernest?, eu pensava. O que se passava nas cidades das castas operárias e dos Mercenários? E na fortaleza?

Como uma resposta à minha pergunta, um enorme rugido estridente avultou, diminuído pela distância e pontuado por seguidas explosões.

– É a fortaleza – disse Hartman. – Deus tenha piedade daqueles três regimentos.

Em um cruzamento percebemos, na direção dos currais, uma gigantesca coluna de fumaça. Na esquina seguinte, várias colunas semelhantes se erguiam para o céu em direção ao lado oeste. Sobre a cidade dos Mercenários, vimos um enorme balão de guerra amarrado que estourou no mesmo momento em que olhamos para ele, e caiu em chamas, se despedaçando contra o solo. Não podíamos dizer se o balão era dirigido por companheiros ou pelo inimigo. Um som vago chegou aos nossos ouvidos, parecia o borbulhar de um gigantesco caldeirão ao longe, e Hartman disse que eram as metralhadoras e rifles automáticos.

Mas o local por onde caminhávamos continuava calmo. Nada demais estava acontecendo ali. Apenas a polícia e as patrulhas motorizadas passavam, e, uma vez, alguns bombeiros, voltando evidentemente de um incêndio. Um oficial, de seu automóvel, perguntou alguma coisa aos bombeiros, e nós ouvimos um grito responder:

– Não há água! Eles explodiram os dutos.

– Destruímos o suprimento de água – Hartman gritou entusiasmado. – Se podemos fazer algo assim em uma tentativa prematura, isolada e inútil, imagine o que não faríamos em um esforço concertado e amadurecido em todo o país.

O automóvel do oficial que fizera a pergunta partiu. De repente, houve um ruído ensurdecedor, e o automóvel, com a sua carga humana, foi levantado do solo em meio a uma explosão de fumaça para cair desfeito em uma massa de corpos e escombros.

Hartman estava jubilante:

– Bem feito! Bem feito! – repetia sussurrando. – O proletariado levou uma lição hoje, mas também aplicou a sua.

A polícia correu para o local. Uma outra patrulha motorizada parou. Quanto a mim, estava deslumbrada. A maneira tão repentina como isso aconteceu era impressionante. Como teria sido? Eu não sabia, ainda que estivesse olhando diretamente para o acontecido. Tão admirada estava naquele momento que pouco atentei para o fato de que estávamos sendo detidos pela polícia. Eu, abruptamente, vi que um policial estava na iminência de disparar contra Hartman. Mas Hartman manteve-se calmo e deu-lhe a senha apropriada. Vi o policial hesitar, abaixar o revólver e o escutei resmungar. Estava nervoso, e xingava todo o serviço secreto. Reclamava que era sempre assim, enquanto Hartman reclamava, por sua vez, com a empáfia característica dos agentes do serviço secreto, da inépcia da polícia.

Em seguida, perceberia como aquilo tinha acontecido. Um grupo se ajuntou ao redor dos escombros, e dois homens estavam justamente levando o oficial ferido para o outro automóvel. Um pânico tomou conta deles, e se dispersaram em todas as direções, correndo cegos de terror, largando bruscamente o oficial ferido e deixando-o para trás. O policial queixoso que estava ao meu lado também correu, assim como Hartman e eu; obcecados pelo mesmo terror cego, fugíamos daquele local em particular, sem saber por quê.

Nada aconteceu de fato, mas tudo estava explicado. Os homens que fugiram voltavam acanhadamente, mas a todo momento seus olhos se levantavam com apreensão para as janelas dos prédios que se erguiam como os paredões íngremes de um desfiladeiro em cada lado da rua. De uma dessas incontáveis janelas a bomba fora lançada, mas de qual delas? Não havia outra bomba, apenas o medo de que houvesse.

A partir de então, passamos a olhar apreensivamente para as janelas. Qualquer uma delas podia conter a morte. Cada um dos prédios representava uma possível emboscada. Era uma guerra na floresta moderna: a cidade grande. Toda rua era um desfiladeiro; todo edifício, uma montanha. Nada mudou desde o homem das cavernas, apesar dos carros de guerra que passavam por ali.

Dobrando uma esquina, deparamos com uma mulher. Ela estava estendida no chão em uma poça de sangue. Hartman abaixou-se e a examinou, mas eu me virei, enjoada. Eu veria muitas mortes naquele dia, mas toda carnificina não me afetaria tanto quanto aquele pobre corpo esticado a meus pés, abandonado no pavimento.

— Tiro no peito — observou Hartman.

Havia um maço de materiais impressos em seus braços, ao qual ela se agarrava como se segurasse uma criança. Mesmo morta, parecia não se querer apartar-se daquilo que lhe causara a morte; e quando Hartman conseguiu retirar o maço, vimos que consistia de panfletos com proclamações dos revolucionários.

— Uma companheira — eu disse.

Hartman limitou-se a amaldiçoar o Tacão de Ferro, e seguimos em frente. Várias vezes, fomos parados pela polícia e pelas patrulhas, mas nossas senhas nos possibilitavam prosseguir. As bombas não mais caíam das janelas; os últimos pedestres pareciam ter desaparecido das ruas, e o silêncio foi se tornando cada vez mais profundo; contudo, o gigantesco caldeirão continuava a borbulhar ao longe, surdos rugidos de explosões chegavam até nós de todos os cantos e as colunas de fumaça subiam em direção ao céu, cada vez mais ameaçadoras.

Capítulo XXIII

O POVO DO ABISMO

Logo, o aspecto das coisas mudaria. Uma vibração percorria o ar. Dois, três, uma dúzia automóveis passaram em disparada e as pessoas que estavam dentro deles gritavam advertências. Na esquina seguinte, um dos carros virou abruptamente sem diminuir a marcha e, logo em seguida, no mesmo lugar por onde tinha acabado de passar, e do qual já se havia afastado, a explosão de uma bomba abriu uma cratera no pavimento. Vimos a polícia desaparecer correndo pelas ruas transversais e percebemos que algo terrível estava para acontecer. Começávamos a ouvir os seus primeiros rugidos.

– São nossos bravos companheiros que estão chegando – disse Hartman.

Podíamos ver a dianteira de uma coluna de pessoas que cobria a rua de ponta a ponta, assim que aquele último carro de guerra passou. Este parou diante de nós e dele saiu um soldado carregando um objeto nas mãos com muito cuidado. Com o mesmo cuidado que o carregava, depositou-o na calçada e voltou depressa para dentro do carro. Saltou sobre o assento e o carro partiu; dobrou a esquina e desapareceu. Hartman correu até o local e se inclinou sobre o objeto.

– Não se aproxime – gritou para mim.

Vi que trabalhava rapidamente com as mãos. Quando voltou para perto de mim, o suor banhava seu rosto.

– Desativei – disse. – E bem a tempo – completou. – Esse soldado foi muito desajeitado. Essa bomba era para os nossos companheiros, mas ele se precipitou. Teria explodido antes da hora. Agora não vai mais explodir.

Tudo passou a acontecer mais rapidamente. Atravessando a esquina, meia quadra mais adiante, pude ver algumas pessoas que espreitavam pelas janelas superiores de um prédio. Mostrei-as a Hartman e, logo em seguida, uma nuvem de fumaça, acompanhada de uma língua de fogo, cobriu a fachada do prédio onde se encontravam aquelas pessoas, e o ar foi sacudido por uma explosão. Em alguns pontos, a fachada de pedra foi arrancada com tanta violência que era possível ver a estrutura de ferro. Em seguida, uma explosão semelhante fez ruir a fachada do prédio em frente. Entre uma explosão e outra, ouvíamos tiros de revólveres e de fuzis. Essa batalha em pleno ar continuou por alguns minutos e, por fim, cessou. Era óbvio que nossos companheiros ocupavam um dos prédios e os Mercenários o outro, e que duelavam de lados opostos da rua; mas era impossível saber em que prédio se encontravam nossos companheiros e em que prédio se encontravam os Mercenários.

Naquele instante, a coluna que avançava pela rua quase chagava até nós. Quando a parte da frente dela passou sob as janelas dos prédios em guerra, ambos entraram em ação novamente. De um prédio, bombas eram lançadas à rua; do outro, atirava-se contra o prédio em frente, que revidava. Dessa maneira, soubemos qual era o prédio em que se encontravam nossos companheiros. Eles estavam tentando proteger das bombas do inimigo as pessoas na rua.

Hartman segurou-me pelo braço e levou-me para um lugar mais aberto.

– Estes não são nossos companheiros! – falou-me ao ouvido.

As portas de entrada do prédio estavam trancadas por dentro. Nós não tínhamos como escapar. A dianteira da coluna já havia passado. Não era uma coluna, era uma enxurrada sem controle, um amontoado que ocupava a rua; era o povo do abismo, ensandecido pelo álcool e pela injustiça, rugindo pelo sangue de seus senhores.

Eu já havia visto o povo do abismo antes, havia cruzado seus guetos e parecia conhecê-lo; mas, agora, era como se o visse pela primeira vez. Sua estúpida apatia desaparecera. Era dinâmico agora: um espetáculo de horror. Agitava-se diante de meus olhos como uma onda concreta de cólera, rugindo e crescendo, uma turba carnívora embriagada com o uísque saqueado nos armazéns, embriagada de ódio, embriagada pelo desejo de sangue; homens, mulheres e crianças cobertos de trapos, criaturas de bestuntos ferozes, de inteligência turva, em cujos caracteres se havia borrado o que tinham de divino para estampar a figura da besta. Criaturas tísicas e anêmicas, enormes bestas de carga peludas em cujas veias corria o sangue do macaco e do tigre. Rostos lívidos, dos quais o líquido vital tinha sido sugado por uma sociedade de vampiros; formas inchadas pelo sofrimento e pela corrupção do corpo. Tinham a cabeça seca e ostentavam uma barba como a dos patriarcas; era uma juventude corrompida que apodrecia com a idade, cujas faces diabólicas eram torcidas e deformadas: monstros desfigurados pelos estragos das doenças e pelos horrores de uma fome sem fim; dejetos e escórias da vida, hordas enfurecidas, bestas que rugem e que guincham.

E por que seria diferente? As criaturas do abismo não tinham nada a perder, a não ser a miséria e a dor de viver. Mas o que tinham a ganhar? Nada, a não ser uma vingança definitiva, terrível e farta. Enquanto eu olhava para elas, lembrei-me de que nessa torrente de lava humana havia homens, companheiros e heróis, cuja missão seria a de sublevar essas criaturas abissais para que o inimigo se ocupasse com elas.

Então, ocorreu-me algo estranho; deu-se em mim uma transformação. Eu já não temia mais pela minha vida e a de meus companheiros. Estava estranhamente exaltada como se fosse um outro ser em uma outra vida. Nada importava. Por hoje, a Causa estava perdida, mas estaria de pé amanhã: a mesma Causa, sempre exuberante e ardente. E assim, pude me interessar tranqüilamente pela orgia de horrores que se desataria nas horas seguintes. A morte não significava nada, a vida não significava nada. Eu era uma espectadora dos eventos, e, algumas vezes, arrastada pelo tumulto, participava deles com curiosidade. Pois meu espírito havia se projetado até a altitude fria das estrelas onde apreendera uma forma de reavaliar impassivelmente os valores. Sem essa projeção, creio que teria morrido.

A onda humana tinha avançado quase um quilômetro, quando deram conosco. Uma mulher, em trapos excêntricos, com as faces chupadas e os olhos negros de lince, apertados e inflamados, olhou subitamente para mim e para Hartman. Deu um berro e se lançou contra nós, arrastando uma parte da turba consigo. Parece-me que ainda a tenho diante de mim, saltando na frente, com seus cabelos grisalhos desgrenhados e de tranças finas. O sangue lhe corria pelo rosto por causa de uma ferida que tinha no couro cabeludo. Levava um machado na mão direita, e com a esquerda, amarela, seca e cheia de pintas, agarrava o ar convulsivamente. Hartman se pôs diante de mim. O momento não era para explicações. Estávamos bem vestidos, e isso bastava. Deu um soco na mulher entre os olhos. A força do golpe fê-la recuar, mas a muralha humana que a seguia empurrou-a de volta e ela, sem forças, golpeou com o machado o ombro de Hartman.

Nesse instante, perdi a noção do que estava acontecendo. Fui coberta pela multidão. O pequeno espaço em que nos encontrávamos ficou repleto de gritos, de uivos e de blasfêmias. Golpes eram desferidos contra mim; mãos rasgavam minhas vestes e meu corpo. Eu estava sendo estraçalhada. Montavam sobre mim e me sufocavam. Mas, de repente, uma mão agarrou-me pelo ombro e tentou me puxar dali violentamente. Entre a dor e a pressão, desmaiei. Hartman não sairia vivo desse lugar. Para me defender, serviu de escudo no primeiro ataque. Isso me salvou, pois logo em seguida o amontoado de gente se tornou tão denso que nada mais havia além de mãos alucinadas que arranhavam e puxavam.

Recuperei os sentidos em meio a uma selvagem agitação. Tudo ao meu redor era a mesma agitação. Senti-me levada por uma enorme enxurrada; para onde, não sei. O ar fresco batia em meu rosto e penetrava docemente em meus pulmões. Exausta e tonta, sentia vagamente que um braço forte me segurava pela cintura, quase me tirando do chão e me levando para frente. Meus membros me ajudavam muito pouco. Diante de mim, pude enxergar o movimento de um paletó, rasgado de alto a baixo, que pulsava compassadamente, abrindo e fechando conforme os passos de quem o vestia. Esse fenômeno deteve-me a atenção por um determinado momento, enquanto eu recuperava os sentidos. Em seguida, senti um prurido no rosto e no nariz, e pude perceber que era sangue. Tinha perdido o chapéu. Meu cabelo estava solto e voava e, por causa de uma dor pungente no couro cabeludo, lembrei-me que uma mão havia me segurado pelos cabelos na entrada do prédio. Meu peito e meus braços estavam machucados e doíam em vários lugares.

Minha mente se tornava mais clara e eu me virei enquanto

corria e olhei para o homem que estava me segurando. Tinha sido ele o que me salvara e me retirara daquele local. Ele percebeu meu movimento.

– Está tudo bem – falou com a voz rouca. – Logo reconheci você.

Mas eu não consegui reconhecê-lo, e antes que eu dissesse algo, pisei em uma coisa viva que se contorcia sob os meus pés. Empurrada pelos que vinham atrás, não pude agachar-me para ver o que era, mas sabia que era uma mulher caída sendo esmagada por um tropel de milhares de pés.

– Está tudo bem – repetiu ele. – Sou Garthwaite.

Ele estava barbado, magro e sujo, mas consegui lembrar-me dele como o homem forte e jovem com o qual passara vários meses no refúgio de Glen Ellen, três anos atrás. Ele me deu a senha do serviço secreto do Tacão de Ferro para que eu entendesse que ele também era um agente infiltrado.

– Tiro você daqui assim que puder – assegurou-me –, mas, aconteça o que acontecer, caminhe com cuidado e não caia!

Tudo aconteceu abruptamente naquele dia; e abruptamente a multidão se deteve. Colidi com uma mulher enorme que se encontrava à minha frente (o homem com o paletó rasgado havia desaparecido), e os que vinham atrás colidiram comigo. Reinava um pandemônio: berros, blasfêmias, gritos de agonia, mas acima deles predominava o trepidar das metralhadoras e o crepitar dos rifles. No começo, não consegui entender nada. As pessoas caíam a torto e a direito. A mulher da frente dobrou e caiu segurando o abdômen com um abraço desesperado. A meus pés, um homem estrebuchava em agonia.

Ocorreu-me que estávamos à frente da coluna. Quase um quilômetro dela havia desaparecido; onde ou como, nunca o soube. Até hoje, não sei o que aconteceu com aquelas pessoas, se foram aniquiladas por algum terrível artefato de guerra, se foram feitas em pedaços ou se escaparam. Mas estávamos na dianteira da coluna, não mais no meio, e sendo varridos por uma chuva de chumbo.

Logo que a morte começou a dissolver a multidão, Garthwaite, que ainda me segurava pelo braço, conduziu uma leva de sobreviventes para a entrada de um prédio de escritórios. Ali, éramos a retaguarda e fomos prensados contra a porta por uma massa de criaturas ofegantes. Por algum tempo, permanecemos nessa posição sem que a situação se alterasse.

— Que maravilha — lamentou Garthwaite. — Levei-a direto para a armadilha. Na rua, teríamos mais sorte; aqui, não temos sorte alguma. Tudo está perdido, só nos resta gritar "Vive la Revolution!"*

Então, começou a acontecer aquilo que ele esperava. Os Mercenários matavam sem dó. A enorme pressão que sentíamos no começo passou a diminuir à medida que a matança continuava. Quando caíam, os mortos abriam espaço. Garthwaite colocou a boca junto aos meus ouvidos e gritou palavras que não pude entender por causa do barulho. Imediatamente, me agarrou e me jogou ao chão. Em seguida, colocou o corpo de uma mulher agonizante em cima de mim, e, contorcendo-se e empurrando, aninhou-se parte ao meu lado, parte sobre mim. Uma pilha de mortos e moribundos começou a crescer sobre nós, e sobre ela, os sobreviventes acenavam e gemiam. Mas esses movimentos, pouco a pouco, foram desaparecendo, e logo reinou um silêncio entrecortado por gemidos, soluços e sons de estrangulamento.

Se não fosse por Garthwaite, eu teria sido esmagada. E ainda hoje, parece-me incrível que tenha sobrevivido depois de suportar todo aquele peso. Contudo, deixando as dores de lado, o único sentimento que me dominava era o da curiosidade. Como tudo iria terminar? Qual seria o aspecto da morte? Como receberia meu batismo de sangue, na carnificina de Chicago? Até aquele momento, eu considerava a morte uma teoria, mas a partir de então, ela passou a representar para mim um fato sem importância, mínimo.

Mas os Mercenários não estavam satisfeitos. Invadiram a entrada do prédio matando os feridos e procurando sobreviventes que, como nós, se passavam por mortos. Lembro-me de um homem, que eles arrancaram de uma pilha de gente, implorar de uma maneira abjeta, até que um tiro cortou-lhe a palavra. Uma mulher se soltou de uma outra pilha, grunhindo e disparando tiros. Antes de a acertarem, disparou seis vezes, mas não pudemos saber que estrago ela causara. Acompanhávamos essas tragédias apenas pelo som. A todo momento, ocorriam coisas semelhantes, interrompidas sempre por um tiro. Nos intervalos, ouvíamos os soldados conversando e xingando enquanto vasculhavam entre as carcaças, apressados pelos oficiais.

---

* Em francês no original. (N.T.)

Por fim, chegaram ao nosso monte. Sentíamos que a pressão diminuía à medida que retiravam os mortos e feridos de cima de nós. Garthwaite começou a gritar a senha. Não ouviram. Gritou mais alto.

– Ouçam isso – disse um soldado.

Em seguida, ouvimos a voz de um oficial:

– Cuidado ali. Andem com cuidado.

Conforme iam tirando os corpos de cima de nós, sentimos o primeiro golpe de ar. Garthwaite logo se entendeu com os oficiais, mas eu tive de ser submetida a um breve interrogatório para provar que estava a serviço do Tacão de Ferro.

– São agentes de provocação – deduziu o oficial.

Era um jovem cadete, evidentemente de alguma família oligárquica.

– É um serviço desgraçado – queixou-se Garthwaite. – Vou renunciar e entrar para o exército. Vocês, amigos, é que têm sorte.

– Está bem – respondeu o oficial. – Eu posso dar um jeito nisso. Posso dizer-lhes como o encontrei.

Tomou o nome e o número de Garthwaite e virou-se para mim.

– E você?

– Eu vou me casar – respondi suavemente –, e então estarei livre de tudo isso.

Enquanto falávamos, a matança dos feridos continuou. É tudo sonho agora, à medida que penso nisso; mas na época era a coisa mais natural do mundo. Garthwaite e o jovem oficial caíram em uma animada conversa sobre a diferença entre a chamada guerra moderna e aquela que presenciávamos, nas ruas e nos prédios por toda a cidade. Eu ouvia a conversa deles com interesse ao mesmo tempo que me penteava e prendia com alfinetes minha saia rasgada. Enquanto isso, a matança dos feridos continuava sem parar. Às vezes, o som dessa carnificina cobria as vozes de Garthwaite e do oficial e eles eram obrigados a repetir o que haviam dito.

Passei três dias na Comuna de Chicago, e a vastidão daquilo que ela foi e da matança que ocorreu pode ser avaliada pelo fato de que, durante todo o tempo, não vi outra coisa a não ser a chacina do povo do abismo e as batalhas aéreas entre os prédios. Na verdade, não pude ver nada da obra heróica realizada pelos nossos companheiros. Eu conseguia ouvir as explosões das minas e das bombas, e via a fumaça dos incêndios, e isso era tudo. Todavia, presenciei parte de uma grande façanha que se desenrolava em pleno ar: o ataque com balão promovido pelos nossos companheiros contra as fortalezas. Foi no segundo dia. Os três regimentos desleais foram destruídos até o último homem. A fortaleza estava cheia de Mercenários, o vento soprava na direção certa, e nossos balões partiam de um dos prédios de escritórios no centro da cidade.

Biedenbach, depois que deixara Glen Ellen, havia inventado um explosivo extremamente poderoso: ele o chamava de "despacho". Era essa a arma que os balões usavam. Eram apenas balões de ar quente, feitos às pressas e de maneira rústica, mas cumpriam bem o seu propósito. O primeiro balão errou a fortaleza por completo e desapareceu no campo; mas, como viríamos a saber, Burton e O'Sullivan estavam nele. Conforme desciam, passaram sobre a estrada de ferro e foram parar diretamente sobre o trem militar que se dirigia a toda a velocidade para Chicago. Os dois companheiros despejaram toda a carga explosiva que tinham sobre a locomotiva. Os escombros obstruiriam a linha por vários dias. O melhor de tudo é que, aliviado da carga, o balão subiu e foi cair uns vinte quilômetros mais longe, e os nossos dois heróis escaparam ilesos.

O segundo balão foi um fracasso. Voava aos solavancos e tão baixo que se encheu de buracos antes de alcançar a fortaleza. Hertford e Guinness estavam neles, e seus pedaços se espalharam pelo campo onde caíram. Desesperado, Biedenbach (saberíamos tudo sobre isso mais tarde) subiu sozinho no terceiro balão. O dele também voou baixo, mas teve mais sorte, pois não conseguiram furar o balão. Posso ver a cena agora, da mesma maneira que a vi na ocasião, do alto de um prédio: era um balão inflado, que voava à deriva, e um homem suspenso nele como uma pequena mancha. Eu não conseguia ver a fortaleza, mas os que estavam no teto diziam que o balão estava precisamente sobre ela. Não vi cair a carga do "despacho" que ele despejara, mas vi o balão ser projetado para cima. Depois de uma certa demora, uma enorme coluna de fumaça se levantou no ar, e, logo em seguida, ouvi o estrondo da explosão. O gentil Biedenbach acabava de destruir uma fortaleza. Depois disso, outros dois balões se elevaram ao mesmo tempo. Um deles foi feito em pedaços no ar; isso e o "despacho" abalaram o segundo balão, que foi cair justamente na fortaleza restante. Se isso tivesse sido planejado, não teria sido melhor, apesar dos dois companheiros que perderam a vida.

Voltando às criaturas do abismo, minhas experiências estavam confinadas a elas. Elas destroçaram e arruinaram tudo na cidade, e foram, por sua vez, destruídas; mas não conseguiram alcançar a cidade dos oligarcas no lado oeste. Os oligarcas se protegeram muito bem. Apesar da devastação promovida no coração da cidade, os oligarcas, com suas mulheres e filhos, retiraram-se sem sofrer o menor dano. Dizem que, durante esses dias terríveis, seus filhos brincavam nos parques, e que o tema favorito de suas brincadeiras era imitar os adultos pisoteando o proletariado.

Mas os Mercenários não conseguiram destruir com facilidade as criaturas do abismo e, ao mesmo tempo, lutar contra os nossos companheiros. Chicago continuava fiel à tradição, e embora seja verdade que toda uma geração de revolucionários tivesse sido varrida da face da terra, também é verdade que ela fez o mesmo com toda uma geração de inimigos. Obviamente, o Tacão de Ferro manteve os dados em segredo, mas uma estimativa muito conservadora revela que trinta mil Mercenários foram mortos. Mas os nossos companheiros não puderam fazer nada. O país não tinha abraçado a revolta, por isso eles estavam sós, e toda a força da oligarquia poderia ser dirigida contra eles se fosse necessário. Nessa ocasião, hora após hora, dia após dia, incontáveis trens, lotados de Mercenários, eram conduzidos a Chicago.

Mas a quantidade de criaturas do abismo era muito grande. Os militares, cansados da matança, realizaram uma manobra para conduzir a populaça, como se fosse um rebanho, das ruas para o lago Michigan. Foi no começo desse movimento que Garthwaite e eu encontramos o jovem oficial. Se essa manobra fracassou, foi graças aos esforços de nossos companheiros. Os Mercenários, que esperavam reunir toda aquela massa humana em um só grupo, só conseguiram lançar ao lago quarenta mil daqueles miseráveis. Nossos companheiros, várias e várias vezes, procuraram provocar uma distração para que a multidão que estava sendo conduzida para o lago abrisse um buraco na rede da manobra que a envolvia e escapasse.

Garthwaite e eu vimos um exemplo disso logo depois do encontro com o jovem oficial. A multidão de que fomos parte, e que havia sido colocada em retirada, não tinha como escapar para o sul e para leste por causa das pesadas tropas. As tropas que tínhamos encontrado guardavam o oeste. A única saída era o norte, onde ficava o lago; e iam para o norte, empurradas do sul, do leste e do oeste por metralhadoras e rifles automáticos. Se se deu conta de que estava sendo levada para o lago ou se foi uma simples reação de um monstro, eu não sei; mas a multidão, de repente, desviou-se para oeste, dando a volta no quarteirão e, voltando pelo mesmo caminho pelo qual estava sendo conduzida, dirigiu-se para o sul em direção ao grande gueto.

Nesse momento, Garthwaite e eu procuramos caminhar para oeste para sair da região dos combates de rua; e fomos novamente envolvidos por ela. Ao chegarmos a uma esquina, vimos a multidão que fugia se lançando contra nós. Garthwaite pegou-me pelo braço e nos preparávamos para correr quando me deteve bem a tempo de impedir que eu caísse sob as rodas de uma meia dúzia de carros blindados e armados com metralhadoras que corriam para o local. Atrás deles, vinham soldados armados com fuzis automáticos. Enquanto se posicionavam, a multidão se lançou sobre eles, e parecia que os soldados seriam esmagados antes que tivessem tempo de reagir.

Os soldados disparavam para todo lado, mas seus tiros não conseguiam dispersar a turba que avançava rugindo de raiva. Parecia que eles não podiam disparar as metralhadoras. Os carros nos quais elas estavam montadas bloqueavam as ruas, obrigando os soldados a tomarem posição dentro dos carros, entre eles, ou nas calçadas. Cada vez chegavam mais soldados, e no meio da bagunça não tínhamos como escapar. Garthwaite me segurou pelo braço e fomos prensados contra as paredes de um prédio.

A multidão estava a apenas dez metros quando as metralhadoras abriram fogo; mas diante dessa incandescente cortina de morte, nada podia sobreviver. A multidão continuava chegando, mas não podia avançar. Amontoava-se em uma enorme pilha de mortos e feridos que crescia cada vez mais. Os que estavam atrás empurravam os demais para frente, e as colunas, de fora a fora, iam se encaixando umas nas outras. Criaturas feridas, homens e mulheres, eram vomitadas sobre a crista daquela pavorosa onda e eram retorcidas até acabarem sob as rodas dos carros ou às pernas dos soldados, que aplicavam golpes de baionetas contra os desgraçados que lutavam. Contudo, vi um desses desgraçados lançar-se contra a garganta de um soldado e cravar-lhe os dentes. Juntos, soldado e escravo, caíram no tumulto.

O fogo cessou. O trabalho estava feito. A multidão tinha sido detida em sua selvagem tentativa de avançar. Foram dadas ordens para limpar o caminho para os carros de guerra. Eles não podiam avançar sobre aquelas pilhas de cadáveres, e a idéia era levar os mortos para as ruas laterais. Os soldados estavam retirando os corpos para longe das rodas quando algo aconteceu. Mais tarde saberíamos como aconteceu. Uma quadra dali, centenas de companheiros nossos ocupavam um prédio. Pelos telhados dos prédios abriam caminho até se encontrarem em uma posição em que pudessem ver os soldados de cima. Então, ocorreu o contra-ataque.

De repente, uma chuva de bombas caiu do alto dos telhados. Os carros foram feitos em pedaços junto com muitos soldados. Nós, e os sobreviventes, fugimos alucinadamente. Meio quarteirão abaixo, de um outro prédio, começaram a disparar sobre nós. Assim como os soldados forraram a rua com os corpos dos escravos, nós fizemos o mesmo com os soldados. Parecia que Garthwaite e eu estávamos protegidos por um sortilégio, pois, mais uma vez, encontramos abrigo sob um telheiro. Mas ele não se deixaria apanhar novamente. Quando o barulho das bombas diminuiu, arriscou olhar.

– A multidão está voltando – falou-me. – Temos de sair daqui.

Fugimos, de mãos dadas, pelo pavimento cheio de sangue, escorregando e deslizando para virar a esquina. Quando nos encontramos na transversal, vimos que alguns soldados continuavam correndo. Nada estava acontecendo com eles. O caminho estava livre. Paramos um momento e olhamos para trás. A multidão avançava devagar. Estava ocupada em se armar com os rifles dos mortos e matar os feridos. Presenciamos o fim daquele jovem oficial que nos havia resgatado. Cheio de dor, apoiou-se nos cotovelos e começou a disparar a esmo com a pistola automática.

– Lá se vai a minha promoção – gracejou Garthwaite, enquanto uma mulher avançava contra ele segurando uma faca de açougueiro. – Vamos, estamos na direção errada, mas, de qualquer maneira, conseguiremos escapar.

E fugimos para o lado leste atravessando ruas calmas, tomando cuidado toda vez que atravessávamos uma rua, para que nada nos acontecesse. Ao sul, um incêndio gigantesco enchia o céu; sabíamos que era o grande gueto que estava em chamas. Por fim, sentei-me na calçada. Estava exausta e não podia continuar. Estava machucada e com todos os membros doloridos; contudo, não pude deixar de sorrir quando Garthwaite disse, enrolando um cigarro:

– Sei que me atrapalhei todo tentando salvar você, mas essa situação não tem pé nem cabeça. É uma bagunça. Toda vez que tentamos sair dela, algo acontece e acabamos voltando. Daqui até o lugar onde eu a resgatei, são só duas quadras. Amigos e inimigos estão todos misturados. É um caos. Não se pode dizer quem é quem naqueles malditos prédios. Tenta-se descobrir e leva uma bomba na cabeça. Tenta-se seguir seu caminho em paz, e acaba encontrando uma multidão e levando chumbo de metralhadora. Isso se não dermos de frente com os Mercenários e não formos mortos pelos nossos próprios companheiros que estão em cima do telhado. E, como se não bastasse, a multidão aparece e nos mata também.

Balançou a cabeça, desanimado e acendeu o cigarro. Depois, sentou-se ao meu lado.

– E, além do mais, estou com fome – acrescentou. – Podia comer um paralelepípedo.

Em seguida, levantou-se e pôs-se a procurar um paralelepípedo. Retirou um do pavimento e lançou-o contra a vidraça de uma loja atrás de nós.

– É uma casa térrea; não é um local muito bom – explicou e me levou até o buraco que havia aberto. Mas é o melhor que temos. Pode cochilar um pouco enquanto eu vou dar uma espiada por aí. Vou terminar de salvá-la, mas preciso de tempo; de tempo e de comida.

Era uma loja de arreios, e ele improvisou uma cama com mantas de cavalo no escritório que ficava nos fundos. Para completar a desgraça, senti que estava com dor de cabeça. Mas me sentia feliz por fechar os olhos e tentar dormir.

– Eu voltarei – foram suas palavras ao sair. – Não espero conseguir um carro, mas certamente trarei um grude[1].

Mas eu só voltaria a ver Garthwaite depois de três anos. Em vez de voltar, foi levado a um hospital com uma bala alojada nos pulmões e outra no queixo.

---

[1] Comida.

Capítulo XXIV

PESADELO

Eu não conseguira pegar no sono na noite anterior, no Século XX, e porque estava exausta dormi profundamente. Quando acordei, já era noite. Garthwaite não havia voltado. Eu perdera meu relógio e não tinha idéia da hora. Enquanto estava deitada, com os olhos fechados, escutava os mesmos barulhos surdos das explosões ao longe. O inferno continuava enfurecido. Arrastei-me pela loja até a parte da frente. O céu refletia os incêndios e iluminava as ruas como se fosse dia. Seria possível ler, sob essa luz, até mesmo uma bula de remédio. Eu podia ouvir o barulho de bombas manuais e o crepitar das metralhadoras a vários quarteirões de distância, e muito mais longe ouvi uma longa série de explosões pesadas. Arrastei-me de volta para as minhas mantas e tornei a dormir.

Quando acordei de novo, uma luz amarela projetava-se pálida sobre mim. Era o amanhecer do segundo dia. Arrastei-me até a frente da loja. Uma mortalha de fumo cobria o céu, entrecortado por relâmpagos sinistros. Do outro lado da rua, cambaleava um mísero escravo. Com uma das mãos, apertava com força a ilharga e deixava atrás de si uma trilha de sangue. Com o olhar assustado, olhava para todo lado. Até que deu por mim, e notei que em seu rosto havia o sofrimento mudo de um animal ferido e acossado. Entre ele e mim não havia entendimento nem simpatia, pois se assustou e foi embora se arrastando. Ele não esperava ajuda de ninguém. Era uma das presas que estavam sendo perseguidas pelos seus senhores nessa grande caçada. Tudo o que ele podia esperar, tudo o que buscava, era algum buraco onde pudesse se entocar como um animal. O barulho estridente de uma ambulância que passava na esquina chamou-lhe a atenção. Ambulâncias não eram para coisas como ele. Com um gemido de dor, atirou-se contra uma porta. Um minuto depois, apareceu novamente e prosseguiu em sua trilha de desespero.

Voltei para minhas mantas e continuei a esperar Garthwaite. Minha dor de cabeça não havia desaparecido ainda. Pelo contrário, aumentava. Apenas com muita força de vontade conseguia manter os olhos abertos e fixá-los em alguma coisa. Manter os olhos abertos e me esforçar para enxergar era um sofrimento insuportável. Além disso, minha cabeça latejava. Fraca e cambaleante, saí pela vidraça quebrada e ganhei a rua, procurando escapar, instintivamente e ao acaso, daquela terrível carnificina. A partir desse momento, vivi um pesadelo. Lembro-me das horas seguintes como se fossem um pesadelo. Muitos acontecimentos se gravaram com nitidez em meu cérebro, imagens indeléveis separadas por intervalos de inconsciência durante os quais se passaram coisas que ignoro e que não saberei nunca.

Lembro-me de haver tropeçado na esquina nas pernas de um homem. Era o pobre-diabo que se arrastara há pouco diante do meu abrigo. Lembro-me com muita clareza de suas pobres e deploráveis mãos cheias de rugas; pareciam mais com cascos e garras do que com mãos; mãos retorcidas, deformadas pelo trabalho cotidiano, com as palmas cobertas de calos enormes. Ao recobrar o equilíbrio e continuar seguindo o meu caminho, olhei para o rosto daquilo e comprovei que ainda estava vivo; seus olhos, vagamente conscientes, repararam em mim e podiam me ver.

Depois disso, há um branco em minha mente. Ainda bem. Não via nada, não sabia de nada. Como me torturava a busca da segurança! O cenário seguinte do meu pesadelo foi uma rua calma forrada de corpos. Entrei nela abruptamente como um caminhante cansado que depara com um riacho em seu caminho. Mas esse riacho não corria. A morte o havia congelado. De rua em rua, cobrindo as calçadas, os corpos se espalhavam regularmente, como um tecido; um tecido cheio de tumores formados por pilhas de carcaças humanas. Pobre povo submisso do abismo, hilotas acossados. Nas famosas caçadas de coelho da

Califórnia[1] os animais abatidos são amarrados e dispostos no chão em colunas. Assim jazia o povo do abismo. Observei a rua para baixo e para cima. Nada se movia, nada se ouvia. Os edifícios em silêncio testemunhavam tudo de suas janelas. E uma vez, apenas uma, vi um braço que se movia naquele riacho de mortos. Tenho certeza que vi esse braço se mover, com um estranho e tíbio gesto de agonia; e junto com o braço ergueu-se uma cabeça ensangüentada. Era um horror indescritível. Gaguejou algo para mim e depois desfaleceu na rua para não mais se mover.

Lembro-me de uma outra rua, com prédios calmos de cada lado, e o pânico me golpeou a consciência quando novamente encontrei as criaturas do abismo, mas dessa vez era um riacho que fluía para mim. Então, percebi que não havia nada que temer. A torrente se movia devagar, e dela emergiam rugidos e lamentos, blasfêmias, esputações de senilidade, histeria... e a insanidade; eram os muito jovens e os muito velhos, os fracos e os doentes, os impotentes e os desesperados: os miseráveis do gueto. O incêndio do grande gueto do lado sul tinha-os levado ao inferno das batalhas de rua, e para onde foram e o que aconteceu com eles depois disso eu nunca soube[2].

Tenho uma vaga lembrança de haver quebrado uma janela e me escondido em uma loja para escapar de uma multidão que estava sendo perseguida pelos soldados. Lembro-me também de uma bomba que estourou perto de mim, uma vez, numa rua tranqüila, e de eu ter olhado para todos os lados e não avistar nenhum ser humano. Uma outra lembrança que me aparece com clareza começa com o barulho de um rifle e uma crescente suspeita de que um soldado que passava num carro estava tentando me alvejar. O tiro não me acertou e, imediatamente, passei a gesticular gritando-lhe a senha. Minha lembrança de quando eu estava no carro é muito fraca, embora essa viagem tenha

---

[1] Naquela época, a terra era tão esparsamente povoada que, quase sempre, os animais selvagens se tornavam pestes. Na Califórnia, existia o costume de caçar coelhos. Em um determinado dia, todos os agricultores de uma determinada região se reuniam em linhas convergentes e iam empurrando os coelhos aos milhares para uma armadilha preparada de antemão, onde eram mortos a porretes por homens e meninos.

[2] Debateu-se muito se o incêndio do gueto do lado sul foi acidental ou provocado pelos Mercenários. Mas agora essa questão está esclarecida. Foi de fato obra dos Mercenários que cumpriam ordens de seus superiores.

sido quebrada por uma imagem vívida. Um disparo de rifle pelo soldado ao meu lado me fez abrir os olhos e vi George Milford, que eu havia conhecido na época da rua Pell, tombando lentamente na calçada. E quando ele estava caindo, o soldado atirou de novo, e Milford se dobrou e caiu de bruços com os membros estirados. O soldado ria e o automóvel partiu rapidamente.

A próxima coisa de que me lembro é que fui despertada por um homem que andava perto de mim. Seu rosto estava tenso e enrugado e o suor lhe escorria da testa até o nariz. Uma de suas mãos apertava a outra contra o peito e o sangue jorrava no chão à medida que ele caminhava. Ele vestia o uniforme dos Mercenários. Do nada, chegavam aos meus ouvidos barulhos surdos de explosões que atravessavam paredes finas. Eu estava em um prédio que travava combate com outro.

Um médico entrou para fazer um curativo no soldado ferido, e fiquei sabendo que eram duas da tarde. Minha dor de cabeça não melhorara e o médico interrompeu seu trabalho para me dar uma droga forte que me acalmaria e aliviaria a dor. Dormi de novo, e depois fiquei sabendo que estava no alto de um prédio. A luta havia parado e pude assistir ao ataque de balões às fortalezas. Alguém me abraçava e eu me recostava nele. Quase cheguei a ter certeza de que se tratava de Ernest, e fiquei imaginando como ele poderia estar com os cabelos e as sobrancelhas tão chamuscados.

Foi por mero acaso que nos encontramos naquela terrível cidade. Ele não imaginava que eu tivesse deixado Nova York e, chegando até a sala em que eu estava dormindo, não acreditou logo de imediato que se tratasse de mim. Da Comuna de Chicago, eu não veria muito mais. Depois de assistir ao ataque dos balões, Ernest me levou para o centro do prédio, onde dormi durante toda a tarde e toda a noite. Passamos o terceiro dia no prédio; e no quarto dia, como Ernest tivesse conseguido uma autorização e um carro das autoridades, partimos de Chicago.

Minha dor de cabeça passara, mas eu tinha o corpo e a alma demasiadamente cansados. Em um carro, agarrada a Ernest, observava apática os soldados que tentavam fazer nosso carro sair da cidade. A batalha se prolongava, mas apenas em pontos isolados. Em vários lugares, distritos inteiros ainda em poder de nossos camaradas estavam rodeados e vigiados por um gigantesco contingente de tropas. Assim, nossos camaradas se encontravam cercados por centenas de armadilhas, enquanto se procurava subjugá-los. Subjugar significava matar, pois não se dava trégua; e, no entanto, lutaram com bravura até o último homem[3].

Cada vez que chegávamos perto desses locais, os guardas nos paravam e nos obrigavam a tomar outro caminho. Mais adiante, deparamos com duas fortes posições dos nossos companheiros, e a única maneira de passar era entre as duas, atravessando um setor que havia sido devastado pelas chamas. De cada lado do caminho, escutávamos o estrépito das metralhadoras e o fragor da batalha, enquanto o carro procurava caminho entre ruínas fumegantes e muros que ameaçavam desabar. Muitas vezes, encontramos o caminho bloqueado por montanhas de escombros, o que nos obrigava a dar novas voltas. Perdidos nesse labirinto de ruínas, avançávamos com lentidão.

O curral (os guetos, as fábricas etc.) estava em ruínas e ainda ardia. Ao longe e à direita, uma enorme coluna de fumaça sufocava a luz do céu. É a cidade de Pullman, disse-nos o motorista, ou pelo menos era, pois estava totalmente destruída. Ele havia levado o carro para lá com alguns despachos, no terceiro dia, à tarde. Segundo ele, Pullman era um dos lugares onde a batalha fora travada com mais fúria; ruas inteiras estavam intransitáveis por causa das pilhas de corpos.

Dobrando as imediações de um prédio de paredes despedaçadas, na região dos currais, o carro se deteve por causa de uma verdadeira onda de mortos. Parecia uma enorme onda cuspida pelo mar. Estava claro para nós o que havia acontecido: a multidão se lançou ao ataque e, quando dobrou a esquina, foi varrida em ângulo reto e a curta distância pelas metralhadoras montadas na rua transversal. Mas os soldados também não escaparam. Uma bomba, lançada ao acaso, deve ter explodido no meio deles, pois a multidão, contida até que seus mortos e moribundos

---

[3] Uma grande parte resistiu durante uma semana, outra durou onze dias. Todos os edifícios foram tomados de assalto. Os Mercenários foram obrigados a atacar andar por andar. Foi uma luta sangrenta. Não havia trégua. Nessa espécie de combate, os revolucionários levavam vantagem por estarem no alto. Foram dizimados, mas a custa de muitas baixas. O orgulhoso proletariado de Chicago mostrou-se à altura de sua antiga fama. Impôs ao inimigo o mesmo número de baixas que teve.

formassem uma onda, rebentou sobre eles e precipitou sua espuma de escravos vivos em luta. Soldados e escravos morreram juntos, desmembrados, mutilados, esparramados sobre destroços de carros e de metralhadoras.

Ernest saltou do carro. Os ombros sob uma camisa de algodão e uma franja branca, que lhe pareciam familiares, chamou-lhe a atenção. Eu não estava olhando para o que Ernest fazia; e ele entrou de novo no carro e sentou-se ao meu lado; quando o carro partiu, ele me disse:

– Era o bispo Morehouse.

Logo estávamos no campo, e olhei pela última vez para o céu coberto de fumaça. O som fraco e distante de uma explosão chegou até nós. Então, escondi o rosto no peito de Ernest e chorei em silêncio a Causa perdida. O braço de Ernest em torno de mim expressava sua eloqüência com amor:

– Perdida por enquanto, querida – murmurou –, mas não definitivamente. Levamos uma lição. Amanhã, a Causa se levantará novamente, fortalecida pela sabedoria e pela disciplina.

O carro parou em uma estação ferroviária, onde devíamos tomar o trem para Nova York. Enquanto esperávamos na plataforma, passaram três expressos como trovões. Estavam lotados de peões esfarrapados, o povo do abismo.

– Levas de escravos para a reconstrução de Chicago – disse Ernest. – Todos os escravos da cidade foram mortos.

Capítulo XXV
OS TERRORISTAS

Apenas quando Ernest e eu voltamos para Nova York, e depois de algumas semanas, pudemos avaliar a extensão do desastre que a Causa tinha sofrido. A situação era amarga e sangrenta. Em diversos lugares, por todo o país, ocorreram revoltas e massacres de escravos. A lista de mártires crescia assustadoramente. Ocorreram várias execuções por toda parte. As regiões montanhosas e as desertas estavam repletas de fora-da-lei e refugiados, perseguidos impiedosamente. Nossos próprios refúgios estavam lotados de companheiros que tinham a cabeça a prêmio. Por meio de informações fornecidas pelos seus espiões, vários refúgios foram tomados de assalto pelos soldados do Tacão de Ferro.

Muitos de nossos companheiros, desanimados com a situação, passaram a retaliar com táticas terroristas. Estavam desesperados e aflitos. Muitas organizações terroristas não filiadas às nossas proliferaram e nos causaram muitos problemas[1]. Esse

---

[1] Os anais desse período de desespero foram escritos com sangue. A vingança era o principal motivo; os membros das organizações terroristas, sem esperanças no futuro, quase não tomavam cuidado com sua própria vida. Os Danitas, nome emprestado dos anjos da vingança da mitologia mórmon, se espalharam pelas montanhas do Grande Oeste e na costa do Pacífico, do Panamá até o Alasca. As mulheres eram denominadas Valquírias*. Formavam o grupo mais terrível de todos. Apenas mulheres cujos parentes foram eliminados pelas mãos da oligarquia podiam fazer parte desse grupo. Torturavam os prisioneiros até a morte. Uma outra organização famosa eram as Viúvas de Guerra. Um destacamento semelhante às Valquírias eram os Bersequeres*. Esses homens não davam valor à própria vida, e foram eles que destruíram por completo a cidade de Bellona junto com

povo desorientado sacrificava a vida desenfreadamente, e muitas vezes prejudicou nossos planos, atrasando assim a nossa reconstrução.

E em meio a isso tudo, o Tacão de Ferro manobrava, caminhando impassível e determinado, sacudindo todo o tecido da estrutura social na procura pelos nossos companheiros; manipulando os Mercenários, as castas operárias e todo o seu serviço secreto; punindo sem perdão e sem rancor, suportando em silêncio toda retaliação que era feita contra ele e preenchendo as lacunas que se abriam em suas linhas de frente. E diante disso tudo, Ernest e os outros líderes trabalhavam duro para reorganizar as forças da Revolução. A magnitude da tarefa pode ser entendida se nos dermos conta de que...[2]

---

uma população de mais de cem mil pessoas. Os Acracistas* e os Tartaritas* eram duas organizações gêmeas de escravos. Uma nova seita religiosa que não prosperou muito era chamada de a Ira Divina. Entre outras, para mostrar a seriedade de seus propósitos, podemos mencionar as seguintes: Corações em Sangue, Filhos da Manhã, Estrelas da Manhã, Flamingos, Triângulos Triplos, Três Barras, *Rebonics**, Vingadores, Apaches e Erebusitas*.

* *Valquírias*: entidades da mitologia nórdica; eram virgens da corte de Odin (ou Wotan) que recolhiam os heróis mortos nos campos de batalha e os levavam ao palácio celestial, o Valhala.
Bersequeres: ou *beserkr* (pele de urso; em inglês: *bearskin*); eram guerreiros sem princípios que viviam em bandos e se diziam adoradores de Odin. Ofereciam-se para trabalhar para os nobres como guarda-costas e como soldados. Era notável a sua selvageria; provavelmente se vestiam para as batalhas com peles de urso ou de lobo. São responsáveis pelo desenvolvimento da lenda do lobisomem na Europa.
Acracistas (partidários da acracia; o mesmo que anarquista): recomposição em português do termo *Bedlamites* (de *bedlam*, "confusão").
Tartaritas (de "Tártaro"; regiões infernais segundo a mitologia grega). Jack London inventou esse grupo com o nome de Helldamites (*hell*, "inferno").
Rebonics: dialeto rural norte-americano; palavra-valise formada de *ruby* (forma contraída de *Redneck*, "pescoço vermelho", "trabalhador rural") e *phonics*, "relativo ao som".
Erebusita: nome formado provavelmente de Érebo, que na mitologia grega "representava um lugar de escuridão entre a terra e o inferno" (Liddell e Scott) e que na *Teogonia*, de Hesíodo, é mencionado como sendo filho do Caos e irmão de Nyx (a noite). (N.T.)

[2] Aqui terminam os Manuscritos de Everhard. São interrompidos bruscamente no meio de uma sentença. Ela deve ter sido avisada da chegada dos Mercenários, pois conseguiu esconder seus Manuscritos antes de fugir ou de ser capturada. É lamentável que não tenha sobrevivido para completar sua narrativa, pois nos teria esclarecido o mistério que há setecentos anos paira sobre a execução de Ernest Everhard.

POSFÁCIO

Leon Trotski

O livro causou-me – falo sem nenhum exagero – uma profunda impressão. Não por causa de suas qualidades artísticas: a forma do romance representa aqui apenas uma couraça para a análise e o prognóstico sociais. O autor, intencionalmente, procura ser moderado na utilização de seus recursos artísticos. Ele próprio está menos interessado no destino individual de seus heróis do que no destino da humanidade. Eu não pretendo, de maneira alguma, com isso menosprezar o valor artístico da obra, muito menos os últimos capítulos, a partir da Comuna de Chicago. Os quadros da guerra civil tornam-se magníficos afrescos. O livro causou-me surpresa pela audácia e independência das previsões históricas que contém.

O movimento internacional dos trabalhadores, no final do século passado e no início deste, tem a marca do reformismo. A perspectiva de um progresso mundial ininterrupto e pacífico, da prosperidade da democracia e das reformas sociais parece definitivamente assegurada. A primeira Revolução Russa, é verdade, reanimou o flanco radical da socialdemocracia alemã e proporcionou, durante um certo período de tempo, uma força dinâmica ao anarco-sindicalismo na França. *O Tacão de Ferro* carrega a inconfundível estampa do ano de 1905. Mas na época em que esse admirável livro apareceu, a contra-revolução já estava se consolidando na Rússia. No plano internacional, a derrota do proletariado russo deu ao reformismo a possibilidade não apenas de reconquistar suas posições temporariamente perdidas, mas também de sujeitar por completo o movimento dos trabalhadores organizados. Basta lembrar que precisamente nos sete anos seguintes (1907-1914) a socialdemocracia internacional caminhou de maneira decisiva para cumprir um papel vil e vergonhoso durante a Grande Guerra.

Jack London não apenas absorveu de maneira criativa o ímpeto proporcionado pela Primeira Revolução Russa como também analisou com coragem, sob as luzes dessa Revolução, o destino da sociedade capitalista como um todo. Precisamente aqueles problemas que o socialismo oficial de sua época considerava como definitivamente sepultados: o crescimento da riqueza e do poder de um lado, e da miséria e da destruição do outro; a acumulação do ódio e do ressentimento social; e a preparação inexorável de um cataclisma sangrento. Jack London sentia todas essas questões com tamanha intrepidez que nos obriga, perplexos, a perguntar inúmeras vezes: quando isso foi escrito? Foi mesmo antes da guerra?

Devemos ressaltar sobretudo o papel que Jack London atribui à burocracia operária e à aristocracia trabalhista no destino da humanidade. Graças a elas, a plutocracia norte-americana não apenas logrou derrotar a insurreição operária como também conseguiu manter a sua ditadura férrea durante os três séculos seguintes. Não vamos discutir com o poeta essa demora, que pode para nós parecer longa demais. Contudo, não estamos discutindo o pessimismo de London, mas seu esforço apaixonado para fazer sacudir aqueles que se acomodam por causa da rotina e forçá-los a abrirem os olhos e enxergar o vulto que se aproxima. O artista utiliza com audácia a figura da hipérbole. Ele leva as tendências arraigadas do capitalismo – opressão, crueldade, bestialidade, traição – aos seus limites extremos. Ele opera com séculos para medir a vontade tirânica dos exploradores e o papel traiçoeiro da burocracia operária. Mas suas hipérboles mais "românticas" são, no final, muito mais realistas do que os cálculos daqueles políticos chamados de lúcidos.

É fácil imaginar com que perplexidade condescendente o pensamento socialista oficial da época deparou com as perigosas profecias de Jack London. Se alguém se der ao trabalho de conferir as previsões de *O Tacão de Ferro* naquela época no *Neue Zeit* e no *Vorwaerts* alemães, nos austríacos *Kampf* e *Arbeiterzeitung*, e em outras publicações socialistas da Europa e dos Estados Unidos, há-de se convencer facilmente de que o romancista de 31 anos de idade enxergou muito mais claro e mais longe do que todos os líderes socialdemocratas daquela época juntos. Mas não estamos falando apenas dos reformistas: pode-se dizer com segurança que em 1907 nenhum dos marxistas revolucionários, nem mesmo Lenin e Rosa Luxemburgo, imaginaram de maneira tão completa a ameaçadora perspectiva da aliança entre o capital financeiro e a aristocracia trabalhista. Isso basta para determinar o peso específico desse romance.

O capítulo "O rugido da fera do abismo" constitui sem dúvida alguma o cerne do livro. Na época em que o romance apareceu, esse capítulo apocalíptico parecia atingir os limites da hipérbole. Todavia, os acontecimentos vindouros quase o sobrepujaram. E ainda falta muito para que a palavra derradeira da luta de classes seja dita! A "fera do abismo" é o povo: oprimido, humilhado e degenerado até o extremo. Quem se atreveria agora a falar do pessimismo do artista? Não, London era na verdade um otimista, dotado de uma visão penetrante e que se antecipava aos fatos. "Veja em que espécie de abismo a burguesia vai te lançar, se não acabares com ela!" É esse o seu pensamento. Hoje, isso parece muito mais real e grave do que há trinta anos. Porém, ainda mais surpreendente é a visão verdadeiramente profética dos métodos pelos quais o Tacão de Ferro sustentará sua dominação sobre a humanidade esmagada. London manifesta-se notavelmente livre das ilusões do reformismo pacifista. Nesse quadro do futuro, não existe um traço sequer de democracia e de progresso pacífico. Sobre a massa de despojados se erguem as castas aristocráticas do trabalho, a guarda pretoriana, uma polícia onipresente, com a oligarquia financeira no topo. Quando lemos isso, não acreditamos nos olhos: é precisamente esse o quadro do fascismo, de sua política, de suas técnicas de governo, de sua psicologia política! O fato não pode ser contestado: em 1907, Jack London já previa e descrevia o regime fascista como resultado inevitável da derrota da revolução operária. Sejam quais forem os "erros" do romance – e eles existem –, de nada adiantaria nos prostrarmos diante da intuição incisiva do artista revolucionário.

16 de outubro de 1937

(Publicado no *New International*, em abril de 1945. Extraído de uma carta enviada por Trotski a Joan London, filha de Jack, em agradecimento pelo exemplar por ela enviado de *O Tacão de Ferro*.)

CRONOLOGIA

1876
Jack London nasceu em 12 de janeiro e recebeu o nome de John Griffith Chaney. Sua mãe, Flora Wellman, tinha sido abandonada pelo companheiro, William Chaney, um astrólogo itinerante, quando ele soube que ela estava grávida. Jack foi amamentado por Virginia (Jennie) Prentiss durante oito meses. No dia 7 de setembro, Flora Wellman casou-se com John London, viúvo e pai de duas filhas, Eliza e Ida.

1876-1885
A família passou a viver de maneira precária em diversas comunidades e fazendas na região da baía de São Francisco. Flora London dava aulas de música e dirigia sessões espíritas. Jack foi cuidado pela irmã de criação, Eliza, nove anos mais velha do que ele, até ela se casar com o capitão James H. Shepard em 1884.

1886-1890
A família mudou-se para Oakland. A biblioteca pública da cidade proporcionou a Jack o primeiro contato com os livros. A família se sustentava entregando jornais, varrendo salões, erguendo pinos na pista de boliche e outros trabalhos ocasionais.

1891-1892
Graduou-se na escola de gramática. Depois de trabalhar vários meses numa fábrica de conservas, tomou emprestado trezentos dólares de Jennie Prentiss para comprar uma chalupa, a Razzle Dazzle, e se tornar um pescador, sem licença, de ostras na baía

de São Francisco. Mais tarde foi contratado pelo "outro lado", a California Fish Patrol.

1893
Em janeiro, candidatou-se a uma viagem no veleiro Sophia Sutherland (O Fantasma de *O lobo do mar*) e passou sete meses no mar, visitando as ilhas Bonin e Iocoama. Na volta, passou a trabalhar dez horas por dia em uma fiação de juta, recebendo dez centavos por hora. Um artigo que escrevera sobre um tufão ocorrido na costa japonesa venceu um concurso promovido pelo *San Francisco Morning Call* como melhor ensaio descritivo.

1894
Trabalhou em uma usina de força. Em abril, juntou-se ao Kelly's Army de desempregados (o ramo ocidental do Coxey's Army) em uma marcha para Washington. Abandonou a marcha em Hannibal, no Missouri, no final de maio. Foi detido por vagabundagem no final de junho e passou trinta dias na penitenciária de Erie County (Nova York). Mais tarde narrará essas aventuras em *A estrada* (1907).

1895-1896
Cursou a Oakland High School durante um ano, preparando-se para ingressar na Universidade da Califórnia em Berkeley. Escreveu para a revista da escola; ingressou no Partido Socialista e conheceu Mabel Applegarth, a Ruth Morse de *Martin Eden*. Ficou conhecido como "garoto socialista" em Oakland.

1896-1897
Cursou a universidade durante o outono. Desistiu e procurou, sem sucesso, sustentar-se como escritor, passando então a trabalhar em uma lavanderia.

1897-1898
Em julho, London e seu irmão de criação, o capitão James Shepard, partiram em busca do ouro do Klondike. Passou o inverno em uma cabana próxima ao ribeiro de Henderson, ao sul de Dawson City, e contraiu escorbuto. Deixou o Klondike no começo de junho, descendo de barco o rio Yukon e seguindo, depois, de vapor para São Francisco. Quando chegou em

casa, em julho, recebeu a notícia da morte de John London, ocorrida em outubro.

1898-1899
Procurou novamente viver como escritor. Vendeu sua primeira história, "To the Man on Trail", para o *Overland Monthly* de São Francisco, por cinco dólares, a qual foi publicada em janeiro de 1899. Em agosto, o *Atlantic Monthly* (um criador de talentos) aceitou "An Odyssey of the North" e pagou por ela 120 dólares. No outono, conheceu Anna Strunsky, a Kempton do *The Kempton-Wace Letters* (1903).

1900
Foi publicado por Houghton, Milfflin Co. o primeiro livro de London, *The Son of the Wolf*, uma coleção de contos do Klondike, no dia 7 abril, o mesmo dia em que se casou com Elizabeth (Bess) Maddern. Passaram a residir em Oakland.

1901
Nascimento de Joan London. Jack obteve 245 votos como candidato pelo Partido Socialista à prefeitura de Oakland. O segundo volume das histórias do Klondike, *The God of His Fathers*, foi publicado por McClure, Phillips & Co.

1902
London mudou-se com a família para Piedmont Hills na zona da baía. Tornou-se amigo de George Sterling (o Russ Brissenden de *Martin Eden*). Seu primeiro romance, *A filha da neve*, foi publicado por J. B. Lippincott Co. Passou seis semanas no East End de Londres recolhendo material para *O povo do abismo*. Nascimento de Bess (Becky) London, a segunda filha.

1903
The Kempton-Wace Letters (diálogo epistolar sobre o amor, com a co-autoria de Anna Strunsky) foi publicado anonimamente por Macmillan Co. *O apelo da selva*, livro cujos direitos tinham sido vendidos por dois mil dólares, foi publicado pela mesma editora e teve um grande sucesso. Começou a escrever *O lobo do mar*. Apaixonou-se por Charmian Kittredge e se separou de Bess London. *O povo do abismo* foi publicado pela Macmillan.

1904
Trabalhou como correspondente no Japão e na Coréia para cobrir a guerra russo-japonesa para o sindicato dos jornais de William Randolph Hearst. *O lobo do mar*, publicado pela Macmillam, tornou-se um grande sucesso.

1905
Recebeu 981 votos como candidato socialista a prefeito de Oakland nas eleições de março. *A guerra de classes* (ensaios sociológicos) foi publicada pela Macmillam. Realizou palestras em Bowdoin e Harvard. Comprou um rancho perto de Glen Ellen no vale de Sonoma em junho. Divorciou-se de Bess London e no dia 19 de novembro e casou-se com Charmian Kittredge.

1906
Iniciou a construção do barco *Snark* [nome de uma fera imaginária da obra de Lewis Carrol *The Hunting for the Snark*], com o qual pretendia dar a volta ao mundo. *Caninos brancos* foi publicado pela Macmillan; trabalhava em *O Tacão de Ferro* e em *The Road*.

1907
Charmian e Jack London velejaram pelos Mares do Sul. A viagem durou 27 meses e passaram pelo Havaí, pelas ilhas Marquesas, pelo Taiti e pelas ilhas de Salomão. *The Road* foi publicado pela Macmillan.

1908
Macmillan publicou *O Tacão de Ferro*.

1909
London foi obrigado a deixar o *Snark* nas ilhas de Salomão por causa de uma doença; restabeleceu-se em Sydney, na Austrália, e retornou para Glen Ellen em julho. *Martin Eden* foi publicado pela Macmillan. Dedicou suas energias à construção do Beauty Ranch.

1910
Aumentou o rancho para 1100 acres e contratou sua irmã de criação Eliza Shepard como feitora. Iniciou a construção da Wolf House, uma mansão projetada para durar "mil anos".

Nascimento e morte da filha Joy. Fazia visitas ocasionais à colônia Carmel de artistas. Comprou enredos de histórias de Sinclair Lewis. *Burning Daylight* foi publicado pela Macmillan.

1911
Ao lado de Charmian conduz uma carruagem de quatro cavalos até o Oregon e de volta para casa. Apóia a Revolução Mexicana em seus trabalhos. *Contos dos Mares do Sul* é publicado pela Macmillan.

1912
Passou dois meses com Charmian em Nova York antes de seguir em uma viagem de cinco meses de Baltimore até Seattle contornando o cabo Horn a bordo de um barco de quatro mastros.

1913
Intensificou as obras do Beauty Ranch e escreveu *The Little Lady of the Big House*. Extraiu o apêndice em julho e foi alertado pelo médico de uma deterioração nos rins. *John Barleycorn* foi publicado por The Century Co., e a Macmillan publicou *O Vale da Lua*. A Wolf House foi destruída por um incêndio de causa desconhecida.

1914
Em abril, velejou com Charmian de Galveston até Vera Cruz para cobrir como repórter a Revolução Mexicana para o *Collier's*. Seus artigos já não mais apoiavam a revolução. Dois meses mais tarde viu-se obrigado a voltar para casa por causa de um ataque agudo de disenteria agravado pela pleurisia. *The Strength of the Strong* foi publicado pela Macmillan.

1915
Foi acometido por uma crise de reumatismo e passou cinco meses no Havaí, procurando se restabelecer. Duas ficções fantásticas, *The Scarlet Plague* e *The Star Rover*, foram publicadas pela Macmillan.

1916
Permaneceu no Havaí de janeiro até o final de julho. Abandonou o Partido Socialista em março "devido ao seu pequeno

poder de fogo e de luta e a falta de ênfase na luta de classes". Foi internado com reumatismo em setembro e morreu no dia 22 de novembro de um ataque agudo de "uremia gastrintestinal" e, provavelmente, por ter administrado em si mesmo uma dosagem excessiva de medicamento.

OUTRAS PUBLICAÇÕES DA BOITEMPO

O ano I da Revolução Russa
VICTOR SERGE
Orelha de **Daniel Bensaïd**
Apresentação de **David Renton**

O Estado e a revolução
VLADÍMIR I. LÊNIN
tradução de **Paula Vaz de Almeida**

Guerra e revolução: o mundo um século após Outubro de 1917
DOMENICO LOSURDO
Tradução de **Ana Maria Chiarini e Diego Silveira Coelho Ferreira**
Orelha de **Antonio Carlos Mazzeo**

O homem que amava os cachorros
LEONARDO PADURA
Prefácio de **Gilberto Maringoni**
Orelha de **Frei Betto**

Manifesto Comunista/Teses de abril
KARL MARX E FRIEDRICH ENGELS/
VLADÍMIR I. LÊNIN
Com textos introdutórios de **Tariq Ali**

Margem Esquerda 28 (Dossiê: 100 anos da Revolução Russa)

Mulher, Estado e revolução: política da família soviética e da vida social entre 1917 e 1936
WENDY GOLDMAN
prefácio de **Diana Assunção**
orelha de **Liliana Segnini**
coedição: **ISKRA**

Às portas da revolução: escritos de Lenin de 1917
SLAVOJ ŽIŽEK E VLADIMIR LENIN
Orelha de **Emir Sader**

A revolução das mulheres: emancipação feminina na Rússia soviética
GRAZIELA SCHNEIDER URSO (ORG.)
orelha de **Daniela Lima**
quarta capa de **Wendy Goldman**

Teoria geral do direito e marxismo
EVGUIÉNI B. PACHUKANIS
tradução de **Paula Almeida**
revisão técnica de **Alysson Leandro Mascaro** e **Pedro Davoglio**
Prefácio de **Antonio Negri**
Posfácios de **China Miéville e Umberto Cerroni**

Reconstruindo Lênin: uma biografia intelectual
TAMÁS KRAUSZ
tradução de **Baltazar Pereira** e **Pedro Davoglio**

Escritos de outubro: os intelectuais e a Revolução Russa (1917-1924)
BRUNO GOMIDE (ORG.)
tradução de **Paula Almeida et al.**
orelha de **Tiago Pinheiro**
quarta capa de **Martin Baña**

Outubro: história da Revolução Russa
CHINA MIÉVILLE
tradução de **Heci Regina Candiani**
orelha de **Mauro Iasi**

BARRICADA

Laika
NICK ABADZIS
tradução de **Rogério Bettoni**
orelha de **Gilberto Maringoni**

BOITATÁ

O que eu vou ser quando crescer
VLADÍMIR MAIAKÓVSKI
arte de **Beth da Ponte**
tradução de **Paula Vaz de Almeida**
revisão de **Flávio Aguiar**

Este livro foi composto em ITC Baskerville, 10/12,5, e reimpresso em papel Chambril Avena 80 g/m² pela gráfica Forma Certa, para a Boitempo, em outubro de 2024, com tiragem de 300 exemplares.